AF303959

Sein ausgeprägtes Interesse für die Abgründe der menschlichen Psyche lässt **Arvid Heubner** Thriller schreiben, die die Grenzen unserer gesellschaftlichen Moral sprengen. Neben der Musik gilt seine Leidenschaft den Werken französischer und osteuropäischer Schriftsteller sowie skandinavischen Fernsehserien von Forbrydelsen bis Borgen. Arvid Heubner ist Preisträger des NEOBOOKS Bestseller Awards. Er lebt in Bremen.

ARVID HEUBNER

TÖDLICH

DIE ZEIT

Überarbeitete Neuausgabe Juli 2022

© 2022 dp Verlag, ein Imprint der dp DIGITAL PUBLISHERS
GmbH

Made in Stuttgart with ♥
Alle Rechte vorbehalten

Tödlich die Zeit

ISBN 978-3-98637-887-5
E-Book-ISBN 978-3-98637-886-8

Dies ist eine überarbeitete Neuauflage des bereits 2021 bei dp
Verlag, ein Imprint der dp DIGITAL PUBLISHERS GmbH erschiene-
nen Titels Totenruhe (ISBN: 978-3-96817-582-9).
Covergestaltung: Anne Gebhardt
Umschlaggestaltung: ARTC.ore Design
Unter Verwendung von Abbildungen von
shutterstock.com: © David CJ, © brickrena, © Voyagerix, © pal1983
neo-stock.com: © Tom Parsons
Lektorat: Nadine Buranaseda, typo18, Bornheim
Satz: dp DIGITAL PUBLISHERS GmbH
Druck und Bindung: Books on Demand GmbH, Norderstedt

*Unser Leben ist der Fluss, der sich ins Meer ergießt, das
Sterben heißt.*

Federico García Lorca

Verlier nicht dein Ziel

Sierra de Cebollera
Bei Alfarnatejo
20. November 1975
09:41 Uhr

Asael Benavides, Leutnant der Polizei von Alfarnatejo, verharrte am Ufer des ausgewaschenen Flussbetts inmitten von Geröll und entwurzelten Pyrenäeneichen, die die Wassermassen aus den Bergen der Sierra de Cebollera mit sich gerissen hatten. An dieser Flussverengung staute sich das Treibgut nach der letzten großen Flut. In den Höhenlagen sanken die Temperaturen rapide, die Regenfälle der Novemberstürme waren längst in Schnee übergegangen.

Die Brücke der kleinen Passstraße über den Gebirgsfluss musste freigeräumt werden, ehe noch größerer Schaden angerichtet würde. Benavides und seine bis auf die Knochen durchnässten Kollegen beaufsichtigten jedoch nicht das Fortschreiten der Aufräumarbeiten. Er konnte die Tränen nur mühsam unterdrücken, der Anblick war zu viel für ihn. Unter zwei ineinander verkeilten schweren Baumstämmen lag eine Kinderleiche begraben. Völlig nackt, verschmutzt und ungeschützt. Das pechschwarze Erdreich bildete auf dem aufgedunsenen und verkrusteten, fast weißen Körper des toten Mädchens einen scharfen Kontrast.

Benavides schluckte die Tränen hinunter. Er musste jetzt funktionieren, denn der Staatsanwalt befand sich bereits in Sichtweite.

Anaías Betancourt stand am Beginn seiner Karriere. Der junge Schönling mit geföhntem Seitenscheitel passte nicht *ins Bild. Über seinem Anzug trug er einen grauen Mantel, dazu feines Schuhwerk. Hatte ihn niemand über den Fundort informiert? Der Staatsanwalt schlitterte die aufgeweichte Böschung zu Benavides hinunter, fast wäre er gefallen. Mit düsterer Miene näherte er sich ihm. Man konnte nicht sagen, ob sich sein Gesichtsausdruck auf den grausamen Fund bezog, den Waldarbeiter gemacht hatten, oder schlichtweg auf die Tatsache, dass er seine Kleidung ruinierte.*

Grußlos kam Betancourt sofort zur Sache. »Was haben wir?«

»Die Leiche eines siebenjährigen Mädchens«, sagte Benavides. »Wurde hier wahrscheinlich angespült. Die Hunde haben sich nicht einmal die Mühe gemacht, sie zu begraben.«

Anaías Betancourt ließ der Anblick ebenfalls nicht unberührt, vermutlich seine erste Leiche.

Er ging in die Hocke, beugte sich über das junge Opfer. »Wie Müll entsorgt. Woher wissen Sie, dass das Opfer erst sieben Jahre alt war?«

Trotz des jämmerlichen Zustands hatte Benavides das immer noch hübsche Gesicht sofort erkannt. Die sanft geschwungenen Lippen, die Wangen, in denen sich zu Lebzeiten bei ihrem ansteckenden Kinderlachen niedliche Grübchen gebildet hatten. Die Sommersprossen, das von Blattwerk verklebte lange rotblonde Haar.

»Das Opfer heißt Alina Rosales Magana. Verschwunden seit Ostersonntag dieses Jahres. Ihre Eltern leben in Alfarnatejo.«

Wieder kamen die Tränen. Er musste an ihre Eltern denken. Das Leid! Nach allem, was sie in den vergangenen

Monaten hatten durchmachen müssen, würde er ihnen nun diese erschütternde Nachricht überbringen müssen.

Der Staatsanwalt richtete sich wieder auf. »So lange schon? Wieso hat man uns darüber nicht informiert?«

Diese Frage konnte Betancourt eigentlich selbst beantworten. Wut trat an die Stelle von Trauer. Asael Benavides konnte nicht länger schweigen.

Mit zu Fäusten geballten Händen brach es aus ihm heraus. »Die waren es! Die haben sie auf dem Gewissen!«

Der junge Staatsanwalt wurde bleich, er musste schlucken. Er machte eine beschwichtigende Geste. »Bitte keine voreiligen Schlüsse. Das wissen wir nicht.«

»Wir wissen es! Wir haben zugeschaut und uns mitschuldig gemacht!«

Betancourt und Benavides blieb keine Gelegenheit zu weiterer Diskussion. Ein Polizeibeamter trat an sie heran. »Verzeihung. Über Funk wurde gerade durchgegeben, wir sollen das Radio für eine Sondermeldung einschalten.«

Benavides und der Staatsanwalt eilten zurück zu den Streifenwagen. Die Sondersendung hatte gerade begonnen. Es war zehn Uhr.

Aus den Lautsprechern erklang blechern die tränenerstickte Stimme des Ministerpräsidenten Carlos Arias Navarro. »Spanier, Franco ist tot.«

Teil I – Du hast einmal geschlagen

Freitag, 29. März

Calle Mayor Principal
Palencia
21:37 Uhr

Ein Trommelschlag, Kettenrasseln, kurze Kommandos. Langsam und bedächtig setzte der Prozessionszug seinen Marsch durch Palencias Innenstadt fort.

In der Hauptstadt der gleichnamigen Provinz, die am Ufer des Flusses Carrión im Nordwesten der Hochebene Tierra de Campos lag, führte die *Procesión del Santo Entierro* wie an jedem Karfreitag von der gotischen Kathedrale zur *Bruderschaft des Heiligen Grabes*.

Die rhythmisch pulsierenden, nahezu hypnotisierenden Trommelklänge wurden von den absichtlich verstimmten Trompeten der Polizeikapelle abgelöst, die der eigentlichen Prozession voranging. Getragene Marschmusik bestimmte das Tempo.

Dahinter schritten die Mitglieder einer der ältesten und bedeutendsten katholischen Vereinigungen des Landes, zu deren Schirmherren neben dem Nationalen Polizeikorps der spanische König höchstselbst zählte.

Zu solchen Anlässen hüllte sich die *Bruderschaft des Heiligen Grabes* in ihr traditionelles Ornat: weiße Kutten, rote Knöpfe. Weiße Schuhe, rote Schnallen. Weißer Umhang, roter Saum.

Der Kapelle mit ihren schaurig anrührenden Melodien folgten die Träger des Führerkreuzes und der Standarten, auf denen das Symbol der Bruderschaft prangte: das rote Kreuz des *Ritterordens vom Heiligen Grab zu Jerusalem*.

Danach die Nazarener, jene barfüßigen Büßer, die zu ihrem Ornat die charakteristischen, Furcht gebietenden Spitzhauben trugen. Diese bedeckten – mit Ausnahme der engen Sehschlitze – das gesamte Gesicht, um die Anonymität des Bußakts zu unterstreichen. Man nannte diese reumütigen Christen daher *capuchones* – Kapuzenträger.

Zu den Nazarenern gesellten sich die *penitentes* – Büßer, die die Last mehrerer Holzkreuze auf sich nahmen. *Via crucis.*

Schließlich die *pasos*, tischförmige Konstruktionen mit Statuetten. Darunter die *santo sepulcro*, ein im gläsernen Sarg aufgebahrter, vom Kreuz genommener Jesus, und die sehr realistische, in leuchtenden Rot- und Blautönen gehaltene Marienfigur Virgen de los Siete Cuchillos. Die *pasos* mit einem Gewicht von mehreren Tonnen wurden auf Schultern getragen. Ein gefährliches Wagnis. Die Träger liefen so dicht hintereinander, dass der Hintermann nur seinen Vordermann sehen konnte. Man musste sich auf die sekundengenauen Anweisungen von Begleitern – die unermüdlich zwischen allen Fronten hin und her gingen – und deren Kommandos zum Auf- oder Absetzen und zum Marschieren verlassen. Gefährlich auch deshalb, weil die *pasos* nach allen Seiten hin wankten wie eine Hängebrücke im Sturm. Nach rechts, nach links. Auf und nieder. Immer drohend vornüberzukippen. Die schaukelnden Schritte ergaben sich beinahe organisch aus der verstimmten Marschmusik. Nach beiden Seiten der schmalen Straße hin wurde der Prozessionszug von Trägern goldener Palmwedel eingerahmt.

Am Schluss die in schwarzer Spitze gekleideten Verehrerinnen, die ab und an mit heiseren Stimmen die Madonna anriefen.

Palencias Einwohner behaupteten mit einem gewissen Stolz, hier sei Spanien am spanischsten. Wie tief verwurzelt der Glaube immer noch war, ließ sich daran ermessen, dass nicht nur Erwachsene zu den Büßern zählten. Es gab auch »kleine Büßer«, Kinder und Jugendliche.

Dieses Bild bot sich der schweigenden und staunenden Menschenmenge, die die Calle Mayor Principal, Palencias Haupteinkaufsstraße, um diese Abendstunde bevölkerte. In den umliegenden Straßen und Gassen herrschte andächtige Ruhe. Man musste nicht religiös sein. Der Faszination des Geschehens vermochte sich niemand zu entziehen.

Es war *Semana Santa*. Hier wie in allen Städten und Regionen Spaniens, von Andalusien über Katalonien bis in die Extremadura, wurde die heilige Woche ausgiebig zelebriert. Jeder Tag von Palmsonntag bis Ostersonntag hielt solche und ähnliche Prozessionen bereit. Der Höhepunkt des Kirchenjahrs.

Im Herzen der autonomen Region Kastilien-León, auf beinahe achthundert Metern über dem Mittelmeer, steckte der Frühling in den Kinderschuhen. Schnee bedeckte die umgebenden Gipfel der iberischen Gebirge. Zu dieser vorgerückten Stunde lagen die Temperaturen nahe am Gefrierpunkt.

Comisaría Cuerpo Nacional de Policía
Av. Simón Nieto, 8

Die örtliche Dienststelle des Nationalen Polizeikorps war in einem modernen, großzügig angelegten Gebäude in der Nähe des Bahnhofs der Achtzigtausend-Einwohner-Stadt beheimatet. Modern nach innen, traditionell nach außen. Die sandsteinfarbene Architektur mit ihren hohen Glasfassaden und den stilisierten Dachzinnen erinnerte an eine Burganlage im maurischen Stil.

An diesem hohen Feiertag wurde gearbeitet. Das Nationale Polizeikorps begleitete die Prozession nicht nur vor Ort, man verfolgte sie außerdem sehr aufmerksam auf Monitoren.

»*Im Blumenmeer der Kalvarienberg*«, sagte Inspector Valentina Luna Navaz, die gedankenverloren mit verschränkten Armen die eingespielten Livebilder der Überwachungskameras verfolgte.

Agent Piet Veenstra war irritiert. »Wie bitte?«

»Ein bei uns bekanntes Lied. Kam mir gerade in den Sinn.«

»Sie wären lieber dort, nehme ich an. Ich gebe zu, dass ich den ganzen Trubel nicht so recht verstehe.«

»Piet ...«, raunzte seine Kollegin Chloé Lambert ihn mit grimmigem Blick an.

Obwohl sie seit weniger als einem Monat zusammenarbeiteten, wusste Chloé bereits, dass ihr niederländischer Kollege über die seltene Gabe verfügte, zum falschen Zeitpunkt das Falsche zu sagen.

Inspector Navaz nahm es gelassen. »Schon gut, Calvinisten werden es wohl nie verstehen.«

»Etwas mehr Respekt«, sagte Veenstra trocken. »Schließlich haben wir euch aus unserem Land geworfen.«

Chloé verdrehte die Augen, den ganzen Tag ging das nun schon so.

Die spanische Beamtin gab sich noch nicht geschlagen. »Hören Sie das Lied, und Ihnen wird sich die ganze Logik erschließen. Wie wäre es mit ein wenig Nachhilfe, wenn das Ganze hier vorbei ist?«

Das würde ihm so passen, dachte Chloé.

Man merkte Valentina Luna Navaz ihre neununddreißig Jahre nicht an. Sie sah aus wie dreißig, was ihr bei der mittäglichen Ankunft der beiden Europol-Beamten schon eine gehobene Braue der nicht minder gut aussehenden Chloé eingebracht hatte.

Valentina Luna Navaz erfüllte mit ihren knapp eins sechzig gerade so die Kriterien der Zugangsberechtigung zum Polizeidienst. Veenstra überragte sie um fast zwei Köpfe. Ihre schlanke Erscheinung täuschte darüber hinweg, dass man ihr besser keinen Widerstand leistete. Sie war nicht nur schlank, sondern auch muskulös. Inspector Navaz verteidigte ihren Titel als spanische Meisterin im Aikido, mit einer Leidenschaft für die freiere Übungsform des Randori. Das glatte blonde Haar hatte sie zu einer mittellangen Bobfrisur arrangieren lassen, der Scheitel fiel keck ins Gesicht – nicht unbedingt polizeikonform. In ihrer Position als Verbindungsbeamtin zu Europol genoss sie sicherlich ein paar Freiheiten. Dazu strahlend blaue Augen.

Chloé konnte sich vorstellen, dass diese Dame ins Beuteschema des manchmal albernen Niederländers passte. Genug der Frühlingsgefühle.

Die spanische Polizei bestach durch Effizienz und exzellente Organisation. Nicht die geringste Kleinigkeit wurde dem Zufall überlassen. Hier hatte Europol ein angenehmes Gastspiel. So wichtig die Absicherung des Prozessionszugs sein mochte, sie war Beiwerk einer wesentlich größeren Operation, die in diesem Moment an ganz anderer Stelle stattfand.

Inspector Navaz schüttelte den Kopf, der hübsche Scheitel fiel dabei tiefer ins Gesicht. Sie blies ihn zurück an Ort und Stelle. »Ich finde es von den Norwegern schon einigermaßen sagenhaft. Wir haben deren Mann im Visier, und die halten es nicht für nötig, uns einen ihrer Verbindungsbeamten zu schicken.«

»Wahrscheinlich war der Riksadvokat genauso überrascht wie wir«, vermutete Veenstra. »Hat ja niemand damit gerechnet, dass der so schnell wieder auf der Bildfläche auftaucht, noch dazu hier.«

»Mit einem kleinen Unterschied: *Sie* sind da.«

»Hey, es ist Karfreitag, Inspector! Wir hatten gerade nichts Besseres zu tun.«

Ein Polizeibeamter machte ihr Meldung. »Unsere Spezialeinheiten sind vorgerückt und in Position.«

In diesem Moment umstellten Spezialeinheiten der GOES, der *Grupos Operativos Especiales de Seguridad*, ein Hofanwesen in der Ortschaft Baños de Cerrato, etwa zehn Kilometer südlich von Palencia. Bereits die Römer hatten die dortigen Heilquellen genutzt, um ihre Nierenleiden auszukurieren. Gerade hielt sich dort ein Mann auf, gesucht per europäischem Haftbefehl, und das mit Sicherheit nicht zu Erholungszwecken.

Valentina Luna Navaz widmete ihre Aufmerksamkeit den Monitoren, die die anstehende Aktion in die

Dienststelle übertrugen. »Teamleiter, wie ist Ihr Status?«

»Außenbereich umstellt und gesichert. Keine Hinterausgänge. Bereit auf Ihr Zeichen«, lautete die Antwort aus dem Lautsprecher.

»Agent Veenstra, wenn Sie wollen?«

Der hob abwehrend die Hände. »Das ist Ihre Operation, wir sind nur Beobachter. Die Ehre gebührt ganz Ihnen.«

Sie ließ sich nicht zweimal bitten. »Also gut – Zugriff!«

Das bisher ruhige Bild verwackelte nun.

»Auf mein Kommando. Drei, zwei, eins …«, sagte der Teamleiter im Flüsterton. Ein dumpfer Schlag, die Eingangstür wurde eingetreten. *»Los, los, los!«*

Einheiten rückten schnell vor und drangen in das Haus ein, der Träger der Helmkamera folgte an letzter Stelle. Mit gehobenen Maschinenpistolen wurde der enge Hausflur durchquert. Einzelne Mitglieder der Elitetruppe schwärmten in die nicht näher erkennbaren angrenzenden Räume aus. Bereit, die Waffe beim geringsten Anzeichen von Widerstand einzusetzen.

»Gesichert«, wurde mehrfach wiederholt.

»So weit, so gut.« Piet Veenstra hielt den Atem an, die Anspannung stand ihm ins Gesicht geschrieben.

Am Ende des Flurs eine weitere Tür, die ebenfalls eingetreten wurde. Jetzt wurde es hektisch und laut, auf den Monitoren konnte man für einen kurzen Moment nichts erkennen.

»Keine Bewegung!«

Das Bild wurde wieder klar. Ein Mann saß auf einem Bett, wurde von einem Teammitglied der GOES hochgezogen und mit dem Gesicht nach unten auf den

Boden geworfen, während ein zweites Teammitglied ihm Handschellen anlegte, mit erhobenen Waffen abgesichert von den übrigen Spezialeinheiten im Raum.

»Ist ja gut! Wie wäre es demnächst mit Anklopfen?«, war als Protest zu hören.

Das Gesicht des Festgenommenen wurde in die Kamera gehalten. *»Ist er es?«*

Inspector Navaz sah Chloé fragend an.

Kurzes Kopfnicken.

Schließlich die Bestätigung: »Glückwunsch, Teamleiter! Wir haben Henning Mikkalsen.«

23:15 Uhr

Henning Mikkalsen, von Handschellen befreit, saß der spanischen Verbindungsbeamtin und Lieutenant Chloé Lambert gegenüber. Beide hatten die Aufgabe, ihm das weitere Prozedere zu erläutern.

»Das wird sehr kurz«, eröffnete Valentina Luna Navaz dem Festgenommenen. »Gegen Sie liegt ein Haftbefehl Ihrer Regierung vor. Sie sind uns ins Netz gegangen, der Ermittlungsrichter hat Ihr Auslieferungsgesuch bestätigt. Wir übergeben Sie den norwegischen Kollegen. Ende der Geschichte. Benötigen Sie einen Rechtsbeistand?«

Der Norweger sah aus, wie sich Chloé einen Ex-Militär vorstellte: kurzer Haarschnitt, durchtrainiert, muskulöse Oberarme. Durchaus nicht unattraktiv, aber gewöhnlich. Seine Umgangsformen wollten nicht zu seiner letzten Stellung als Projektleiter der *East African Development Company* passen, einer Strohfirma des norwegischen Staatskonzerns *NorskOil*. Von einem Mann in dieser Position erwartete man Geschmeidigkeit,

Diplomatie. Ihnen begegnete ein hartgesottener Typ. Er verkörperte mit jeder Pore seines Körpers den ehemaligen Offizier der Königlichen Garde. Vermutlich war gerade das vonnöten, wenn man mit Diktatoren und Menschenschlächtern am Horn von Afrika ins Geschäft kommen wollte.

Henning Mikkalsen hatte für die einleitenden Worte der Spanierin nur an Arroganz grenzende Belustigung übrig. »Ich garantiere Ihnen, Sie wollen mich gar nicht ausliefern.« Und an Chloé gewandt: »Vielleicht wollte ich geschnappt werden.«

Ihr bereiteten die mysteriösen Umstände seiner unbehelligten Einreise nach Spanien Kopfzerbrechen. Ein Mann mit seiner Erfahrung hatte derlei Spielchen nicht nötig.

Also fragte Chloé misstrauisch: »Sie wollten geschnappt werden?«

»Wenn Sie mich ausliefern, habe ich nicht mehr lange zu leben«, behauptete er.

Sie kannte Mikkalsens Akte, wusste vom traumatischen Irak-Einsatz. Dieser Mann hatte unaussprechliche Dinge gesehen. Wenn er sein Leben bedroht sah, glaubte sie ihm das. Was kein Grund war, sofort darauf einzugehen. Mitgefühl wäre verfrüht. Er sollte sich etwas mehr bemühen.

»Ich kann mir schon vorstellen, dass die Sie nicht gerade mit einer Konfettiparade empfangen. Schließlich waren Sie am tödlichen Komplott gegen Erik-Sondre Bondevik beteiligt. Aber die werden Ihnen unter Garantie nicht nach dem Leben trachten.«

Er ließ sich nicht reizen. »Bei allem, was ich über meinen Auftraggeber weiß, Lieutenant Lambert?«

»*NorskOil* hat damit nichts zu tun.«

Mikkalsen musste lachen. »*Die* sind nicht meine Auftraggeber.«

Valentina Luna Navaz sah keinen Sinn darin, das Gespräch fortzusetzen. »Wir verschwenden hier unsere Zeit, Señor Mikkalsen.«

Chloé zog sie zurück auf ihren Stuhl. Sie hatte das Gefühl, dass hinter Mikkalsens Andeutungen mehr stecken musste. »Sie sind als südafrikanischer Diplomat unter dem Namen Oswald Prinsloo gereist. Wer hat Ihnen den Pass besorgt? Wer ist Ihr Auftraggeber? Wozu das Versteckspiel?«

»Mein Aufenthalt in Spanien ist kein Zufall. Ich sollte Informationen übergeben.«

»Informationen«, wiederholte Inspector Navaz ungläubig.

»Informationen, die Ihrem Land massiven Schaden zufügen könnten.«

»In wessen Auftrag?«, wollte die Verbindungsbeamtin wissen.

Das fiese Grinsen im Gesicht des Verhafteten wurde breiter. »Verschwende ich also doch nicht Ihre Zeit?«

Chloé beugte sich nach vorne. »Bevor wir auch nur damit beginnen, Ihr Anliegen ernsthaft in Erwägung zu ziehen, müssten Sie schon etwas mehr liefern.« Ihr Grinsen konnte genauso fies sein wie das des Norwegers.

Er gab nach. »Haben Sie meine Sachen durchsucht?«

»Wir sind dabei«, bestätigte Inspector Navaz.

»Sie werden auf eine externe Festplatte stoßen. Ich gebe Ihnen den Entschlüsselungscode. Sehen Sie sich die Informationen an. Dann reden wir weiter.«

Henning Mikkalsen hatte nicht übertrieben. Er besaß hochbrisante Dokumente von beträchtlichem Wert für die spanische Regierung. Sie würden für Aufsehen in ganz Europa sorgen, sollten sie publik werden.

Valentina Luna Navaz war schockiert. »Ich fasse es nicht, wie konnte er an dieses Material gelangen?«

»Ihre Regierung hat ein Leck.« Das war nicht die einzige schlechte Neuigkeit, mit der Piet Veenstras aufwarten konnte. Er hielt Mikkalsens Diplomatenpass in die Höhe. »Das Dokument ist keine plumpe Fälschung. Die Südafrikaner beschäftigen tatsächlich einen Oswald Prinsloo in ihren Reihen.«

»Das ist nur die Spitze des Eisbergs. Wir müssen sein Angebot annehmen.«

»Die Norweger werden fuchsteufelswild sein, Inspector.«

Chloé unterbrach die beiden. »Mikkalsen bleibt vorerst bei uns. Ich habe mit dem Hauptquartier telefoniert, Tinus ist auf dem Weg. Er wird morgen in Madrid die nötigen Einzelheiten klären.«

»Tinus Geving?« Inspector Navaz wurde hellhörig.

»Der und kein anderer«, sagte Veenstra. »In Fällen wie diesem schickt Pedersen sein bestes Pferd ins Rennen. Nach uns natürlich.«

Die Verbindungsbeamtin wirkte plötzlich erleichtert. »Das verlief ja ziemlich reibungslos.« Sie wechselte das Thema. »Sagen Sie, was haben Sie über die Feiertage vor?«

Die Spanierin unterbreitete ihnen ein Angebot, das sie unmöglich ablehnen konnten. Am allerwenigsten Piet Veenstra, der bis über beide Ohren strahlte.

Samstag, 30. März

Museo Nacional del Prado
Calle Ruiz de Alarcón, 23
Madrid
08:45 Uhr

»Kaiser Karl V. zu Pferd in Mühlberg. Es ist interessant: Der Maler bezieht sich auf das berühmte Reiterstandbild des Mark Aurel. Sehen Sie nur Karls gelassenen Umgang mit dem Pferd. Ein Kaiser, völlig sicher in seiner Frieden bringenden Intention und fähigen Reichsführung. Ein Kaiser, der sagen konnte: In meinem Reich geht die Sonne niemals unter.«

Zu früher Morgenstunde hatte der spanische Justizminister Anaías Betancourt an diesen ungewöhnlichen Ort gebeten. Kriminalhauptkommissar Tinus Geving fand sich im Villanueva-Flügel des Madrilener Prado ein. Die ausgedehnten Hallen bestachen durch ihre runden Kassettendecken und Oberlichter, die dem Ort eine zeitlose Leichtigkeit verliehen.

»Ich hätte Sie eher für einen Liebhaber El Grecos gehalten«, stellte Geving lapidar fest.

Betancourts Blick hing wie gebannt an Tizians Gemälde, einem der prominentesten Exponate der Kunstsammlung. Er schien den Bann nur sehr ungern brechen zu wollen. »Guten Morgen, Herr Geving. Sie müssen den Ort unseres Treffens entschuldigen. Als Minister hat man nicht immer die Muße.«

Der Justizminister sprach ausgezeichnet Deutsch. Geving kannte den Mann nicht persönlich, fand aber, dass er sich für sein Alter – er ging auf die siebzig zu – erstaunlich gut gehalten hatte. Kaum eine graue Strähne im sorgfältig geföhnten und gescheitelten Haar. Bei der Auswahl seiner Garderobe legte der Politiker große Sorgfalt an den Tag, nichts überließ er dem Zufall. Geving ging so weit, den Mann als »eitel« zu bezeichnen. Eine Charakterschwäche, die ihm bestens vertraut vorkam.

»Vor Öffnung des Museums ist man wunderbar ungestört«, fuhr Betancourt fort. »Ein Vorteil, wenn man Mitglied des Stiftungsrats ist. Wie war Ihr Flug?«

»Überpünktlich.« Iberia-Piloten waren dafür bekannt, die Schubstrahlregler auf Anschlag durchzuziehen und so den Zielflughafen vor der Zeit zu erreichen.

»Ihren Kollegen ist da ein dicker Fisch ins Netz gegangen.«

»Was zu beweisen wäre, Herr Justizminister.« In seiner Einsilbigkeit konnte Geving als gebürtiger Westfale zermürbend sein, wenn er wollte.

Betancourt störte das nicht. »Mikkalsens Informationen, haben Sie sie gesehen?«

»Es ist wahr. Sollten diese Dokumente an die Öffentlichkeit gelangen, können Sie einpacken.«

»Wir sind auf der Suche nach der undichten Stelle. Eine Quelle im Finanzministerium spielt gegen uns.«

Geving hatte eine abweichende Vermutung. »Wie kommen Sie darauf, dass es Ihre Leute waren? Was ist mit der Bank?«

»Die Regierung arbeitet nicht zum ersten Mal mit der Deutsch-Niederländischen Privatbank ter Hoorst zusammen. Sie sind absolut diskret und neutral. Keine unserer eigenen Banken wäre zu solch einem schonungslosen Blitzstresstest imstande.«

Tinus Geving hatte nicht geschlafen. Wenn er nicht geschlafen hatte, brachte er für lange Vorreden keine Geduld auf. Er kürzte die Sache ab. »Vierzig Milliarden Euro fehlendes Kapital sind eine Menge Holz. Die Hälfte Ihrer Kreditinstitute benötigt dringend frisches Geld. Vierzig Milliarden gute Gründe für den Markt, auf einen Zusammenbruch des spanischen Bankensystems zu wetten.«

»Sie halten mit Ihrer Meinung ja nicht gerade hinterm Berg«, stellte der Justizminister fest.

»Ich gehe den Problemen auf den Grund. Dabei nehme ich keine Rücksicht.«

Anaías Betancourt schien weder beleidigt noch irritiert zu sein. »Ich schätze Offenheit. Fahren Sie fort.«

»Sie sind alarmiert. Ihre Regierung hat die Zahlen nur aus einem Grund unter Verschluss gehalten. Sie blasen das Wirtschaftswachstum künstlich auf und wollen verhindern, dass Ihre europäischen Partner davon erfahren.«

»Alle Achtung! Sie sind äußerst scharfsinnig. Dabei haben Sie eine entscheidende Komponente vergessen: Politik.«

»Ich interessiere mich nicht für Politik.«

»Alles daran ist politisch! Unsere letzte Parlamentswahl hat keine klare Mehrheit zustande gebracht. Wenn bis zur nächsten Woche keine Bildung einer neuen Regierung gelingt, wird der König die Auflösung des Parlaments einleiten. Dazu die Separatismusbestrebungen von Katalanen und Basken. Würde herauskommen, dass wir vorhaben, die fehlenden Milliarden für die Finanzierung der Banken über Umverteilungen im Haushaltsplan, Rentenkürzungen und versteckte Steuererhöhungen zu bekommen, wäre die Katastrophe vorprogrammiert.«

»Wahlbetrug«, sagte Geving.

»Eine vorübergehende Maßnahme, Kriminalhauptkommissar Geving. Bei den jetzigen Prognosen lachen wir am Ende des Jahres darüber.«

»Sie wollen neuer Ministerpräsident werden, wie ich höre.« Geving interessierte sich nicht für Politik. Er fand die Spielchen kleinlich und lästig. Gut informiert war er jedoch.

Betancourt schmunzelte. »Wollen Sie nicht lieber für mich arbeiten? Ihren scharfen Sachverstand, der keine Rücksicht auf Verluste nimmt, könnte ich gebrauchen.«

Er winkte ab. »Danke, aber nein danke!«

»Was halten Sie von Mikkalsens Offerte?«

»Ich denke, da ist noch mehr. Der Mann ist gut vernetzt. Vermutlich vertritt diese Bank, ter Hoorst, in erster Linie die eigenen Interessen.«

»Sie wetten auf den Zusammenbruch unseres Bankensystems und scheffeln damit viel Geld.« Anaías Betancourt war offensichtlich von Gevings These überzeugt.

»Da die Bank den Stresstest im Auftrag Ihrer Regierung durchgeführt hat, wäre das Insiderhandel und damit unser Ermittlungsgebiet. Europol wird Henning Mikkalsen auf den Zahn fühlen. Diese Zusicherung von Laurits Pedersen kann ich Ihnen geben.«

Der Justizminister war erfreut. »Unsere Unterstützung haben Sie. Die Norweger hingegen werden nicht glücklich sein.«

»Darum kümmert sich Pedersen. Seine Beziehungen zu Riksadvokat Storm Thingnes Lyngstad sind ausgezeichnet. Wir beabsichtigen, Mikkalsen Anfang nächster Woche nach Den Haag zu überführen.«

»Haben Sie vor zu bleiben?«

»Für eine halbe Stunde mit dem spanischen Justizminister hätte ich mich am Osterwochenende kaum ins Flugzeug gesetzt.«

»Urlaub?«, fragte der interessiert.

»Ab und zu sollte man das Angenehme mit dem Nützlichen verbinden.« Geving wies in die Hallen des Prado. »Sie verstehen schon.«

Betancourt lachte. »Selbstverständlich. Wo soll es denn hingehen?«

»Wir haben eine Einladung von Inspector Navaz in die Sierra de Cebollera. Ein kleiner Ort: Alfarnatejo.«

Das Lachen blieb dem Justizminister abrupt im Hals stecken. Hatte Geving etwas Falsches gesagt?

Betancourt hatte sich da schon wieder gefangen. Alfarnatejo ...«

»Schon mal dort gewesen?«

Betancourt konnte die entspannte Fassade nur mühsam aufrechterhalten. »Äh, möglich, dass ich schon mal dort gewesen bin. Ist lange her. Wenn das alles wäre?«

»Natürlich, Herr Minister. Schöne Osterfeiertage«, verabschiedete sich Geving.

»Danke, Ihnen auch.«

Anaías Betancourt verließ zügig die Hallen des Museums, ohne sich noch einmal nach Geving umzublicken.

Nein, der Justizminister hatte sich nicht gefangen, dazu war er zu blass im Gesicht, als hätte er ein Gespenst gesehen. Für einen winzigen Moment hatte Tinus Geving in dessen Augen noch etwas anderes erkennen können: Angst.

Stadtwohnung von Anaías Betancourt
Calle Orellana, 2
Madrid

War es möglich, dass dieser Deutsche davon wusste? Er hatte von Tinus Gevings Fähigkeiten gehört, die Leute zu durchschauen, als wären sie gläserne Menschen. Nein. Wie sollte er? Niemand wusste davon. Nicht einmal der König, geschweige denn der Nochministerpräsident. In einem nämlich war *Anaías Betancourt* dem Europol-Ermittler gegenüber nicht ganz aufrichtig gewesen. Am Dienstag würde der Hof keine andere Möglichkeit haben, als ihn, Betancourt, mit der Bildung einer neuen Regierung zu beauftragen. Ein gut gehütetes Geheimnis vor der Presse.

Nein, niemand konnte dieses Geheimnis kennen. Nur seine Verbündeten von einst. Verbündete wider Willen.

»Sie kommen spät. Das sieht Ihnen nicht ähnlich.«

»Zunächst habe ich meine Privatmine in Pascualgrande geschlossen.«

»Will ich das so genau wissen?«

»Gute Einstellung, Betancourt. Sie werden es noch weit bringen. Vorausgesetzt ...«

»Sie haben, was Sie wollten.«

»Dafür haben Sie bekommen, was Sie wollten. Wozu macht uns das? Zu Partnern.«

»Täuschen Sie sich nicht. Ich mache mir für Sie nicht die Hände schmutzig.«

»Das haben Sie doch längst. Sie unterschätzen die Macht der Verdrängung ...«

Anaías Betancourt hatte es schon verdrängt. Vergessen konnte ein Segen sein. Kam jetzt alles so plötzlich wieder?

All das lag vierzig Jahre zurück. Exakt vierzig Jahre.

Er hielt sich für einen Mann des Erfolgs. Immer zur richtigen Zeit am richtigen Ort. Damals wie heute. Mikkalsen hatte die Dokumente so geliefert, wie es von Anfang an geplant gewesen war. Europol hatte keine Ahnung, woran es sich beteiligte. Auch Mikkalsen wusste von nichts. Er würde keine Gefahr darstellen. Der General und seine Leute kümmerten sich um den Rest.

Betancourt hielt jetzt ein Druckmittel gegen seinen ärgsten Konkurrenten um die Macht in der Hand. Die Geschichte mit den unterschlagenen Stresstests würde der Sargnagel für die Karriere des amtierenden Regierungschefs sein. Sollte es publik werden, er würde ein Misstrauensvotum im Parlament nicht überleben. Zeit, ihn gegen einen Mann auszutauschen, der über das uneingeschränkte Vertrauen der Abgeordneten verfügte. Ihn, Betancourt, die graue Eminenz. Er würde nicht länger nur graue Eminenz sein.

Anaías Betancourt verschob die unangenehmen Erinnerungen an längst vergangene Tage in die entlegensten Regionen seines Gedächtnisses. Nichts und niemand würde noch Fragen dazu stellen. Er konnte sich entspannt zurücklehnen und genießen, wie der Wandel der Zeit für ihn arbeitete. Damals wie heute.

Staatsstraße nach Alfarnatejo
14:37 Uhr

Wie so oft sollte Tinus Geving recht behalten. Er hatte es geradezu kommen sehen. Der Tod des norwegischen Sonderermittlers Erik-Sondre Bondevik. Die verschwundenen dreizehn Millionen Euro, denen er auf die Spur gekommen war. Das Bekennerschreiben der *Korsischen Nationalen Befreiungsfront.* Ghjuvan

Francescu Santini, Bondeviks Mörder, der auf die gleiche Weise ums Leben gekommen war wie sein Opfer. Dieser Fall hinterließ mehr lose Enden, als seine Vorgesetzten zuzugeben bereit waren. Allen voran Laurits Pedersen, von dem sich Geving aufs Abstellgleis geschoben fühlte. Der Deputy Director hatte es auch dann nicht für nötig befunden, ihn zu involvieren, als Henning Mikkalsen längst ins Visier der spanischen Justiz geraten war.

Er hatte Pedersen ja gewarnt. Und so hatte es etwas unfreiwillig Komisches, dass sich der Deputy Director – kaum einen Monat nach den Ereignissen von Paris und Oslo – genötigt sah, Tinus Geving mit Henning Mikkalsens Auslieferung zu betrauen. Geving konnte keine Genugtuung darüber empfinden. Im Gegenteil, sie hatten wertvolle Zeit verloren.

Wenn die Norweger wussten, dass man Mikkalsen festgenommen hatte, dann wussten es auch jene Kräfte, die an der Vertuschungsaktion mit den geraubten *NorskOil*-Millionen beteiligt gewesen waren. Geving musste in diesem Punkt keine Beweisführung antreten. Anders konnte es nicht gewesen sein.

Er blickte aus dem Autofenster hinaus in die karge Leere. Die unaufhörlich näher kommenden iberischen Berge waren wolkenverhangen. Kaum ein Baum zierte die vorbeiziehende Landschaft, kaum ein Tier, kaum ein Mensch, kaum ein Auto. Nur trübes Graugrün. Die Luft roch klamm.

Geving war mit dem Zug aus Madrid angereist. Aus einer Stadt, die ihm vertraut war, in eine ihm völlig fremde Gegend. Irgendwie fühlte er sich fehl am Platz.

Hätte Chloé ihn nicht abgeholt, wäre er sich sogar verloren vorgekommen.

Sie hatte keine Mühe gehabt, ihn zu diesem Ausflug zu überreden. Ein wenig Entspannung im Kreise derer, die ihm am nächsten standen, tat sicher gut. Und er war ihr nahe. Noch nie hatte er sich zu einem Menschen so schnell hingezogen gefühlt.

Die Sierra de Cebollera näherte sich unerbittlich mit jedem Kilometer. Etwas Dunkles ging von ihr aus. Dunkel, kalt, schroff und Furcht einflößend.

Was ließ ihn so sensibel reagieren? So kannte er sich überhaupt nicht. So klein.

Chloé musste erkannt haben, welch düsteren Gedanken er nachhing. Viel zu lange ertrug sie sein Schweigen nun schon. »Worüber denkst du nach?«

Worüber dachte er eigentlich nach? »Alfarnatejo – was wissen wir über diesen Ort?«

»Was möchtest du darüber wissen?« Schweigen. »Alles in Ordnung mit dir?«

Er atmete tief durch, versuchte sich zu entspannen. »Das Gespräch mit dem Justizminister. Es verlief etwas unerwartet.«

»Probleme?«

»Ich weiß nicht. Es ist ...« Ja, was war eigentlich? Wieso reagierte Anaías Betancourt, ein gestandener Politiker, unvermittelt so verstört? Wie war es ihm gelungen, Geving mit Furchtsamkeit zu infizieren? Er tat es ab und fuhr fort. »Es ist nichts.«

Chloé sah ihn mit ihrem Lächeln an. Das zauberhafte Grübchen auf der linken Wange. »Jetzt mach dich mal locker. Glaub mir, das wird lustig!«

Bei ihrem Anblick verflog jeder düstere Gedanke. Er rang sich ein schiefes Lächeln ab. »Ja, du hast recht.«

Tinus Geving hätte nicht aus dem Fenster schauen sollen. Die dunklen Berge, sie schienen ihn zu erdrücken. Ein kalter Schauer lief ihm über den Rücken.

Betancourt hatte etwas zu verbergen. Wer etwas zu verbergen hat, der hat etwas zu befürchten. Sein Lächeln verflog, von Chloé unbemerkt.

Ferienhaus von Valentina Luna Navaz
Calle Carril de la Fuente, 12
Alfarnatejo
16:03 Uhr

Alfarnatejo mit seiner mittelalterlichen Architektur lag idyllisch in einem schmalen Talkessel. Die nahen Berge bedeckte ewiges Gletschereis. In den Straßen der Stadt, die von einer vollständig erhaltenen Schutzmauer aus der Zeit der Reconquista umringt wurde, verströmten die in dieser Gegend üblichen Kaminöfen den harzigen Geruch von verbrennendem Fichtenholz. Ab und an zogen Klänge von Musikkapellen die Anhöhe hinauf, auf der das Ferienhaus von Valentina Luna Navaz lag. Dazu heiteres Kinderlärmen.

Alfarnatejo war im Grunde ein hübscher Ort, der zum Verweilen einlud. Jedoch, Tinus Geving konnte keine Erklärung dafür finden. Die Kleinstadt hatte etwas Unheilvolles, Morbides an sich. Es erschien ihm, als wollte es in dieser klammen Bergluft niemals richtig hell werden.

Valentina Luna Navaz, der sie die Einladung in die spanischen Berge zu verdanken hatte, nahm Geving und Chloé in Empfang. Die Verbindungsbeamtin stellte ihnen für die kommenden Tage großzügig ihr Wochenendhaus zur Verfügung.

Dabei lernten sie Inspector Navaz' Freundin aus Schulzeiten, Lisseta, und deren Mann Fermín kennen, die das Nachbaranwesen bewohnten. Beide arbeiteten im Justizministerium in Madrid. Sie hatten eine Tochter. Rotblonde Haare, Sommersprossen im Gesicht. Mit einem Blick, der den Schalk in ihr verriet, beobachtete sie den hochgewachsenen Deutschen.

»Hallo, junge Dame«, begrüßte Tinus Geving sie auf Spanisch.

Er war sprachbegabt. Französisch und Englisch, die beiden vorherrschenden Amtssprachen bei Europol, beherrschte er fließend. Spanisch hatte er während seiner Ausbildung gelernt. Es war nicht perfekt, aber gut genug. Für eine kleine Unterhaltung mit dem Mädchen reichte es allemal.

Furchtlos begrüßte sie ihn mit festem Händedruck. »Bist du denn auch ein Polizist?«

Geving zeigte sich von ihrer schnellen Auffassungsgabe beeindruckt. Was hatte ihn verraten? »Das hast du schnell erkannt. Ich heiße Tinus.«

»Tinus? Das ist aber ein lustiger Name. Wie der Clown!« Sie lachte herzerfrischend.

Für einen kurzen Moment verschlug es ihm die Sprache. Er sah hinüber zu Chloé, die große Mühe hatte, an sich zu halten, um nicht ebenfalls laut loszulachen. Wahrscheinlich dachte sie in diesem Moment das Gleiche wie er. Der deutsche Riese, der es gewohnt war, die hartgesottensten Verbrecher zur Strecke zu bringen, war machtlos gegenüber dem Charme eines Kindes.

»Und wie heißt du?«

»Alina.«

»Alina! Was für ein toller Name. Die Erhabene. Dann bist du schon eine richtige Dame, hm?«

»Wir ziehen wirklich eine Dame groß.« Lisseta wuschelte ihrer Tochter durch das rotblonde Haar. Eine stumme Aufforderung, die Gäste erst einmal ankommen zu lassen.

Es widersprach Alinas Charakter. Sie hielt Geving in Beschlag und fragte unumwunden: »Möchtest du *piñata* mit mir spielen?«

Geving schaute irritiert. »*Piñata*? Was ist das?«

»Was?« Sie machte große Augen. »Das kennst du nicht?«

Er schüttelte bedauernd den Kopf. Währenddessen kam Piet Veenstra aus ihrer gemeinsamen Unterkunft. Sein Kollege sah mit ebenjener Belustigung, die auch den übrigen Umstehenden ins Gesicht geschrieben stand, was sich zwischen Geving und der kleinen Dame gerade abspielte.

Alina hatte die Aufmerksamkeit aller.

»*Piñatas* sind große bunte Figuren. Die hängen bei uns im Garten an den Bäumen. Du verbindest mir die Augen.« Sie drückte Geving einen langen Holzschlägel in die Hand. »Dann muss ich sie suchen und auf sie einschlagen.« Sie kicherte, bevor sie ein Lied mit glockenklarer Stimme sang.

»Dale, dale, dale.
No pierdas el tino.
Porque si lo pierdes,
Pierdes el camino.«
Schlag sie, schlag sie, schlag sie.
Verlier nicht dein Ziel.

Denn verlierst du es,
Kommst du vom Weg ab.

»Ja, und was dann?«

»Dann regnet es Süßigkeiten!«

Er verstand. Die Figuren, die Alina ihm beschrieb, waren aus Pappmaschee und mit Süßigkeiten gefüllt. »Bei uns gibt es ein Spiel, das so ähnlich geht. Topfschlagen.«

»Oh, das klingt gut. Bringst du es mir bei?«

»Jetzt lassen wir unsere Gäste erst mal auspacken«, mischte sich der Vater sanft bestimmend ein.

»Ach schade.«

»Ich spiele mit dir auf jeden Fall *piñata*«, versprach Geving ihr mit einem Augenzwinkern.

Das schien sie ungemein zu erfreuen.

Kindliche Vorfreude konnte ansteckend sein. Tinus Geving freute sich wirklich auf das Spiel. Er konnte sich beim besten Willen nicht vorstellen, jemals eigene Kinder zu haben. Ihm fehlte schlichtweg die erzieherische Geduld. Oder war die Welt so schlecht, dass er sie dem unschuldigen Nachwuchs nicht zumuten wollte? Er wusste es nicht. Jetzt ertappte er sich bei dem Gedanken, dass er sich ein Mädchen wie Alina durchaus vorstellen könnte. So klug und aufgeweckt wie sie. So lebendig und arglos. Vielleicht würde er sich selbst wieder lebendiger fühlen, wer weiß?

Chloé hatte recht. Immer nur Arbeit konnte auf Dauer nicht guttun. Vor lauter Arbeit bildete er sich Dinge ein. Was konnte an einem solch traumhaften Fleckchen Erde wie Alfarnatejo schon vorgefallen sein? Er würde sich entspannen und die freien Tage einfach genießen.

Geving machte sich daran, den Übrigen ins Haus zu folgen, wo Valentina Luna Navaz einen Willkommensimbiss vorbereitet hatte.

Irgendwoher ertönte ein Zischen entweichender Luft, gefolgt von einem langen und ausgedehnten Schlürfen. Schwere Atemzüge wie durch eine Gasmaske. Gevings Nackenhaare richteten sich auf. Ihm war, als stände plötzlich jemand hinter ihm. Drohende Gefahr! Alarmiert drehte er sich auf der Türschwelle um und blickte die Straße hinunter. Woher kam es? Einige Sekunden später blieb sein suchender Blick am äußersten linken Fenster, im zweiten Stockwerk eines unscheinbaren grau verputzten Hauses auf der gegenüberliegenden Straßenseite hängen. Ruckartig wurde eine Gardine vorgezogen. Konnte er jemanden dahinter ausmachen?

Er atmete mehrmals tief durch, sein Puls raste, seine Glieder zitterten. Da war nichts!

Es dauerte fast eine Minute, bis er sich wieder beruhigt hatte. Lange genug, dass sich Chloé bemüßigt fühlte, nach seinem Verbleib zu fragen.

Es gelang ihm, sich nichts anmerken zu lassen.

Herrgott, ich bin überarbeitet und schreckhaft wie ein scheues Reh! Tinus Geving musste dringend abschalten und sich zurücklehnen.

16:12 Uhr

»*Ya le diste una,*
 Ya le diste dos,
 Ya le diste tres,
 Y tu tiempo se acabó.«
 Du hast einmal geschlagen,

Welch liebliche Klänge aus so süßem Mund!

Er fühlte sich in die Vergangenheit zurückversetzt. In eine bessere Zeit. Was würde er darum geben, die letzten vierzig Jahre einfach abstreifen zu können? Wie gerne würde er wieder der Mann sein, der er einst gewesen war: mächtig und gefürchtet. Mächtig, weil jeder Polizist, jeder Staatsanwalt, jeder Beamte vor ihm kuschte. So weit hatte sein Einfluss gereicht. Gefürchtet, weil die wenigsten seiner Gegner sein Gesicht jemals zu sehen bekommen, geschweige denn gewusst hatten, wer er wirklich war. Er kannte weder Gnade noch Mitleid. Diese Systemfeinde – Kommunisten, Separatisten, Anarchisten und andere Vaterlandsverräter – hatten es nicht besser verdient!

Er wäre gerne der Mann von damals gewesen. Der Mann, dem niemand seine kleinen Freuden verwehren könnte, auf die er viel zu lange schon verzichten musste.

Und nun dieses Lied. Erinnerungen kehrten zurück. Schöne Erinnerungen. Erinnerungen an *sie*. Alles am Gesang des Mädchens und an ihrem Aussehen erinnerte ihn daran. An das sanft fallende Haar. An Haut wie Samt und Seide. An ihren Duft! Den Duft der reinen Unschuld, der unangetasteten Jugend, der ihn betörte, der ihn anzog, wie wohl nur Blütennektar Insekten anziehen konnte.

Der »Kobold im Kopf« meldete sich zurück. Seit über einem halben Jahrhundert lebte er mit diesem Kobold, der regelmäßig in ihm herumspukte. Ihn tun ließ, was er dann tat. Danach fühlte er sich erfrischt, lebendig, voller Kraft und erhaben.

Er kannte die ungenügenden Erklärungsversuche der Neurobiologie. Vom Auge ging der Reiz über die Sehbahn zum visuellen Cortex am Hinterkopf. Nervenimpulse wurden weitergeleitet zum Hypothalamus. Das Belohnungszentrum wurde aktiv. Ein Rausch! Verbunden mit dem Wunsch, dass es niemals enden möge.

Dieses Drängen hatte er lange nicht mehr verspürt. Diese Lust! Er konnte sie haben, er *musste* sie haben. Ihren Duft, für sich allein. Nur dann würde es ihm besser gehen, nur dann würde er zu alter Kraft zurückfinden.

Wenige Meter trennten ihn von ihr. Dazu ihr Name! Es konnte kein Zufall sein. Darauf wartete er schon lange. Bald würde es so weit sein. Bald würde sie ihm gehören. Sie, ihr Duft, ihre Reinheit.

Altstadt von Alfarnatejo
20:12 Uhr

Am frühen Abend setzte leichter Nieselregen ein, der rechtzeitig vor dem großen Schauspiel, das den Einwohnern auf dem Marktplatz geboten werden sollte, wieder abzog.

Geving, Chloé Lambert, Veenstra und Inspector Navaz sowie ihre neuen Bekannten wurden Zeugen eines außergewöhnlichen Spektakels. Zahlreiche Folkloregruppen – darunter erstaunlich viele Mädchen und Jungen – überboten sich gegenseitig mit ihren Tanzdarbietungen. Es war der *Jota*, ein in ganz Spanien beliebter Tanz im Dreivierteltakt. Die Musikkapellen auf ihren Gitarren, Tamburinen, Trommeln und den stets präsenten *gaitas*, spanischen Dudelsäcken, verstanden sich darauf, wahre Gassenhauer zu produzieren.

Sie schlenderten durch die engen Gassen und Arkaden der Altstadt. Immer etwas hinterher, sich treiben lassend, Tinus Geving. Er hatte so viele unterschiedliche Eindrücke zu verarbeiten, die ihn allesamt faszinierten. Nicht nur die Künstler auf dem Marktplatz trugen Trachten. Oft genug war es die einheimische Bevölkerung selbst, die sich mode- und traditionsbewusst kleidete. Dabei spielte es keine Rolle, ob Jung oder Alt.

Die ganze Stadt musste auf den Beinen sein. Geving hatte gewusst, dass die Osterfeierlichkeiten in Spanien eine sehr gefühlsbetonte Angelegenheit waren, doch das hier übertraf seine kühnsten Erwartungen. Das Ende der Karwoche, *der* Höhepunkt des Kirchenjahrs, wurde in einer ausgelassenen Stimmung begangen.

Nach einigen Stunden des Rundgangs – er konnte nicht sagen, wie lange, denn Zeit spielte keine Rolle mehr – kehrten sie in einer kleinen, um diese Uhrzeit gut besuchten Bar ein. Niemanden schien die drangvolle, aber gemütliche Enge zu stören.

Trotzdem hatten sie keinerlei Probleme, einen Tisch zu bekommen. Valentina Luna Navaz kannte den Wirt, er war ihr Cousin. Kaum saßen sie, wurde der Tisch schon reichlich mit Tapas gedeckt.

Inspector Navaz' Blicke wanderten zum Nachbartisch, an dem eine Gruppe Jugendlicher zwischen vierzehn und sechzehn Jahren sehr intensiv ins Kartenspiel vertieft war.

»Meine Güte, es ist noch gar nicht lange her, dass wir dort saßen und spielten, als gäbe es kein Morgen«, sagte die Verbindungsbeamtin melancholisch.

»Fang jetzt bloß nicht an, so zu reden. Man könnte meinen, wir wären alt!«, erwiderte ihre Freundin Lisseta.

Gelächter.

»Ich denke, ich habe euch immer noch ein bis zwei Kniffe voraus«, behauptete Fermín mit einigem Stolz. »Na, wollen wir's drauf ankommen lassen?«

Seine Frau nahm die Herausforderung sofort an. »Wenn du es nicht erwarten kannst, von Valentina und mir ruiniert zu werden.«

Er lächelte. »Die Wette gilt! Aber wir brauchen einen Vierten in der Runde. Gibt es Freiwillige?«

»Da muss eindeutig ein Mann mit ins Boot«, schlug Chloé vor.

»Ohne mich«, lehnte Piet ab. »Meine calvinistische Erziehung verbietet mir das Glücksspiel vor dem hohen Fest.«

»Spaßbremse«, lästerte Geving.

»Oho! Wer solche harschen Worte spricht, muss wild entschlossen sein, es mit den anderen aufzunehmen.«

»Der vierte Mann wäre gefunden«, sagte Inspector Navaz amüsiert.

Jetzt dämmerte es Tinus Geving. Piet grinste ihn frech an.

»Ähm«, versuchte Geving sich herauszureden, »ich bin ein ebenso geschickter Kartenspieler wie Tänzer.«

»Soll heißen, er ist 'ne Niete«, raunte Piet in verschwörerischem Ton.

Fermín winkte ab. »Ach was, Tinus. Das lernst du schon.«

Der Zeitpunkt, die Förmlichkeiten über Bord zu werfen, war gekommen.

»Na warte, mein Lieber«, drohte Geving seinem Kollegen halb im Ernst, halb im Scherz. »Wenn wir zurück sind, übernimmst du für einen Monat den ganzen Papierkram.«

Piet machte einen Gegenvorschlag. »Wenn du gewinnst, ist es mir das wert. Wenn du verlierst ... Ich sag's mal so, du hast eine ausgesprochen lyrische Ader!«

Geving verstand und wandte sich Fermín zu. »Dann heißt es wohl Sieg oder Untergang.«

Man ließ die Karten kommen. Gespielt wurde Chinchón, das dem Rommé ähnelte. Die Theorie begriff Geving schnell, die Umsetzung hingegen gelang ihm mehr schlecht als recht, sehr zu Piets diebischem Vergnügen. Die ungerade Anzahl der möglichen Kombinationen und die Spielerfolge – gespielt wurde gegen den Uhrzeigersinn – entsprachen nicht Gevings Symmetrieempfinden. Hinzu kam das ungewohnte spanische Blatt. Die Gastgeber entpuppten sich als geschickte Spieler und ruchlose Gegner. Zwecklos. Der bürokratische Rattenschwanz des folgenden Monats gehörte ihm. Geving hatte Laurits Pedersens Schadenfreude bereits vor Augen, wenn der erfuhr, womit sich sein Untergebener das eingehandelt hatte.

»Valentina!«

Der Ruf ging durch das ganze Lokal. Ein Mann, vielleicht Ende sechzig, mit immer noch sportlichem Aussehen und gutmütigem Gesicht, bahnte sich seinen Weg durch die Menge direkt auf die Verbindungsbeamtin zu und unterbrach damit die Spielrunde.

Inspector Navaz sprang erfreut auf und fiel ihm um den Hals. »Asael! Wie schön, dass es geklappt hat.«

»Du kennst mich. Sobald ich höre, dass du uns einen Besuch abstattest, lasse ich alles stehen und liegen.«

»Gut siehst du aus!«

»Lügnerin. Neben dir bin ich ein blasser Abglanz. Madrid scheint dir ausgezeichnet zu bekommen.«

»Darf ich euch vorstellen?«, fragte Valentina Luna Navaz in die Runde. »Asael Benavides. Der Mann, dem ich meine Karriere bei der Polizei zu verdanken habe.« Und an ihn gerichtet: »Das sind die Kollegen aus Den Haag, von denen ich dir erzählt habe.«

Erfreut schüttelte man Hände. Benavides machte auf Geving einen sympathischen Eindruck. Er bewahrte ihn vor der Totalblamage, denn das Kartenspiel wurde weggeräumt.

»Sie müssen entschuldigen«, sagte er. »Aber Valentina lobt mich in solch hohen Tönen, dass mir die Ohren klingeln.«

»Sie waren Polizist?«, erkundigte sich Geving und holte einen Stuhl heran, damit der neue Gast Platz nehmen konnte.

»Seit einem Jahr im Ruhestand. Nennen Sie es besser ›Unruhestand‹.«

So kamen sie schnell und unkompliziert miteinander ins Gespräch. Sie erfuhren, dass Asael Benavides ein Freund von Inspector Navaz' Familie war und sie schon von Kindesbeinen an in seine Fußstapfen hatte treten wollen. Man hatte ihr sogar gestattet, einen Teil ihrer Ausbildung bei ihm zu absolvieren. Er berichtete von seiner Zeit bei der Polizei in Alfarnatejo, stellte Fragen zur Arbeit von Europol, wobei er sich als erstaunlich kenntnisreich erwies. Einmal Polizist, immer Polizist.

So verging etwa eine halbe Stunde. Die junge Runde am Nachbartisch brach gerade auf, wodurch es in den engen räumlichen Verhältnissen der Bar nicht unbedingt leerer wurde. Auch der Pfarrer des Orts erhob sich, die Mitternachtsmesse stand an.

Vom anderen Ende der Bar war plötzlicher Aufruhr zu vernehmen. Stühle wurden umgeworfen, Gläser klirrten.

»Ich verabscheue diese verfluchte Stadt!«, schrie ein grobschlächtiger Kerl mit hochrotem Kopf. Er schlug wie wild um sich, ohne einen der Umstehenden ernsthaft zu gefährden. Schließlich geriet er aus dem Gleichgewicht.

»Kannst ja wegziehen, wenn es dir nicht passt«, konterte ein Gast in seiner Nähe.

Der Unruhestifter fuhr nach vorn und packte ihn mit seinen riesigen Pranken am Kragen. »Das würde dir so passen, nicht wahr?«, lallte er.

»Da hat wohl jemand tüchtig über den Durst getrunken«, kommentierte Piet leise das Geschehen und traf auf betretenes Schweigen der Tischrunde.

Valentina Luna Navaz und ihre Freunde sahen zu Boden. Niemand wagte es, Blicke miteinander auszutauschen.

Stattdessen stand Benavides auf. »Entschuldigt mich, ich regele das.« Der ehemalige Polizist ging hinüber zu dem stark angetrunkenen Mann. Mit einem kräftigen Griff zog er ihn von dem anderen Gast fort. »Salvo, komm, beruhige dich.«

Der Angetrunkene äffte ihn nach. »Salvo, komm, beruhige dich ... Ja, das hast du damals schon zu mir

gesagt. Überhaupt ist dir noch nie was Besseres eingefallen.«

»Hach«, seufzte Benavides. »Jedes Jahr aufs Neue.«

»Wie lange ist es jetzt her? Vierzig Jahre? Nichts hat
sich geändert!«

»Und wie jedes Jahr verdirbst du uns auch diesmal
den Abend«, beschwerte sich ein anderer Gast. »Irgendwann muss doch mal gut sein.«

Der Betrunkene wurde noch lauter, sein dröhnender
Bass ging durch Mark und Bein. »Es wird niemals gut
sein! Man hat mir das Wertvollste genommen, was ich
jemals besaß. Ihr habt geschwiegen. Ihr alle!« Ein merk-
würdiger Stimmungsumschwung. Er fing an, laut zu
schluchzen. »Als sie meine Alina gefunden haben, habt
ihr immer noch geschwiegen. Ihr Feiglinge schweigt sogar jetzt, obwohl ihr wisst, dass der Verantwortliche
noch unter uns weilt. Schämt ihr euch eigentlich
nicht?«

»Du weißt, dass das nicht stimmt«, beschwichtigte der
Pfarrer und wollte ihm eine Hand auf die Schulter le-
gen.

Der Mann schlug sie aus. »Lass mich! Ihr könnt mich
nicht ertragen, denn ihr könnt euer eigenes schlechtes
Gewissen nicht mehr ertragen. Meine Frau ist daran
zugrunde gegangen. Ich habe niemanden mehr! Das
stört euch nicht. Ihr«, er machte eine ausladende Geste
in die Bar hinein, »ihr *feiert*!« Er wurde von Weinkrämp-
fen geradezu durchgeschüttelt.

Benavides erfasste die Lage schnell. »Komm, raus
hier. Ich bringe dich nach Hause.«

Der ließ es nur widerwillig geschehen.

Im Gehen sagte Inspector Navaz' Freund und Mentor zu ihr: »Wir sehen uns ja noch.«

Sie nickte stumm.

Am Ausgang drehte sich der außer Kontrolle geratene Mann noch einmal zu allen Gästen um, sein Gesicht aufgequollen und tränenfeucht.

»Ihr ekelt mich an!«, presste er zur Verabschiedung hasserfüllt hervor.

Wenige Minuten später brach die Tischrunde ebenfalls auf. Für alle ging ein langer Tag zu Ende. Chloé wollte nur noch ins Bett. Ganz im Gegensatz zu Tinus Geving, der nach der unschönen Szene in der Bar hellwach war. Auf dem Rückweg wollte er von Valentina Luna Navaz wissen, was den Mann so derart aus der Fassung hatte bringen können. »Ziemlich wüste Geschichte. Ein stadtbekannter Trinker?«

»Salvo Rosales Posada«, gab Inspector Navaz zur Antwort. Trauer mischte sich in ihre Stimme. »Er war nicht immer so. Mit den Jahren wurde es schlimmer. Gerade zu den Feiertagen kocht es immer wieder in ihm hoch. Tragisch.«

»Seine Tochter ist gestorben?«

»Vor langer Zeit schon. Das hat er nie verkraftet. Es ist … kompliziert.«

»Ist es das beim eigenen Kind nicht immer?«

Sie zögerte, bevor sie zu erzählen begann. »Salvo wohnte mit seiner Frau Noelia und seiner Tochter Alina außerhalb der Stadt auf einem Hof. Noelia und Alina müssen hinreißend gewesen sein. Er hingegen war schon immer ein bärbeißiger Typ. Ließ sich ungern etwas vorschreiben.«

»Das heißt?«, bohrte Geving nach.

»Zur damaligen Zeit? Salvo Rosales Posada gehörte nicht zu Francos Anhängern. Man munkelt, er hätte regelmäßig kommunistische Widerstandskämpfer auf ihrer Flucht nach Frankreich bei sich versteckt. Das konnte den Behörden nicht lange verborgen bleiben.«

»Wenn er in deren Visier geriet, wie hat er das überlebt?«

»Sie haben ihn regelmäßig abgeholt. Nach Palencia oder León. Trotz tagelanger Verhöre hat man ihm nie etwas nachweisen können.«

»Ich vermute, dann wollten sie ihm eine Lektion erteilen?«

Inspector Navaz schüttelte den Kopf. »Sie wollten seinen Widerstand brechen. Am Ostersonntag des Jahres neunzehnhundertfünfundsiebzig drangen sie abends in sein Haus ein. Er musste mit ansehen, wie sie zuerst seine Frau zusammenschlugen und schließlich Alina entführten. Waldarbeiter fanden ihre Leiche ein knappes halbes Jahr später in den Bergen. Da war sie erst wenige Tage tot.«

Geving fuhr sich durchs Haar. »Was für ein Martyrium sie durchlitten haben muss, bevor man sie sterben ließ.«

Die Verbindungsbeamtin atmete tief durch. »Asael lässt es bis heute nicht los. Er gehörte zu den Ersten, die am Fundort von Alinas Leiche eintrafen. Alles wies auf ein Sexualverbrechen hin. Angeblich gab es dafür sogar Beweise.«

»Angeblich?«

»Die Staatsanwaltschaft beerdigte den Fall ganz schnell. Der Tatverdächtige muss ein hoher Offizier bei der *Brigada Político-Social* gewesen sein.«

»Francos Geheimdienst für die Überwachung und Eliminierung oppositioneller Gruppen.«

»Genau. Niemand hatte den Mumm, gegen sie vorzugehen.«

»Man hat sie also ein halbes Jahr nach ihrer Entführung gefunden. War Franco da nicht längst tot?«

Inspector Navaz lachte kraftlos. »Das ist das Makabre an der Sache. Man fand Alinas Leiche genau an Francos Todestag. Noch hatte der ›Bunker‹ das Sagen. Der Verdächtige konnte in aller Seelenruhe von der Bildfläche verschwinden. Man hätte ihm sowieso nie etwas anhaben können.«

»Wieso?«

»Die ›spanische Zauberformel‹. In den Amnestiegesetzen erhielt Francos alte Garde einen Freibrief für alle politischen Gewalttaten. Das verhinderte jegliche Aufklärung des Geschehens. Der Fall Alina Rosales Magana bleibt bis heute ungelöst.«

Geving verstand das nicht. »Ein Kind wurde auf bestialische Weise ermordet. Wie kann das eine politische Gewalttat sein?«

»Diese Frage stellen wir uns immer noch. Der Begriff wurde bewusst weit gefasst, um jegliche Verantwortung für die Verbrechen des Regimes negieren zu können.«

»Aha. Wenn der Geheimdienst involviert war, dann war es folglich eine politische Gewalttat.«

»In einem Punkt hatte Salvo recht. Wir haben ein permanent schlechtes Gewissen. Das schlechte Gewissen von Alfarnatejo trägt das Gesicht der siebenjährigen Alina Rosales Magana.«

Teil II – Du hast zweimal geschlagen

Sonntag, 31. März

02:31 Uhr

Alles schlief, niemand würde ihn kommen hören. Seine Opfer holte er immer im Schutz der mondlosen Nächte. Absolute Finsternis hieß das Gewand, in das er sich am besten zu kleiden verstand. Wie in jener Nacht vor vierzig Jahren. Damals, als ihn jeder noch fürchtete. Er würde sie erneut das Fürchten lehren. Dafür bedurfte es nur eines Anlasses, seines allertiefsten Bedürfnisses, seines Willens zu besitzen.

Er fühlte sich beschwingt, fast jung. Alles in Erwartung eines köstlichen Versprechens, nach dem er nur noch zu greifen brauchte.

Er hatte ihre Schwachstellen genau studiert. Ein Mann mit seiner Erfahrung hatte darin Routine. Er konnte sie schon riechen, ihre unschuldige Süße auf seiner Zunge schmecken.

Sie war sein!

Ferienhaus von Valentina Luna Navaz
Calle Carril de la Fuente, 12
Alfarnatejo
02:44 Uhr

Ein ersticktes Kinderschreien! Es kam gar nicht dazu. Nur ein kurzes Quieken, das eilig unterbunden wurde.

Tinus Geving wachte schweißgebadet auf, sein Herz raste bis zum Anschlag. Sofort sprang er aus dem Bett, hin zum Fenster. Er riss die Gardine zur Seite, blickte nach draußen. Nichts als finstere Nacht. Dort! Erblickte er nicht für einen kurzen Moment einen Schatten, der über die Straße schlich?

Er dachte nicht lange nach, griff nach seiner Dienstwaffe, stürmte aus dem Schlafzimmer. Den Lichtschalter im Hausflur fand er instinktiv. Er hastete die Treppe hinunter, öffnete in Blitzesschnelle die drei Riegel der Eingangstür und rannte hinaus auf die Straße. Die Waffe im Anschlag, die Sinne geschärft. Bereit, sofort zuzuschlagen. Bereit zu töten. Er horchte in die Nacht hinein. Nichts. Kein Lüftchen bewegte die Äste der Bäume und Sträucher. Absolute Stille. Kein Mond am Himmel. Alle Häuser der Umgebung lagen düster. Irgendjemand war da draußen, er konnte es spüren.

Gänsehaut auf seinen Unterarmen. Angst. Er fühlte sich bedroht!

Geving musste wieder ins Haus. Er verschloss die Eingangstür, kontrollierte sie, kontrollierte sie erneut. Er lief durch die untere Etage ins Wohnzimmer. Kalter Kamingeruch erfüllte den Raum. Die Terrassentür: fest verschlossen. Nichts und niemand konnte hier eindringen. Das Küchenfenster! Dass er daran nicht gleich gedacht hatte. Er machte Licht in der Küche. Das Fenster stand nicht offen. Er kontrollierte es, rüttelte am Fensterhebel.

»Tinus, was machst du da?«

Ihm stockte der Atem. Erschrocken fuhr er herum. »Die Schlösser! Hast du die Türschlösser gesehen. Warum gibt es hier drei Eingangsschlösser?«

Chloé Lambert sah ihn verstört an. »Hey, jetzt beruhige dich mal. Alles ist gut.«

»Nein, irgendjemand ist da draußen!«

Sie nahm sein Gesicht in die Hände, zwang ihn, sich auf sie zu konzentrieren. »Vielleicht ein Tier. In dieser Gegend gibt es Luchse, die sind nachtaktiv.«

Tinus Geving atmete mehrmals tief durch, versuchte sich zu beruhigen. Vor lauter Anspannung zitterte er am ganzen Körper. Erst jetzt wurde er sich ihrer Anwesenheit restlos bewusst. Hatte er sie mit seinem nächtlichen Treiben geweckt? Mit dem Handrücken fuhr er über seine schweißbedeckte Stirn. »Entschuldige, muss schlecht geträumt haben.«

Normalerweise litt Geving unter keinem leichten Schlaf wie in dieser Nacht. Seine Reaktion konnte er sich nicht erklären, alles fühlte sich so wirklich an.

Chloé musterte ihn misstrauisch. »Nur schlecht geträumt?«

Er rang sich ein halbherziges Lächeln ab. »Es ist nichts.«

Sie starrte auf die Pistole, die auf dem Küchentisch lag. »Tinus, was ist los? Ich mache mir ernsthaft Sorgen!«

»Es ist wirklich alles in Ordnung.«

»Bullshit!«, entfuhr es ihr. »Du warst gestern den ganzen Tag über schon so abwesend. Irgendetwas stimmt nicht mit dir. Ich schwöre, ich gehe nicht eher wieder zu Bett, bis wir darüber gesprochen haben. So kenne ich dich nicht!«

Sie kannten einander seit gerade einem Monat. Tinus Geving hatte gelernt, dass mit seiner Kollegin nicht zu spaßen war, wenn sie diesen Blick aufsetzte. Ihre Instinkte waren mindestens ebenso gut ausgeprägt wie seine. Er gab klein bei.

»Ich fühle mich hier nicht wohl. Es ist so ein Engegefühl. Chloé, bitte, ich weiß es doch selbst nicht.« Er klang verzweifelter als beabsichtigt.

»Das merke ich.« Sie goss ihnen ein Glas Wasser ein, danach setzten sie sich an den Tisch. »Du warst bereits so komisch, als ich dich abgeholt habe. Seitdem ist es immer schlimmer geworden. Was hat diese Furcht in dir ausgelöst?«

»Das Verhalten des Ministers«, lautete die einzige Erklärung, die Geving ihr geben konnte.

»Was hat sich denn abgespielt?«, wollte sie wissen.

»In unserem Gespräch kamen wir zufällig auf unseren Ausflug zu sprechen. Bei der Erwähnung Alfarnatejos veränderte sich alles an Betancourts Verhalten völlig. Für einen kurzen Moment habe ich Angst in seinen Augen gesehen.«

»Angst wovor?«

»Keine Ahnung, darüber denke ich ja die ganze Zeit nach. Er war auf einmal kurz angebunden. Als hätte ich etwas Falsches gesagt.«

»Du kennst den Mann nicht, Tinus. Wer weiß, was mit ihm los war? Bestimmt ist alles ganz harmlos.«

»Eben das habe ich mir die ganze Zeit eingeredet«, bestätigte er. »Aber ...«

»Ja?«

»Die Szene in der Bar. Navaz hat mir die ganze Geschichte erzählt.«

»Salvo Rosales Posada. Ich habe zugehört. Was soll man dazu sagen?«

»Es ist ... Mir ist das nicht gleichgültig.«

»Verstehe ich vollkommen. Erst Betancourts Reaktion, dann Navaz' Geschichte. Du hast eins und eins zusammengezählt und voilà, du gehst mit geladener Dienstwaffe auf Luchsjagd.«

»So wie du es zusammenfasst, klingt es, als wäre ich nicht ganz bei Sinnen.« Geving klang verschnupft.

»Nein«, bestritt sie. »Doch du konstruierst ein Schema, wo keins existiert.«

»Das verstehe ich nicht.«

»Wann hast du das letzte Mal Urlaub gemacht? Nicht nur ein paar freie Tage. Ich meine, so richtig Urlaub.«

Er wich ihrem forschenden Blick aus. Keine Antwort war auch eine Antwort.

»Ist es länger als zwei Jahre her?«, hakte sie nach.

»Ja«, gestand er kleinlaut.

»Dachte ich mir schon.« Ihr Röntgenblick wich einem verständnisvollen Lächeln, das jene Wärme ausstrahlte, nach der er sich gerade so sehr sehnte. »Ihr Deutschen habt so eine schöne Redewendung: wenn man den Wald vor lauter Bäumen nicht sieht.«

Damit brachte sie ihn zum Lachen. »*Das* kennst du?«

»Ich mag vielleicht ein aquitanisches Landei sein, aber ich bin ein cleveres aquitanisches Landei«, sagte sie ganz unbescheiden. Dafür mochte er sie so sehr.

»Chapeau!« Er atmete tief durch, wieder ganz ruhig. »Es wird so sein, wie du sagst.«

»Es *ist* so. Hier gibt es wirklich nichts, worüber du dir Sorgen machen müsstest.«

»Ich bin so ein Trottel«, sagte Geving in einem Anflug seltener Selbstkritik.

»Kein Widerspruch von mir«, konterte sie lässig.

»Du machst dir die ganze Zeit Gedanken um mich. Habe ich überhaupt schon gefragt, wie es dir geht?«

Chloé schien ihren Ohren nicht recht zu trauen. »Wie es mir geht?«

»Tabula rasa. Also bitte«, forderte er sie auf.

»Mir geht es … gut.« Ihr Blick bekam auf einmal etwas Verklärtes. »Es geht mir das erste Mal seit Langem wieder richtig gut.«

»Du hast deinen Wechsel zu uns also nicht bereut?«

»Das allein ist es nicht.« Sie sah ihn plötzlich so eigenartig an.

Er fühlte sich hypnotisiert, wollte gar nicht mehr wegschauen.

»Es gibt einen Mann.«

»Einen Mann?«, fragte er leise.

Hatte er sich so getäuscht? Empfand sie etwa nicht für ihn, was er für sie empfand?

Chloé lächelte nur schüchtern. Er musste auch lächeln. Vielleicht war er enttäuscht, gleichzeitig hatte sie ihn in ihrem Bann.

»Er sieht in mir mehr als nur das, was ich bin.« Chloé strich sich eine Haarsträhne aus dem Gesicht. »Er sieht in mir, was ich wirklich zu sein vermag. In Paris bin ich mit einem permanenten Minderwertigkeitskomplex herumgelaufen. Komisch, der ist verflogen.« Sie sah ihm tief in die Augen.

Oh, diese wunderbaren mandelfarbenen Augen.

»In seiner Gegenwart fühle ich mich richtig akzeptiert. Er ist so … anders.«

Tinus Geving konnte das starke Pochen ihres Herzens hören. Er spürte seinen eigenen Herzschlag. Ihre Herzen schlugen im selben Takt. Sie wurden eins.

»Er verfügt über ein ausgeprägtes Pflichtbewusstsein sich und anderen gegenüber. Einen Ehrenkodex, den er selbst in schwierigsten Situationen um jeden Preis hochhält.« Der dunkle, goldene Klang ihrer Stimme.

Er wurde immer ruhiger.

»Ich behaupte nicht, er wäre ein weißer Ritter. Dazu hat er zu viele düstere Seiten. Ungeahnte Abgründe, die er verborgen hält, um niemanden zu belasten. Dazu hätte er gar keinen Grund. Alles in allem ist er ein verdammt anständiger Mensch. Wie selten so etwas heutzutage ist.« Ihr schüchternes Lächeln wich einem strahlenden. Strahlend wie tausend Sonnen.

Er hatte begriffen. »Ich habe auch jemanden kennengelernt«, flüsterte er. Ihm war, als schwebte er.

»Ach?«

Er kam nicht mehr von ihren tiefdunklen Augen los. »Sie erinnert mich an meine besseren Seiten. Obwohl sie so jung ist, kann sie immer Richtig von Falsch unterscheiden. Diese Weisheit bewundere ich. Sie ist so universell toll, mir fehlen die Worte, es angemessen zu beschreiben.« Die Welt um sie herum war verschwommen, fast nicht existent. »Ihre Haare schwarz wie Ebenholz, ihre Haut weiß wie Schnee, die Lippen rot wie Blut. *La blanche neige.* Ihr Lächeln ist so zauberhaft. Das Grübchen, das sich dann auf ihrer Wange zeigt. Ich wusste: Sie ist es!«

Chloé stand auf, ging hinüber zur Küchenzeile, kehrte ihm den Rücken zu. Er hörte sie atmen. Stille voller Erwartung.

Sie drehte sich wieder zu ihm um. »Seit wann weißt du es?«

Er stand ebenfalls auf, ging behutsam auf sie zu. »Seit dem Moment, als ich sie zum allerersten Mal gesehen habe.«

»In Rotterdam ...«

Er trat ganz nah an sie heran. Ihr Haar duftete nach Granatapfel und Lavendel. »Sie hat die seltene Gabe, hinter meine Fassade zu blicken.«

Ihre Finger streiften seine. »Macht dir das Angst?«, fragte sie zögerlich.

Er schüttelte langsam den Kopf, wobei er sie nicht aus den Augen ließ. »Ich weiß nicht, ich würde es gerne erfahren.« Nur noch ein paar Millimeter trennten sie voneinander.

Ihre Lippen berührten sich. Chloé schloss die Augen. Dann küssten sie sich.

Sie verbrachten die Nacht gemeinsam. Tinus Geving fühlte sich in ihrer Gegenwart sicher, geborgen und warm. Draußen stimmten die Amseln bereits ihren Morgengesang an. In diesem Moment schlief er in Chloés Armen ein mit der Gewissheit, nie mehr allein zu sein. Diesen Moment würde er auf ewig festhalten. Er würde sie festhalten und nie wieder loslassen.

09:53 Uhr

Tinus Geving wurde von ständigem Trommeln gegen die Eingangstür und Sturmklingeln aus dem Schlaf gerissen. Die Morgensonne, die durchs Schlafzimmerfenster schien, blendete. Seine Uhr zeigte wenige Minuten vor zehn. Neben ihm ein Stöhnen.

»Was, zum Teufel?«, knurrte Chloé schlaftrunken in ihr Kissen hinein.

Ach ja.

Sie warf sich auf ihrer Seite des Betts herum, wollte partout nicht aufstehen. Hatten sie tatsächlich den halben Vormittag verschlafen?

Klopfen und Klingeln. Widerwillig ließ er Chloé in der behaglichen Wärme zurück. Er fühlte sich etwas benommen, fast wäre er auf der Treppe gestolpert. Die Tür zu Piet Veenstras Zimmer öffnete sich gleichzeitig. Sein Kollege folgte ihm auf dem Fuße.

Geving schloss auf. Vor der Tür stand eine leichenblasse Valentina Luna Navaz. »Es ist etwas passiert!«

Geving sah es ihr an, weitere Worte der Erklärung erübrigten sich. »Alina.«

»Sie ist verschwunden!«

Piet sah Geving ratlos an.

»Wir sind sofort bei euch«, versprach er.

Aus dem Augenwinkel heraus bemerkte Geving, wie sich Chloé aus seinem Zimmer schlich. Die Heimlichtuerei blieb erfolglos, Piet bemerkte es ebenfalls. Ganz schlechtes Timing.

Sie eilten zurück, um sich schnell ein paar Sachen überzuwerfen.

»Ich wusste, dass bei euch mehr läuft als nur der Fernseher«, raunte der Niederländer ihm zu.

»Piet, das ist jetzt völlig unwichtig.« Geving wusste seine humorvolle Art durchaus zu schätzen, doch in Momenten wie diesen nervte sie ihn einfach nur.

Kaum fünf Minuten später betraten sie zu dritt das baugleiche Nachbarhaus, das Inspector Navaz' Freunden Fermín Rodriguez und Lisseta Salgado gehörte. Alfarnatejos Polizei befand sich mit zwei Streifenwagen längst am Ort des Geschehens. Wieso hatte deren Kommen Geving nicht geweckt? Etwas machte ihm schwer zu schaffen, er hätte von Anfang an auf sein Bauchgefühl hören sollen.

Die Verbindungsbeamtin nahm sie in Empfang. »Mir nach.«

Sie stiegen die Treppe hinauf, an deren oberem Ende Alinas Zimmer lag. Geving fiel der Traumfänger ins Auge, der über dem zerwühlten Kinderbett hing. Dann der Kleiderschrank, dessen Türen weit aufgerissen waren. Pullover und Hosen hingen halb über den Einschüben.

»Fehlt etwas, Inspector?«, wollte er wissen.

Valentina Luna Navaz schüttelte den Kopf.

»Er hatte keine Hand mehr frei. Sie muss starken Widerstand geleistet haben.«

»Wie kommst du darauf, Tinus?«, fragte Chloé.

»Er war zu sehr damit beschäftigt, ihr den Mund zuzuhalten. Das erstickte Schreien ...« Sein vielsagender Blick strafte ihre Beruhigungsversuche der vergangenen Nacht Lügen. Ein Blick, der für neue Sorgenfalten auf ihrer Stirn sorgte.

»Könnte sie nicht freiwillig mitgegangen sein?«

Geving vergewisserte sich. Außer Kleiderschrank und Bett schien nichts angerührt worden zu sein. »Ein siebenjähriges Kind. Mitten in der Nacht?«

Dabei hatte er Piet auf seiner Seite. »Es muss ganz schnell gegangen sein. Anderenfalls hätte der Entführer unnötigen Alarm riskiert. Ich frage mich, wie er hier überhaupt hereingekommen ist.«

Die Terrassentür!, schoss es Geving durch den Kopf.

Er wartete nicht auf die anderen, die ihm hastig folgten, und raste hinunter ins Wohnzimmer. Dort unternahm ein Polizeibeamter bereits den Versuch,

Fingerabdrücke von der Terrassentür zu nehmen. Aus seiner Sicht ein sinnloses Unterfangen.

»Die werden nichts finden, was da nicht hingehört, Inspector Navaz«, bemerkte er.

»Auf diesem Weg sind sie auf jeden Fall entkommen. Alle anderen Zugänge zum Haus waren verschlossen«, fasste sie zusammen. »Nichts wurde hier verändert.«

Tinus Geving hielt sich nicht lange mit Erwiesenem auf. Er trat hinaus in den Garten. Mit innerer Wut betrachtete er die unangetasteten *piñatas*, die in den Obstbäumen hingen. Sie führten ihm vor Augen, dass dieser Tag ganz anders hätte verlaufen sollen. »Er ist mit ihr durch den Garten und die Einfahrt auf die Straße geflohen.«

»Tinus, kannst du uns vielleicht verraten, wie du darauf kommst?«, fragte Chloé.

»Sieh dich um!«, bellte er. »Was soll sonst passiert sein? Er hat sich über die Terrassentür Zugang zum Haus verschafft, kannte die Lage ihres Kinderzimmers. Alina schlief genauso tief wie der Rest des Hauses. Er ließ es gar nicht erst darauf ankommen. Sofort hielt er ihr den Mund zu, damit sie nicht laut um Hilfe schreien konnte. Der Täter zog sie aus dem Bett. Jede Sekunde war entscheidend. Er musste mit ihr verschwinden, ohne Lärm zu machen, wobei er die Terrassentür offen stehen ließ. Die mondlose Nacht hatte er auf seiner Seite. Unentdeckt konnte er über die Straße entkommen. Alles geschah in absoluter Dunkelheit: Einbruch, Zugriff, Flucht.«

Chloé behielt ihre Bedenken. »Wie soll er sich in einem fremden Haus zurechtgefunden haben, ohne Licht zu machen?«

»Der Entführer kannte sein Opfer«, sagte Inspector Navaz. »Sein Ziel hat er lange genug observiert. Routine.«

»Routine?«

»Es ist ganz einfach, Lieutenant Lambert. Der Entführer hat so etwas nicht zum ersten Mal gemacht.«

Sie hatten Asael Benavides' Kommen überhaupt nicht bemerkt. Valentina Luna Navaz musste ihn alarmiert haben.

Sie schien erleichtert, ihren alten Mentor zu sehen, der sie sofort umarmte. Selbstvorwürfe brachen sich Bahn. »Ich lag im Zimmer nebenan, wenige Meter von ihr entfernt. Wie konnte mir das entgehen?«

Tinus Geving verstand nur zu gut. Er legte eine Hand auf ihre Schulter. »Ich war genauso unachtsam, dabei hätte ich es verhindern können.« Grimmig sah er Chloé an. »Wir sollten jetzt mit Fermín und Lisseta sprechen.«

Lisseta saß auf der Couch, apathisch und kreidebleich, ihre tränengeröteten Augen stachen hervor. Fermín hielt sie in den Armen, irgendwie drang er nicht zu ihr durch, sie ließ es nur über sich ergehen.

Geving konnte sich nicht im Entferntesten vorstellen, wie den jungen Eltern zumute sein musste. Die emotionalen Tiefen elterlicher Bindung zu ihrem Kind waren ihm fremd, was er in diesem Moment sehr bedauerte. Er wollte Anteilnahme an ihrem Unglück zeigen, doch jedes Wort aus seinem Mund hätte er als unaufrichtig empfunden. Derart gehemmt konnte er ihnen nur nüchtern versichern: »Wir werden Alina finden.«

Selbst das wollte man ihm nicht glauben.

»Wirklich?«, fragte Lisseta zitternd. »Wie kannst du dir da so sicher sein?«

Darauf fiel ihm keine Antwort ein. Gestern noch hatte er jeden Gedanken an Kinder weit von sich gewiesen. Nachdem er Alina hatte kennenlernen dürfen, diesen aufgeweckten und witzigen Dreikäsehoch, kam es ihm vor, als hätte man ihm ein Stück seines eigenen Selbst genommen. War das schon eine Form von Bindung? Er empfand es so, daraus zog er seine Entschlossenheit.

»Ich sag's ohne Umschweife. Eure Tochter wurde entführt. Warum, wieso, weshalb, wir bekommen es heraus.«

»Sehr weit kann der Entführer nicht gekommen sein«, sagte Inspector Navaz in tröstlichem Ton. »Je eher wir mit der Suche nach ihr beginnen können, desto schneller könnt ihr sie wieder in eure Arme schließen.« Sie versuchte sich an einem aufmunternden Lächeln. »Könnt ihr uns noch ein paar Fragen beantworten?«

Fermín signalisierte stumm seine Bereitschaft.

»Habt ihr gestern Abend nach eurer Rückkehr noch einmal nach Alina gesehen?«, begann Geving.

»Das machen wir immer, bevor wir zu Bett gehen. Sie schlief ganz friedlich«, berichtete Fermín.

»Seid ihr danach sofort ins Bett?«

»Ja, wir waren schließlich ziemlich erledigt.«

»Und in der Nacht? Ist euch da etwas aufgefallen? Seid ihr vielleicht von irgendwelchen Geräuschen wach geworden?«

Lisseta kaute nervös auf der Unterlippe, ihr fiel nichts ein. »Nein«, gestand ihr Mann. »Wir haben gestern zu ausgiebig gefeiert. Ich bin kurz nach sieben aufgewacht. Auf dem Weg ins Bad kam ich an Alinas Zimmer vorbei, die Tür stand sperrangelweit offen. Erst bemerkte ich ihr leeres Bett, dann den durchwühlten Kleiderschrank. Ich habe mir nichts dabei gedacht, denn so ist sie manchmal.«

»Was geschah dann?«

»Als ich aus dem Bad kam, ging ich hinunter ins Wohnzimmer, wollte Kaffee aufsetzen. Mir fiel sofort die geöffnete Terrassentür auf. Dazu die ungewöhnliche Kälte. Ich dachte, sie hätte es kaum erwarten können, die *piñatas* zu öffnen. Im Garten fand ich sie nirgends. Ich habe nach ihr gerufen, war schon sauer, weil ich keine Lust auf ihre Versteckspielchen hatte. Der Garten blieb leer.«

»Die Terrassentür. Könnt ihr mit Sicherheit sagen, dass sie verschlossen war, bevor ihr schlafen gegangen seid?«

Lisseta fing an zu schluchzen. »Das ist alles meine Schuld!« Sie vergrub das Gesicht in den Händen, schüttelte heftig mit dem Kopf.

»Rede dir das nicht ein«, versuchte Fermín, sie zu beschwichtigen.

Sie ließ sich nicht beruhigen. »Wie oft habe ich das schon vergessen? Einmal stand diese verdammte Tür nach unserer Abreise sechs Wochen lang offen. Nichts ist passiert. Hätte ich sie gestern nur kontrolliert!«

Tinus Geving hatte keine tröstenden Worte parat. Die Ursache von Alinas Entführung war pure Fahrlässigkeit. Hätte Lisseta die Tür kontrolliert, wäre Valentina Luna Navaz nachts wach geworden, hätte er schneller reagiert. Man konnte der Mutter keinen Vorwurf machen, es war ein Gruppenversagen.

Piet durchbrach die Stille. »Hat eure Tochter vielleicht eine Freundin in der Nähe, zu der sie gelaufen sein könnte?«

»Ein paar Häuser weiter wohnt ein Ehepaar, deren Tochter im gleichen Alter wie Alina ist«, bestätigte Fermín. »Dort haben wir zuerst nachgefragt. Außerdem wäre Alina nie losgezogen, ohne uns vorher zu fragen. So haben wir sie nicht erzogen.«

»Gab es Situationen, in denen sich Alina schon einmal bedroht oder beobachtet gefühlt hat?«, wollte Geving wissen.

Lisseta verneinte. »Wir wüssten niemanden, der ein besonderes Auge auf sie geworfen hätte.«

»Jemand aus Madrid vielleicht?«

»Nein!« Fermín bemühte sich um Fassung. Horror stand ihm ins Gesicht geschrieben.

Tinus Geving änderte die Fragerichtung. »Wie sieht es mit euch aus? Hat jemals einer von euch Drohungen erhalten? Entweder bei der Arbeit oder zu Hause?«

»Wir sind das langweiligste Ehepaar überhaupt«, hauchte Lisseta. Sie hatte kaum noch Kraft zu sprechen. »Niemand hat uns je ein Haar krümmen wollen.«

»Was ist mit Vermögenswerten?«, fragte Chloé. »Könnte euch jemand erpressen wollen?«

Geving unterband eine mögliche Antwort. »Bei erpresserischem Menschenraub läge bereits eine Lösegeldforderung vor.«

»Meinst du«, entgegnete sie schnippisch.

»Wir haben es mit einem Einzeltäter zu tun. Um kein unnötiges Risiko einzugehen, hätte er seine Forderung längst kommuniziert. Hast du es immer noch nicht begriffen?«

Er putzte seine Kollegin gerade in aller Öffentlichkeit herunter. Einerseits tat es ihm leid, andererseits waren sie hier nicht im Seminar. Die Wirklichkeit und sein Instinkt sprachen eine andere Sprache.

Valentina Luna Navaz ging vor den Eltern in die Hocke. »Die nächsten Stunden werden schwierig werden. Dabei kommt es entscheidend auf eure Mithilfe an. Unternehmt nichts, ohne uns vorher zu konsultieren. Sonst haben wir keine Chance. Versteht ihr das?«

Alinas Eltern nickten.

Einen wichtigen Aspekt hatte Geving beinahe übersehen. »Gibt es noch etwas, das wir wissen müssen? Hat Alina schwere Krankheiten? Ist sie auf Medikamente angewiesen? Irgendetwas, wodurch sie in akuter Lebensgefahr schweben könnte?«

Fermín verstand den Sinn der Frage nicht. »Unsere Tochter wurde entführt! Ist das akute Lebensgefahr genug?« Er schloss die Augen, atmete tief durch, versuchte sich zu besinnen. »Abgesehen davon ist sie kerngesund.«

Gerade zur rechten Zeit traf Belasco Etxeberria ein, der Pfarrer von Alfarnatejo. Er eilte auf Alinas Eltern zu und nahm sie bei den Händen. »Oh, ihr Lieben. Als ich es erfahren habe, musste ich mich sofort auf den Weg machen.«

»Don Belasco, aber die Osterfeierlichkeiten«, sagte Lisseta.

»Die sind jetzt nicht wichtig. Ein Kind wurde in unserer Stadt entführt. Da kann man nicht einfach so weitermachen, als wäre nichts geschehen. Ich bin für euch da. Wir stehen das gemeinsam durch.«

Fermín und Lisseta benötigten den Trost des Pfarrers dringend. Ihre Blicke verrieten tiefe Dankbarkeit für sein ehrliches Mitgefühl.

Geving konnte sich nicht helfen. Bereits am vorherigen Abend waren ihm der starke Silberblick und die starren Gesichtszüge des Pfarrers aufgefallen. Jetzt sah er es genau. Don Belasco trug ein Glasauge, seine rechte Gesichtshälfte war offenbar gelähmt. Was mochte dazu geführt haben?

Ein Polizist unterbrach Gevings Überlegungen. »Wir informieren jetzt das Polizeikorps in Palencia, damit die Ermittler schicken.«

»Nicht nötig«, lehnte Valentina Luna Navaz ab. »Ich bin bereits vor Ort.«

»Verzeihung, Inspector, wie bitte?«

»Ich übernehme die Ermittlungen. Dazu bin ich qualifiziert und in der Lage«, entschied sie knapp.

»Bei allem Respekt, Sie sind persönlich betroffen.«

»Na, dann bin ich doch hoch motiviert, oder?«

»Oder befangen«, hielt der Polizist entgegen.

Geving mischte sich in den Kompetenzstreit ein. Ihm entging nicht, dass Chloé mit den Augen rollte. Offenbar kannte sie ihn schon gut genug, um zu wissen, dass er eine solche Gelegenheit nicht ungenutzt verstreichen lassen konnte. »Machen Sie sich keine Sorgen. Inspector Navaz bekommt unsere Unterstützung.«

»Was?«

»Das ist eine hervorragende Idee«, sekundierte Asael Benavides Gevings Vorschlag.

»Dich fragt aber keiner.« Der Polizist fuhr seinen ehemaligen Kollegen böse an. »Du bist im Ruhestand. Überhaupt, was machst du hier?«

»Ich bin genauso betroffen und hoch motiviert wie der Rest aller Anwesenden.«

»Europol eingeschlossen, versteht sich«, bekräftigte Geving.

Piet bemühte sich gegenüber den spanischen Kollegen um Freundlichkeit. »Entschuldigen Sie uns für einen Augenblick.« Sie zogen sich mit Inspector Navaz in eine Ecke des Wohnzimmers zurück.

Der Niederländer sprach mit gesenkter Stimme. »Tinus, mein Freund. Erinnerst du dich, dass wir vor kaum vier Wochen in Rotterdam ein ähnliches Problem hatten?«

»Daran erinnere ich mich gut. Haben wir Chloé da im Regen stehen lassen? Nein. Verdammt, es geht hier um das Leben eines siebenjährigen Mädchens!«

Sein niederländischer Kollege verstand, dass er eine Entscheidung gefällt hatte und davon nicht mehr abzubringen war. »Treten wir halt gemeinsam vors Erschießungskommando.«

»Chloé, was ist mit dir?«

Sie sah ihn unsicher an. »Tinus, ich weiß nicht ...«

Inspector Navaz lenkte ein. »Leute, ich finde das sehr anständig von euch. Doch wir operieren hier fernab aller Regeln. Ich bin dazu bereit, den Ärger zu riskieren. Ihr müsst das nicht tun, dafür hätte ich volles Verständnis.«

»Operationen fernab aller Regeln sind neuerdings ein Hobby von uns«, sagte Piet.

Geving flehte Chloé förmlich an. »Wenn wir das machen, dann zusammen.«

Sie stimmte zögerlich zu. Wahrscheinlich fühlte sie sich nicht wohl dabei, eine Entscheidung aufgrund persönlicher Befangenheit getroffen zu haben. Sie würden sehr bald einige Dinge miteinander klären müssen, darüber bestand bei Geving kein Zweifel.

Die Verbindungsbeamtin winkte den Polizisten zu sich. »Sie und Ihre Leute befragen alle Haushalte in der Nachbarschaft, jeden einzelnen. Vielleicht hat doch jemand was mitbekommen, das uns weiterhelfen könnte. Bei Auffälligkeiten erstatten Sie umgehend Bericht.« Der Polizist zögerte. »Was ist? Sind Sie schwerhörig?«

Er kaute auf seinem Unterkiefer. »Sie verstehen, dass ich das melden muss.«

»Tun Sie, was Sie nicht lassen können. *Nachdem* Sie Ihren verdammten Pflichten nachgekommen sind. Habe ich mich unmissverständlich ausgedrückt?« Nach einigem Zögern nahm der Polizist Haltung an und trat weg. An Geving, Chloé und Piet gewandt sagte sie: »Alles Weitere besprechen wir besser nebenan. Es gibt keinen Grund, Alinas Eltern noch mehr zu verunsichern, als sie es ohnehin schon sind.«

10:27 Uhr

Das Ermittlerteam, begleitet von Asael Benavides, fand sich in Inspector Navaz' Wohnzimmer ein. Währenddessen begann die örtliche Polizei mit den Befragungen in der Nachbarschaft.

Tinus Geving hatte fest damit gerechnet, dass Chloé nicht länger ihre Zunge hüten konnte. So kam es auch.

»Meinst du nicht, dass du so langsam mal dein Verhalten erklären solltest? Du lässt mich vor allen wie einen Amateur dastehen. Geschenkt! Aber deine ganzen

Vermutungen, deine Schnellschüsse?«, brach es aus ihr heraus.

»Das muss ich sicher nicht, Lieutenant!«, wies Geving sie nachdrücklich in die Schranken.

»O doch, mein Lieber«, sagte Piet. »Du musst.«

Hatten sie sich jetzt gegen ihn verschworen? Geving hatte keine Lust, jedes Mal aufs Neue seine Beweggründe zu offenbaren. Schon gar nicht vor *ihr*. Er war ihr Vorgesetzter! Allerdings wollten sie die Ermittlungen auf sein Drängen hin gemeinsam durchziehen, also schuldete er ihnen die geforderte Erklärung. Schwierig genug, da er bisher ausschließlich auf Basis innerer Instinkte agiert hatte. Ihm blieb nur übrig, es zu versuchen. »Der Entführer hat das schon einmal gemacht. Er weiß, wie er sich nachts Zugriff zu Häusern verschaffen und unbemerkt seine Opfer verschleppen kann.«

Piet starrte ihn an. »Ich kann dir nicht ganz folgen.«

Benavides sprang ihm bei. »Ich schon. Das wäre nämlich auch meine Theorie.«

»Was für eine Theorie?«, fragte Piet.

Geving konnte seine Gedanken jetzt besser ordnen. »Am Ostersonntag des Jahres neunzehnhundertfünfundsiebzig wird mitten in der Nacht ein siebenjähriges Mädchen brutal ihren Eltern entrissen. Exakt vierzig Jahre später passiert es wieder. Das Opfer: wieder ein siebenjähriges Mädchen. Beide tragen den Namen Alina. Ich befürchte, dass sich die Ähnlichkeiten nicht darauf beschränken werden.«

Benavides stimmte zu. »Höchstwahrscheinlich haben wir es mit ein und demselben Täter zu tun, einem Sexualstraftäter. Das Muster wiederholt sich. Posadas' wilde Vermutungen treffen zu. Alinas Mörder lebt noch unter uns.«

»Genauso könnte es ein Nachahmungstäter sein«, hielt Piet dagegen. »Zufall.«

»Zufall«, Geving spie das Wort vor Verachtung förmlich aus, »ich glaube nicht an Zufall.«

»Natürlich nicht, denn über allem thront deine Theorie.«

»Eine Theorie, die besser ist als alles, was wir sonst haben, Piet: nämlich nichts! Es gibt keinen einzigen Ansatzpunkt, keine Tätermotivation, keine Hinweise, keine Forderung. *Jeder* in Alfarnatejo könnte es gewesen sein.«

»Wie soll es weitergehen?«, wollte Inspector Navaz wissen.

Geving und Benavides musterten sich kurz, bevor Geving antwortete. »Der Fall Alina Rosales Magana wurde bis heute nicht aufgeklärt. Im Fall Alina Rodriguez Salgado wiederum haben wir keine verwertbaren Anhaltspunkte. Der Schlüssel zu unserem Fall liegt in der Vergangenheit.«

Piet Veenstra fasste sich angestrengt an die Stirn. »Das heißt ...«

»Wenn wir es mit demselben Täter zu tun haben, müssen wir einen vierzig Jahre alten Mordfall lösen, um unsere Alina wiederzubekommen.«

Piet kapitulierte. »Ich glaube, ich muss mich erst mal setzen. Wo sollten wir da deiner Meinung nach beginnen?«

»Ganz einfach. Bei Salvo Rosales Posada.«

Inspector Navaz verstand langsam. »Wenn es einen Nachahmungstäter gibt, käme er zumindest infrage.

Niemand möchte mehr seine Geschichte hören. Er hätte zumindest ein Motiv, die ganze Stadt für den Tod seiner Tochter büßen zu lassen.«

Geving nickte. »Ein schwaches Motiv, das sofort auf ihn zurückfallen würde. Auf jeden Fall aber genug, ihn zur Kooperation mit uns zu bewegen. Nach gestern Abend scheint er mir nicht unbedingt der Umgänglichste zu sein. Durch ihn können wir mehr erfahren. Zum jetzigen Zeitpunkt wissen wir nur eines ganz genau: Alina wurde heute Nacht um exakt zwei Uhr vierundvierzig entführt.«

Piet fiel die Kinnlade runter. »Woher weißt du das?«

Gevings Blicke verfinsterten sich. »Der Inspector und Lisseta sind nicht die Einzigen, die sich Vorwürfe zu machen haben. In der vergangenen Nacht waren wir alle nicht ganz bei der Sache.«

»Die einen mehr, die anderen weniger«, sagte der Niederländer doppeldeutig.

Geving tat ihm nicht den Gefallen, darauf einzugehen. »Ich bin heute Nacht zu dieser Zeit wach geworden von dem, was ich für einen unterdrückten Kinderschrei hielt, konnte jedoch nichts entdecken.« Er beantwortete endlich die stumme Frage, die in Chloés erschrockenem Gesicht geschrieben stand. »Es war kein Albtraum. Ich wurde unwissentlich Zeuge der Entführung.«

Die spanische Verbindungsbeamtin hielt zum Aufbruch an. »Wir haben weniger als achtundvierzig Stunden!«

»Sollten wir nicht zusätzliche Such- und Rettungseinheiten anfordern? Spürhunde?«, fragte Chloé.

»Wir wissen doch überhaupt nicht, wo wir mit der Suche beginnen sollen«, sagte Asael Benavides. »Und was ist in achtundvierzig Stunden?«

»Nach achtundvierzig Stunden nimmt die Identifizierungsangst des Entführers ab«, legte Piet dar. »Danach überlebt nur noch etwa die Hälfte aller entführten Kinder.«

Es gab einen Grund für Piet Veenstras Zweifel an ihrem gemeinsamen Vorgehen. Geving kannte die Geschichte, die der Niederländer ihm zu Beginn ihrer Zusammenarbeit erzählt hatte. Der Agent hatte bereits eine Kinderleiche gesehen. Der Fall hatte ihn traumatisiert zurückgelassen. Überhaupt war darin die Ursache zu suchen, warum er seitdem auf Drucksituationen mit Sarkasmus und deplatziertem Witz reagierte. Selbstschutz. Noch eine Kinderleiche würde er nicht verkraften. Sie *mussten* Alina zurückholen. Das war Geving seinem Partner schuldig.

11:20 Uhr

Alina hatte keine Lust mehr zu spielen. Sie wollte nach Hause! Nach Hause zu Mama und Papa, wo die *piñatas* auf sie warteten. Hier gab es keine *piñatas*, obwohl er es ihr versprochen hatte.

Am Anfang hatte sie Angst gehabt. Fast hätte sie geschrien. Schnell hatte er sie beruhigt. Schon oft hatte er ihr heimlich Süßigkeiten geschenkt. Immer musste sie versprechen, es nicht weiterzuerzählen. Was man verspricht, muss man halten. Dabei sollte sie nicht so viel naschen, Mama und Papa hatten es ihr verboten. Immer wenn sie nach Alfarnatejo kamen, steckte er ihr etwas zu. Es war ihr kleines Geheimnis.

Sie hatte sich gefürchtet, doch er versprach ihr, sie auf einen Ausflug mitzunehmen. Dort würde eine große Osterüberraschung auf sie warten. Mama und Papa hatten nichts dagegen, erzählte er ihr. Für die Überraschung mussten sie weit fahren, da war es draußen noch dunkel gewesen.

Sie wollte ihm erst nicht glauben, denn sie musste sich im Auto ducken. Er sagte, dass er es vor den anderen Kindern versteckt hatte, denn die sind böse. Weil sie so artig war, würde die Überraschung bald ihr allein gehören. Da Mama und Papa es wussten, hatte sie keine Angst mehr.

Er hatte ihr versprochen, es würde eine tolle Überraschung geben wie im Märchen vom Däumelinchen. Ihr Lieblingsmärchen, das wusste er.

Jetzt war ihr langweilig, sie wollte heim! Sie hatte ein bisschen geweint, da war er böse geworden. Sie wollte eigentlich gar nicht weinen. Zur Strafe hatte er sie in diesem blöden stinkenden Zimmer eingeschlossen. Nicht mal spielen konnte sie hier. Er sagte, es wäre eine Prüfung. Wenn sie still und artig blieb, würde er die Überraschung holen, aber nur dann. Sie war immer artig.

Er war gemein! Genauso gemein wie die alte Kröte zum Däumelinchen. Wann kam denn endlich die Überraschung? Sie hatte Hunger und fror.

Chloé konnte das Ende der Besprechung nicht abwarten. Aus purem Selbstschutz stürmte sie hinaus, würdigte Tinus keines Blickes. Sie hatte sich einfach nicht mehr beherrschen können. Wie so oft in solchen Situationen war ihr loses Mundwerk mit ihr durchgegangen. Damit nicht genug. Sie musste an die frische Luft, weil sie rotzusehen begann. Ihre Hände hatten angefangen zu zittern, sich zu Fäusten zu verkrampfen. Ihr entglitt die Kontrolle über sich. Aggressionen drohten überzukochen.

Keine Schwäche zeigen.

Chloé wusste ganz genau, dass sie der Verlockung dieses Rausches nicht nachgeben durfte.

Was ging bloß in dem Menschen vor? Hatte Tinus einfach nur soziopathische Züge? Oder benahm er sich immer so unmöglich, wenn er glaubte, im Recht zu sein? Vor wenigen Stunden erst hatten sie sich ihre Gefühle gestanden. Sie hatten miteinander geteilt, was keiner von beiden nach einer endlos langen Zeit des Alleinseins für möglich gehalten hätte. Das war verdammt noch mal kein Freibrief, sie vor allen anderen wie Dreck zu behandeln! Niemals wieder würde sie sich wie Dreck behandeln lassen, damit hatte sie seit Paris abgeschlossen. Er wusste es, trotzdem riss er die gerade frisch verheilte Wunde wieder auf. Dazu diese unerträgliche westfälische Arroganz. Zumindest stellte sie sich Westfalen so vor. Sie kannte keine Westfalen außer ihm, es passte jedoch ins Bild ihrer Vorstellung.

Der verdutzte Piet Veenstra hatte Mühe, mit ihr Schritt zu halten. »Wo fangen wir am besten an?«

Seine Frage holte sie in die Realität zurück. Während Geving und Inspector Navaz zum Vater des ersten

Opfers aufbrachen, hatten sie beide die Aufgabe, die spanische Polizei bei der Befragung der Nachbarschaft zu unterstützen.

Chloé erinnerte sich an eine Szene des Vortags, als die Welt noch in Ordnung gewesen war. In Ordnung für alle, nur nicht für Tinus. Er dachte, es wäre ihr nicht aufgefallen. War es aber.

Ihr Blick – genauso wie sein Blick zuvor – fixierte das unscheinbar grau verputzte Haus auf der gegenüberliegenden Straßenseite.

»Dort«, sagte sie zu ihrem niederländischen Kollegen und bedeutete ihm, ihr zu folgen.

Trotz seines wenig auffälligen Äußeren machte dieses Haus auf Chloé einen abweisenden Eindruck. Die Fenster mit ihren halb heruntergelassenen Rollläden beäugten sie geradezu missfällig. In der Auffahrt stand ein silbergrauer Seat Ibiza, der bestimmt seine zwanzig Jahre auf dem Buckel hatte. Unwillkürlich fuhr sie mit einer Hand über die Motorhaube. Noch warm.

Veenstra läutete, für mehrere Sekunden geschah nichts. Er läutete erneut. Die Haustür wurde aufgeschlossen, man konnte das Klicken zweier Schlösser vernehmen. Langsam wurde geöffnet.

Im Türrahmen stand ein kranker Greis. Trotz eingefallener Statur verfügte der Mann über ein ziemliches Kreuz und breite Schultern. Die Gesichtszüge hatten etwas Animalisches. Kantiges Kinn. Platt gedrückte Nase, die auf der Stelle erkennen ließ, dass sie in jüngeren Jahren gebrochen worden sein musste. Das Gesicht passte kaum zu dem schütteren, dünnen Haar. Ob der Mann einmal Boxer gewesen war? Chloé betrachtete die riesigen Hände. Hände, so groß wie Klappspaten.

Fast hätte man den Mann für einen brutalen Rohling halten können. Fast. Die Kraft, die sicherlich einst in ihm gesteckt hatte, war gewichen. Ein dünner langer Schlauch steckte in seiner Nase und schlängelte sich halsabwärts in eine Umhängetasche. Eisgraue Augen musterten die Besucher. Chloé vermochte weder Missbilligung noch Überraschung darin zu erkennen. Wie merkwürdig. Einerseits blickte sie in die Leere, andererseits schien sie aus genau dieser Leere heraus angestarrt zu werden.

»Kann ich Ihnen helfen?«

»Sie sind …?«, fragte Chloé.

»Enzo Ledgard.«

»Verzeihen Sie die Störung«, begrüßte ihn Piet Veenstra. »Haben die spanischen Kollegen Sie schon befragen können?«

Enzo Ledgard ging nicht darauf ein. »Sie stammen nicht von hier. Ihr Akzent.«

Chloé registrierte ein kurzes Aufblitzen in seinen Augen.

»Ihre Kollegin ist ohne jeden Zweifel Französin. Aber Sie … Bei Ihnen bin ich mir nicht sicher. Deutscher sind Sie jedenfalls nicht. Ich würde sagen, Däne oder Niederländer. Immerhin kennen Sie jetzt meinen Namen.«

Der Mann sprach langsam, gewählt und leise. Chloé führte diesen Umstand nicht auf seine gesundheitliche Verfassung zurück, vielmehr auf seine Art. Der sonore Ton, die Stimme hob und senkte sich kaum. Welch Unterschied zur Physis. Enzo Ledgards Verstand arbeitete messerscharf. In Sekundenschnelle hatte er erkannt, mit wem er es zu tun hatte. Ein unangenehmes Frösteln ging durch ihren Körper. Der Unbekannte hatte ihnen

freundlich, verbindlich, unmissverständlich klarge-
macht, was er von ihnen verlangte.

Chloé trug Kapuzenjacke und Pluderhose. Bequeme
Freizeitkleidung, die sie so mochte. Und das war der
Aufenthalt in Alfarnatejo bis zu Alinas Entführung ge-
wesen: Freizeit. Ähnlich sah es bei Veenstra aus, in
Jeans und Sweatshirt. Sie zeigten dem Mann die Dienst-
ausweise. Der nahm es unbeeindruckt zur Kenntnis.

»Wenn Sie jetzt die Frage beantworten wollen«, forderte sie ihn auf.

»Natürlich. Nein, die Polizei hat nicht mit mir gesprochen. Ich bin gerade erst nach Hause gekommen. Ist etwas vorgefallen?«

Veenstra sorgte für Aufklärung. »Mutmaßliche Kindesentführung. Das Opfer ist sieben Jahre alt und heißt
Alina Rodriguez Salgado.«

»Die kleine Alina? Wie furchtbar!«

»Kennen Sie sie?«, fragte Veenstra weiter.

»Dieses junge Ehepaar aus Madrid, wenn ich nicht
irre. Wie kann ich helfen?«

»Ist Ihnen heute Nacht etwas aufgefallen? So zwischen zwei Uhr dreißig und drei Uhr? Personen, die
nicht zur Nachbarschaft gehören? Oder sind Sie von
ungewöhnlichen Geräuschen wach geworden, einem
fremden Auto vielleicht?«

Ein Zischen und Gurgeln aus Ledgards Umhängetasche machte sich bemerkbar. Ein Sauerstoffkonzentrator.

»Ich leide an einem Lungenemphysem, Agent. Die
Sünden der Jugend ...«, erklärte der kranke Mann ent-
schuldigend.

Von wegen Sünden der Jugend, dachte Chloé. Sie konnte es im Hauseingang förmlich riechen, dazu die nikotingelben Fingernägel.

»Aber nein, es tut mir leid«, fuhr der Alte fort. »Da habe ich geschlafen. Ein Mann in meiner Verfassung ist froh über jede Stunde ruhigen Schlafs, die er bekommen kann.«

Noch etwas fiel ihr auf. »Ich dachte, Sie wären eben erst wieder nach Hause gekommen?«

Sein Kopf drehte sich zu jenem Punkt hinüber, auf den sie verwies: eine altmodische, abgewetzte, speckige Ledertasche, aus der Spielsachen und Süßigkeiten herausragten.

Wieder sah er sie mit kalten und leeren Augen an. »Ich musste noch ein paar Geschenke abholen. Für die Familie.«

»Sonst jemand im Haus, der etwas beobachtet haben könnte?«

»Da muss ich Sie enttäuschen, Lieutenant, ich lebe allein.« Er wechselte schnell die Gesprächsrichtung. »Unfassbar, wirklich unfassbar. Ich wünschte, ich könnte mehr sagen. Leider muss ich auch gleich wieder los. Die Familie wartet.«

Veenstra nickte verständnisvoll. »Eine letzte Frage. Haben Sie in den vergangenen Tagen Personen bemerkt, die nicht hierhergehören?«

»Außer Ihnen?«

Chloé fasste die Anspielung nicht als Scherz auf.

»Außer uns«, bestätigte ihr Kollege. »Ich meine, Alfarnatejo ist eine kleine Stadt, und diese Straße liegt sehr ruhig.«

»Es wäre aufgefallen, da haben Sie recht«, gab Ledgard zurück.

»Dann wollen wir Sie nicht länger aufhalten. Vielen Dank und ein schönes Osterfest Ihnen«, verabschiedete sich Veenstra.

»Viel Erfolg! Sie können ihn wahrlich gebrauchen« Der Alte schloss die Tür unvermittelt.

Chloé mochte diesen Typen aus irgendeinem Grund nicht. Enzo Ledgards Auftreten hatte etwas von einem Frettchen. Heimlich fotografierte sie mit der Kamera ihres Telefons das Autokennzeichen des grauen Seat.

»Deine wenigen Fragen hättest du ihm auch freundlich stellen können«, sagte Veenstra.

»Der hasst uns. Also warum so tun als ob?«

»Er ist ein alter Mann auf dem Weg zu seiner Familie. Was erwartest du? Hast du dich von Tinus anstecken lassen und reagierst jetzt genauso hypersensibel auf alles und jeden?«

Ihr verschlug es die Sprache. Sie funkelte ihn wütend an. »Du kannst manchmal echt geschmacklos sein. Weißt du das?«

»Was?«, fragte er verständnislos.

»Wenn du schon nichts Sinnvolles beizutragen hast, solltest du vielleicht einfach mal die Klappe halten.«

Damit ließ sie ihn in der klirrenden Kälte dieses Ostersonntags mitten auf der kleinen Straße stehen.

Toll! Das lief ja ganz prächtig. Jetzt hatte sie auch noch Veenstra für eine seiner Gedankenlosigkeiten angeblafft. Was war nur mit ihr los?

Na los, nur dieses eine Mal, sprach ihre innere Stimme zu ihr.

Nein! Das lag Jahre zurück, es durfte nicht wiederkehren. Chloé schloss die Augen.

Konzentriere dich auf diesen Fall.

Es wollte ihr kaum gelingen. Erneut stand sie damit vor der Frage, ob ihr Vater, mit dem sie seit Paris nicht mehr gesprochen hatte, womöglich recht gehabt hatte. War ihr Wechsel wirklich keine so kluge Entscheidung gewesen?

Salvo Rosales Posadas Hof
Acht Kilometer außerhalb von Alfarnatejo
12:07 Uhr

Tinus Geving und Valentina Luna Navaz mussten für ihren Besuch bei Salvo Rosales Posada etwa sechs Kilometer lang die Staatsstraße nehmen, die von Alfarnatejo ins Herz Kastilien-Leóns bis nach Palencia führte. Dann ging es auf einem engen, ungepflasterten und schlammigen Feldweg für weitere zwei Kilometer direkt bis zu Posadas Bauernhof.

Der Hof bestand aus zwei in umgedrehter L-Form miteinander verbundenen Gebäuden. Gatter und Tore des Wirtschaftsflügels standen offen, der schwarze Anstrich blätterte ab, die ungeölten Scharniere quietschten im auffrischenden Wind. Das zweistöckige Haupthaus konnte dem Eindruck fortschreitender Verwahrlosung nichts entgegensetzen. Davor lag ein verwildertes Rapsfeld brach, auf dem lange nicht mehr benutztes Arbeitsgerät vor sich hin rostete. Hinter den Hofgebäuden ging das weitläufige Anwesen in die ersten schroffen Erhebungen der Sierra de Cebollera mit ihren kahlen Gipfeln über.

Der Empfang bei Salvo Rosales Posada geriet in etwa
so, wie Tinus Geving es nach dessen Auftritt am Vor-
abend erwartet hatte. Wenigstens war er heute relativ
nüchtern. Die blutunterlaufenen Augen verrieten nicht
nur Traurigkeit und Gleichgültigkeit. Hier hatte jemand schon vor langer Zeit dem Leben außerhalb dieser Wände den Rücken gekehrt. Wie musste er die Welt
dafür hassen, dass sie ihn stur und uneinsichtig weiter-
leben ließ? Posadas Augen zeigten Misstrauen.

»Wer sind Sie? Und was wollen Sie?«, fragte er barsch.
»Nicht du! Dich kenne ich«, fuhr er Valentina Luna Navaz an. Mit verengten Augenschlitzen nickte er in Gevings Richtung, ohne ihn eines Blickes zu würdigen.
»Wer ist der Typ, mit dem du gekommen bist?«

Geving zeigte Posada seinen Dienstausweis, der ihn
überflog. Immer noch ohne Blickkontakt.

»Europol«, höhnte er. »Soso.« Er kehrte ihnen den Rücken zu, trat an die Anrichte der dunklen Küche, öffnete eine Schranktür, zog eine Schnapsflasche hervor
und goss sich ein Glas ein. »Sagt, was ihr zu sagen habt,
und stört mich nicht weiter.«

Geving überließ das Reden vorerst der Verbindungsbeamtin. Das war ihr Territorium, sie kannte den
Mann.

»Heute Nacht ist ein siebenjähriges Mädchen entführt worden. Schon davon gehört?«

Salvo Rosales Posada zeigte ihnen weiterhin die kalte
Schulter. »Nee, hab ich nicht. Sonst noch was? Dann
könnt ihr verschwinden.«

»Hm«, überlegte Inspector Navaz laut, »nach allem,
was deiner Familie widerfahren ist, hätte ich mehr Mitgefühl von dir erwartet.«

»Schlampe!«

Sie ging nicht auf die Beleidigung ein, schien sie als Unüberlegtheit eines traurigen Trinkers abzutun. »Das Verschwinden deiner Tochter jährt sich heute zum vierzigsten Mal.«

»Ja und? So was passiert. Damals hat es kein Schwein interessiert. Heute interessiert es *mich* nicht. Lasst mich einfach in Ruhe!«

»Erzähl mir nichts! Du möchtest überhaupt nicht in Ruhe gelassen werden. Du willst, dass die Stadt niemals vergisst. Das ist dir gestern Abend wieder ganz hervorragend gelungen.«

Posada drehte sich endlich um, mit grimmigem Lächeln im Gesicht. »Ah, ich weiß, was hier gespielt wird. Ich weiß, was Benavides' Liebling mir gleich unterstellen wird. Na los!«, forderte er sie heraus. »Sei nicht so feige. Spuck's aus!«

»Es tut mir leid, Salvo, aber du hättest ein Motiv. Nach deinem jüngsten Auftritt sowieso. Niemand will sich mehr an deine Tochter erinnern. Warum ihnen also nicht ins Gedächtnis rufen, wie das ist? Wie es sich anfühlt?«

»Niemand weiß, wie es sich anfühlt. Niemand!«

»Hast du es getan, Salvo?«

Er machte einen Satz nach vorne und sprang Valentina Luna Navaz fast an den Hals. »Pass ja auf, dass ich dir dein hübsches Gesicht nicht grün und blau schlage, Mädchen!«

Inspector Navaz ließ sich nicht einschüchtern. Im Gegenteil. »Hast. Du. Es. Getan?«, brüllte sie.

Posada ließ ab, wich zurück. Dabei zitterte er. Sehr viel leiser, beinahe kraftlos, sagte er: »Nie könnte ich einem Menschen so etwas antun. Mein ganzes Leben lang habe ich keiner Fliege was zuleide getan.« Sein Unterkiefer mahlte. »Und jetzt habt ihr die Frechheit, mir in meinem Haus so etwas zu unterstellen.« Die Gefühle gingen mit ihm durch, er fing an zu weinen. »Was seid ihr bloß für Menschen?«

Das war genug. Tinus Geving griff ein. »Das entführte Mädchen hat einen Namen.«

»Einen Namen, einen Namen!«, schluchzte Posada. »Sie alle haben einen Namen. Meine Tochter hat einen Namen!«

»Sie heißt Alina«, sagte Geving ruhig.

Stille.

Posada fiel die Kinnlade herunter. Der Groschen fiel. »Was?«

»Die Entführte«, wiederholte Geving. »Sie heißt Alina.«

Posada musste sich setzen. Mit beiden Händen wischte er sich die Tränen aus dem Gesicht. Zum ersten Mal sah er ihm ins Gesicht – mit einem Ausdruck des Schreckens. »Was, zum Teufel ...?«

»Ich glaube Ihnen«, versicherte Geving. »Sie sind zu so etwas nicht fähig.«

»Was wollt ihr dann von mir?«

»Vierzig Jahre nach deiner Tochter Alina«, erläuterte die Verbindungsbeamtin, »verschwindet ein weiteres Mädchen namens Alina. Auf ebenso rätselhafte Art und Weise. Wieder ist es ein Ostersonntag.«

»Ihr seht da einen Zusammenhang?«

»Der Verdacht liegt nahe.«

»Wie könnte es anders sein?« Salvo Rosales Posada rang mit seiner Trauer. »Ich kann das nicht. Nicht mehr. Nicht schon wieder.«

Geving glaubte dem Mann. Trotzdem waren sie dringender denn je auf seine Mithilfe angewiesen. »Wir haben bisher keine Spur. Nur diese eine. Und die führt zurück in die Vergangenheit. Zurück zu Ihrer Tochter.«

Posada klang nicht überzeugt. »Die Ermittlungen damals wurden eingestellt. Alfarnatejo schweigt. Bis heute!«

»Wenn die ganze Stadt schweigt«, gab Geving zu bedenken, »sollte dann nicht einer aufstehen, der reden möchte? Jemand, der das endlose Schweigen durchbricht?«

»Heißt das ...?«

Tinus Geving nickte langsam. »Die Ermittlungen im Fall Ihrer Tochter sind wiederaufgenommen. Wir vermuten, wer immer es damals getan hat, er hat es wieder getan. Wir brauchen Ihre Hilfe.«

Salvo Rosales Posada atmete mehrmals tief durch, hatte dann aber schnell einen Entschluss gefasst. »Was wollt ihr wissen?«

Geving und Inspector Navaz setzten sich zu Posada an den Küchentisch. Es war so weit.

Geving stellte die alles entscheidende Frage. »Señor Posada, was ist vor vierzig Jahren geschehen?«

30. März 1975

19:03 Uhr

Regen peitschte aus der Düsternis dieses trübseligen Abends gegen die Fensterscheiben, als Salvo Rosales Posada mit schweren Schritten und gesenkten Schultern sein Haus betrat. Hinein in die wohlige Wärme der Küche.

Er hatte einen schwierigen Tag hinter sich. Einen Tag, der eigentlich anders hätte verlaufen sollen. Das hatte er ihnen versprochen. Das hatte er Alina versprochen. Wie so oft war sein Versprechen nicht viel wert gewesen. Wie so oft machte ihm seine Hilfsbereitschaft einen Strich durch die Rechnung. Eine Hilfsbereitschaft, die ihn immer weiter von den Menschen entfernte, die ihm das Liebste und Teuerste hätten sein müssen. Trotzdem ließ er sich jedes Mal aufs Neue darauf ein. Was er tat, tat er für sie. Seine Tochter sollte einmal in einer besseren Welt aufwachsen können. Dafür nahm er die ständige Lebensgefahr billigend in Kauf.

Nicht so seine Frau Noelia Magana Granados. Die abenteuerlichen Geheimunternehmen setzten ihr zu. Innerlich starb sie tausend Tode, das wusste er.

»Du kommst spät«, sagte sie brüsk.

»Lief nicht wie geplant«, knurrte er.

»Tut es doch nie. Wem machst du hier eigentlich was vor?«

Posada nahm ihren Vorwurf müde zur Kenntnis. Obwohl er sie verstehen konnte, reichte es nur für eine kraftlose Entschuldigung. »Die Polizei ist unserem Kontakt auf die Schliche gekommen. Wir mussten schnell handeln.«

Noelia sah ihn nicht einmal an, stattdessen hantierte sie am Herd. »Bei mir musst du dich nicht entschuldigen. Aber vielleicht erklärst du deiner Tochter, was heute wichtiger war, als das Osterfest mit ihr zu verbringen.«

»Was hast du ihr erzählt?«, fragte er argwöhnisch.

»Nichts. Oder möchtest du, dass sie es allen in der Schule auf die Nase bindet?«

Diesen Gedanken wies er entschieden von sich. »Nicht Alina!«

Endlich drehte sie sich zu ihm um, sah ihn mitleidig an. »Salvo, bist du wirklich so naiv? Du weißt, wie die sein können.«

»Ich weiß, dass es so nicht weitergehen kann.« Und weiter im Flüsterton: »Unsere Jugend verliert die Geduld. Der Alte macht es nicht mehr lange. Hast du ihn dir mal genauer angesehen? Der ist total senil.«

Der »Alte« war Francisco Franco. Spaniens Diktator, der seit beinahe vierzig Jahren ein straffes Regime führte. Der Generalissimus, der Caudillo. Schlau, selbstbeherrscht, kalt, berechnend. In einem hatte Posada recht, Franco zeigte deutliche Anzeichen von Senilität. Die Haut fleckig, narbig, grau und eingefallen. Das Gesicht durch Parkinson zu einer Fratze erstarrt. Die Sonnenbrille, hinter der er diese Fratze verbarg, konnte nicht verschleiern, dass der früher vor Kraft und Entschlossenheit strotzende Berufsoffizier nur noch ein wandelnder Leichnam war. Doch im Falle Francos bedeutete das gar nichts.

»Der Bunker sitzt fester im Sattel, als du glauben magst.«

Als »Bunker« bezeichnete seit einiger Zeit jeder Spanier hinter vorgehaltener Hand das in Auflösung befindliche Regime. Mit einiger Hoffnung. Posadas Frau teilte diese Hoffnung nicht.

»Der Prinz von Spanien«, lästerte er, »glaubst du wirklich, der kann die Bevölkerung hinter sich vereinen?«

»Ich glaube gar nichts, Salvo. Ich sehe, dass die Repressionen wieder zunehmen. Wie oft haben sie dich in der Mangel gehabt?« Ihre Stimme zitterte vor Angst.

»Sie konnten mir nie etwas nachweisen.«

»Du trägst Verantwortung für uns! Für mich. Wichtiger noch, für Alina.«

Die kam in diesem Moment aus ihrem Zimmer angesaust und fiel ihm um den Hals. »Papa!«

Er gab ihr einen Kuss auf die Wange. »Hallo, meine Süße.«

»Da bist du ja endlich. Wir haben schon so lange auf dich gewartet. Jetzt haben wir noch gar nicht die piñata geschlagen«, nörgelte sie.

»Ich weiß. Dein vergesslicher Papa hatte schon lange versprochen, heute einem Freund zu helfen. Ich mach's wieder gut. Morgen gehöre ich dir und nur dir allein.«

»Juhu!« Vor lauter Freude stimmte Alina die erste Strophe des piñata-Lieds an.

»Dale, dale, dale.
No pierdas el tino.
Porque si lo pierdes,
Pierdes el camino.«

Der glockenhelle, engelsgleiche Sopran ihrer Stimme ließ jede Hoffnungslosigkeit schwinden, die bis dahin in der Küche geherrscht hatte. Salvo Rosales Posada stimmte in den Gesang ein. Noelias Verärgerung löste sich augenblicklich in Luft auf. Ihr strafender Blick wich einem Schmunzeln. Posada und sie reichten sich die Hände.

»Essen ist fertig! Zu Tisch, ihr piñata-Jäger«, forderte sie Alina und ihn auf.

Die gute Stimmung hielt nicht lange an. Kaum hatte sich die kleine Familie um den Küchentisch versammelt, waren von draußen Motorengeräusche zu vernehmen. Der knirschende Kies verriet, dass sich zwei Fahrzeuge rasch näherten. Sie stoppten, dann Türenschlagen.

»Wer kann das sein?«, wisperte Noelia, obwohl sie die Antwort vermutlich schon kannte.

Die Eingangstür wurde eingetreten. Mit einem markerschütternden Rums knallte sie gegen die Wand. Vier Männer drangen ins Haus und postierten sich so, dass jeder Fluchtversuch schnell unterbunden werden würde. Die glänzenden Ledermäntel und die Hüte verrieten sie auf der Stelle: »Hundefänger« der Brigada Político-Social, des francistischen Geheimdienstes.

Lähmende Stille. Die Eindringlinge würdigten sie keines Blickes. Worauf warteten sie?

Von draußen lässige, langsame Schritte. Ein Mann mit der Statur eines Schwergewichtsboxers betrat die Küche. Der Neuankömmling hatte ein breites Kreuz und ebenso breite Schultern. Langsam – Finger für Finger – zog er die Lederhandschuhe aus. Regenwasser tropfte vom breitkrempigen Hut. Darunter zündete er sich eine Zigarette an. Endlich gab das fahle Deckenlicht das bis eben noch im Schatten verborgene Gesicht preis. Ein Boxergesicht. Er! Amando Verdugo Urías, der Schlimmste von allen. Der »Skorpion«. Den Namen hatte er sich verdient. Mit seinen Opfern hielt er sich nicht lange auf, er tötete sie. Weil es in seiner Natur lag. Der Skorpion malträtierte die Körper der Toten so lange, bis sie aussahen wie rohes Fleisch.

Langsam ging er auf und ab, sah sich in der Küche um. Niemand wagte, ein Wort zu sagen, bis er die Stille, die er zu genießen schien, durchbrach. »Guten Abend, Herrschaften! Wir stören doch nicht etwa?«

Salvo Rosales Posada kannte den Mann. Er würde keine Furcht zeigen. Diesen Triumph gönnte er ihm nicht. »Bedaure, wir haben keinen Platz für weitere Gäste.«

Einer von Urías' Untergebenen flüsterte ihm etwas ins Ohr, was der Mann amüsiert, sogar selbstzufrieden aufnahm. »So witzig wie eh und je, Posada.«

»Sagen Sie schon, was Sie wollen.«

Amando Verdugo Urías lächelte weiter. Kein besonders angenehmer Anblick. Das Gesicht bekam etwas Primitives. »Wissen Sie, was ich an Ihnen schätze? Sie kommen direkt zum Punkt. Sie verschwenden keine Zeit. Wir kennen uns jetzt schon eine ganze Weile und wissen, was wir voneinander zu halten haben. Man könnte meinen, wir wären Freunde.«

»Papa, ist das der Mann, dem du heute geholfen hast?«, fragte Alina unschuldig.

»Alina!« Posada versuchte entsetzt, sie zum Schweigen zu bringen.

»Ach, lassen Sie Ihre Tochter ruhig ausreden.« Urías lief um sie herum, streichelte ihr übers Haar, was sie nur widerwillig über sich ergehen ließ. Dann ging er vor ihr in die Hocke. »Du bist wirklich ein sehr hübsches Kind.«

Posada sprang auf. »Halten Sie meine Familie da raus! Das geht nur Sie und mich etwas an.«

Der Geheimpolizist zwinkerte Alina zu. Er richtete sich auf, inspizierte die Küche.

»Wir haben heute einen netten kleinen Fang gemacht«, ließ er wie beiläufig fallen. »Ein Kommunist ist uns direkt in die Arme gelaufen.«

»Soll vorkommen«, beschied Posada knapp.

Der Skorpion widmete ihm nun seine ganze Aufmerksamkeit. »Ich frage mich, ob er vielleicht der Freund ist, dem Sie heute geholfen haben.«

»Ich weiß nicht, wovon Sie sprechen.«

»Ah ja. Natürlich. Sie kennen weder Kommunisten noch Studentenführer oder Basken. Ich vergaß. Sie sind einer der wenigen, die noch nie Kontakt zu solchen Leuten hatten. Ein wahrer Musterbürger.«

Die Hundefänger lachten gehässig.

Urías drückte seine Zigarette direkt auf Posadas Teller aus. »Wo waren Sie heute den ganzen Tag über?«

»Zu Hause. Bei meiner Familie. Es ist Ostersonntag.«

Der Geheimpolizist strich sich übers kantige Kinn. »Hm, die Kühlerhaube Ihres Wagens ist noch warm.«

»Osterausflug.«

Der Skorpion hob den Zeigefinger. »Fast hätte ich's vergessen. Dieser Kommunist, er erwies sich als erstaunlich kooperativ. Wir haben ihm Fotos von mutmaßlichen Helfern vorgelegt. Keinen von denen konnte er identifizieren. Keinen von denen, nur einen.« Er griff in die Mantelinnentasche und holte ein Schwarz-Weiß-Foto hervor, das er Posada vors Gesicht hielt.

Posada erkannte sein eigenes. Aufgenommen im Vorfeld eines der letzten Verhöre durch Urías.

»Sie erkennen mein Verständnisproblem?«

Posada zuckte mit den Schultern. »Tja, dann packe ich mal meine Sachen. Schatz, warte nicht auf mich. Könnte spät werden«, sagte er zu seiner Frau in einem Anflug von Galgenhumor.

Urías hielt ihn mit einer Hand zurück. »Halt, Freundchen. Du scheinst da etwas nicht zu verstehen.« Er ließ die Förmlichkeit hinter sich. »Wir sind nicht an dir interessiert, sondern an ihr.« Er deutete auf Alina, die von den Hundefängern gepackt und unter heftiger Gegenwehr vom Stuhl gezogen wurde. »Wir nehmen eurem Kommunismus den Nachwuchs.«

Noelia sprang den Skorpion förmlich an. »Nein, nicht meine Tochter!«

Der Geheimpolizist fackelte nicht lange. Mit dem Handrücken schlug er ihr ins Gesicht. Sie fiel zurück an die Küchenwand, wo sie mit blutender Unterlippe liegen blieb. Schützend hob sie die Arme, um keine weiteren Schläge abzubekommen. Sofort kamen ihr die Tränen.

»Jämmerlich«, konstatierte Urías abfällig.

»Noelia!«, schrie Posada.

Alina, der man die Arme hinter dem Rücken fixierte, was ihr Schmerzen zu bereiten schien, weinte ebenfalls. »Mama, Mama!«

Salvo Rosales Posada wusste nicht, wo er zuerst eingreifen sollte. Sollte er seiner misshandelten Frau zu Hilfe eilen? Nein, Alina! Er wollte die Hundefänger daran hindern, seine Tochter, die sich immer noch mit kräftigem Strampeln wehrte, aus dem Raum zu zerren, wurde aber von Amando Verdugo Urías mit einem Leberhaken daran gehindert. Der plötzliche Schlag ließ jegliche Luft aus Posadas Brustkorb entweichen. Ihm wurde kurz schwarz vor Augen, er ging zu Boden.

»Lassen Sie sie in Ruhe«, flehte er und rang um Atem. »Ich werde Ihnen alles sagen. Was dann mit mir geschieht, ist mir egal. Nur bitte lassen Sie meiner Frau unsere Tochter.«

Urías schüttelte verächtlich den Kopf. »Herzergreifend. Und zu spät. Du bist für uns nicht mehr von Belang. Wir wissen, dass du ein Verräterschwein bist. Jetzt nehmen wir dir das Wertvollste, das du hast.«

Auch Posada brach in Tränen aus. »Dazu habt ihr kein Recht!«

»Dazu haben wir jedes Recht«, sagte der Skorpion kalt. »Wir können es nicht dulden, dass Alina in asozialen

Verhältnissen aufwächst. Spanien liebt seine Kinder. Der Caudillo möchte, dass sie alle zu braven kleinen Francisten erzogen werden. Du willst das nicht, also bist du ein Feind Spaniens. Keine Sorge, die Kirche wird ihr die roten Gene schon austreiben.«

»Bitte!«

Alinas Gegenwehr erschlaffte. Die Hundefänger hielten ihr den Mund zu, damit sie nicht mehr schreien konnte. Dicke Tränen kullerten ihr übers Gesicht.

»Ich fürchte, ich muss darauf bestehen«, spottete Urías. »Sieh es positiv, Posada. Wir lassen dich ab sofort in Ruhe. Du kannst tun und lassen, was du willst. Interessiert uns nicht mehr. Alina hingegen wird zu einer Vorzeigedame erzogen. Eine Win-win-Situation.«

»Nur über meine Leiche!«

»Ein verlockendes Angebot, Posada. Ich muss ablehnen. Es könnte Alina verstören, macht ihre Umerziehung schwierig. Jetzt sagt brav Auf Nimmerwiedersehen zu eurer Tochter.« Ein kurzes Nicken an seine Untergebenen. »Ab!«

Mit Alina im Zwangsgriff sprangen die Hundefänger in ihre Fahrzeuge, deren Motoren noch liefen.

Posada taumelte zur eingetretenen Tür, rief ihr verzweifelt hinterher. »Alina!«

Aus dem Rückfenster konnte er das tränenverschmierte Gesicht seines geliebten Engels sehen. Alinas Hände wollten nach ihm greifen. Dann verschwand sie in der Finsternis, und er verlor die Besinnung.

»An diesem Abend haben wir Alina zum letzten Mal lebend gesehen.«

»Salvo«, Inspector Navaz schlug sich die Hand vor den Mund, »ich weiß nicht ...«

»Du weißt nicht, was du sagen sollst? Erspar es dir.«

Die spanische Verbindungsbeamtin sah ihn schockiert an. Vermutlich kannte sie zwar die Geschichte, hatte sie aber noch nie in ihren schrecklichen Einzelheiten gehört. Tinus Geving hatte Erfahrung damit. Die größte Tragödie konnte auf einen Außenstehenden seltsam unpersönlich wirken. Ab dem Moment, da man mit den Leidtragenden und deren Geschichten konfrontiert wurde, änderte sich alles.

»Ich wollte wirklich nicht ...«, versuchte sich Valentina Luna Navaz an einer Entschuldigung.

»Ich gebe niemandem die Schuld, außer mir selbst«, stellte er klar. »Mir war immer bewusst, dass ich ein Spiel mit dem Feuer getrieben habe, das mich jederzeit erfassen konnte.«

»Sie kannten Amando Verdugo Urías bereits von früheren Begegnungen«, resümierte Tinus Geving.

Posada goss sich ein weiteres Glas Schnaps ein, schüttete es in einem Zug hinunter, bevor er weitererzählen konnte. Auf den genauen Zeitpunkt seiner ersten Begegnung mit Urías ging er nicht ein, berichtete stattdessen davon, wie er in einer armen Gegend aufgewachsen war. Arm, stolz, konservativ. Das Leben entbehrungsreich und hart. Franco gehörte zum Schicksal dieser Gegend wie die Kirche. Posada selbst glaubte, in dieser kargen Bergregion unbehelligt vom Regime zu sein. Er erinnerte sich daran, dass seine Frau gerade mit Alina schwanger war, als er einen Gehilfen für die Arbeit auf dem Hof einstellte, um mehr Zeit für seine junge Familie zu haben. Alfonso hieß er. An dieser Stelle musste Posada lachen, was mehr wie ein Grunzen klang. Alfonso musste zwei linke Hände gehabt und sich überhaupt nicht für die Arbeit auf dem Land geeignet haben. Zum damaligen Zeitpunkt war er kaum zwanzig Jahre alt, kam aus der Stadt. Posada behielt ihn trotzdem. Irgendein Geheimnis, so bemerkte er, musste Alfonso mit sich herumtragen. Danach gefragt hatte er ihn dennoch nie, ließ ihm sein Schweigen. Bis zu dem Tag, als der Junge erzählte: von den Arbeiterprotesten, den Säuberungswellen, dem Gerichtshof für öffentliche Ordnung.

»Und so kamen Sie zum Widerstand?«, fragte Geving.

Kopfschütteln. »Ich war ein einfacher Kerl mit einer viel zu schönen Frau. Noelia ...« Für einen Augenblick kam Posada ins Schwärmen, fuhr dann aber fort. Obwohl der Junge ihm wirklich alles berichtet hatte – von seinem Kampf bei der Gewerkschaft, den von Francos Polizei zusammengeschossenen Arbeiterstreiks, seiner Flucht vor den Hundefängern –, reichte Posadas Vorstellungskraft dafür nicht aus. Er wollte ihm nicht glauben, geriet in Wut, drohte Alfonso damit, ihn vom Hof zu jagen. Dann machte der Junge ihn mit seinen Fluchthelfern bekannt, die es damals auch in Alfarnatejo gab. Die öffneten ihm die Augen. Schließlich willigte er ein, für wenige Tage ein paar junge Kerle zu beherbergen, ihnen bei der Flucht nach Frankreich zu helfen. Was konnte schon dabei sein? Wer sollte es in den Bergen mitbekommen? Das ging eine ganze Weile lang gut, bis Alfonso über Nacht selbst fliehen musste. »Uns blieb kaum genug Zeit zum Abschied, dabei warnte er mich eindringlich vor einem Informanten in unseren Reihen. Zumindest hätte ich es als Warnung verstehen müssen. Stattdessen machten seine Freunde und ich ungerührt weiter, als wäre nichts gewesen. Bis die

Brigada Político-Social hier auftauchte.« Er zeigte zum Hauseingang. »Vor meiner Tür. Da feierte Alina gerade ihren dritten Geburtstag. Die kassierten mich sofort ein.«

»Was haben die mit Ihnen angestellt?«, wollte Geving wissen.

Posadas Blick wanderte ins Leere, er sah verbittert aus. Mit beiden Händen umfasste er die Kanten des Küchentischs. Der Küchentisch, an dem er vor vierzig Jahren mit seiner Frau und Alina gesessen hatte. Er rang merklich um Fassung, als er bekräftigte, sich nicht daran erinnern zu wollen, was sie damals mit ihm angestellt hatten. Er gab nur preis, dass es danach ein Katz-und-Maus-Spiel zwischen ihm und der Geheimpolizei gewesen war. Sie nahmen ihn mit, bekamen nichts aus ihm heraus, ließen ihn gehen. Sie nahmen ihn wieder mit, bekamen nichts aus ihm heraus, ließen ihn gehen. Er hatte weitergemacht. Irgendwann, so sagte er, stumpfe man ab. Er hatte diese Leute nicht ernst nehmen können, obwohl er die Folterkammern von Valladolid und León gesehen hatte. So ging das drei Jahre lang. In dieser Zeit begann Amando Verdugo Urías, sich für ihn zu interessieren.

»Ich habe gesehen, was er den Leuten angetan hat, *wem* er es angetan hat: Spaniens Jugend. Jedes Mal ging ich noch gestärkter daraus hervor. Er konnte mich nicht brechen, er erreichte nur das Gegenteil. Wahrscheinlich entwickelte sich da bei mir eine gewisse Arroganz, ein Unfehlbarkeitskomplex, schließlich kam ich immer irgendwie davon.«

»Was hat er mit dir gemacht?«, fragte Valentina Luna Navaz.

»Darüber spreche ich nicht.«

»Worüber kannst du sprechen?«, versuchte sie es erneut.

Er ließ den Kopf in die Hand des aufgestellten Unterarms fallen. »Ich hätte bereits nach dem ersten Mal aufhören sollen. Herrgott, ich hatte für eine Familie zu sorgen! Ich konnte es nicht. Dieses berauschende Gefühl, Menschen zu helfen, die den Mut besaßen, sich dem Scheißsystem entgegenzustellen. Die Genugtuung, ihnen mit jeder erfolgreichen Flucht einen schmerzhaften Nadelstich zu versetzen. Wie eine Droge! Noelia hatte Angst um mich, ich stieß sie zurück. Die wichtigsten Menschen verlor ich völlig aus den Augen: meine Frau und Alina. Bis Noelia irgendwann aufhörte, Angst um mich zu haben. Zumindest dachte ich das. In Wahrheit teilte sie mir ihre Angst einfach nicht mehr mit. Sie hatte aufgegeben. Es kam der Tag, an dem ich alles hätte stoppen können, es stoppen *müssen*.«

»Wann war das?«, wollte sie wissen.

»Herbst neunzehnhundertvierundsiebzig. Alina kam in die Schule. Wieder holten sie mich ab und ließen mich zu Urías bringen. Ohne jeden Anlass«, betonte er. Urías habe ihn stattdessen aufgefordert, sich von einem Freund zu verabschieden. Posada wusste überhaupt nicht, wen er damit meinte. Er wurde in einen Gefängnishof geführt. Mitten in der Nacht. Grelle Scheinwerfer von hohen Mauern blendeten in seinen Augen. »Mir rutschte das Herz in die Hose. Ich dachte, verdammt, das war's jetzt für dich. Plötzlich öffnete sich quietschend eine andere Tür. Dieses Quietschen ...« Er verharrte kurz in seinen Erinnerungen. »Ich habe es noch in den Ohren, als wäre es gestern gewesen. Urías trat mit einer armseligen, zerlumpten und blutverschmierten Gestalt ein, die er vor sich her schubste. Die Gestalt stolperte direkt in meine Arme. Ich erkannte ihn nicht wieder. Das zerschundene Gesicht zu Brei geschlagen. Aber der Blick ...« Er musste schlucken.

Geving vollendete, was der alte Bauer nicht aussprechen konnte. »Alfonso.«

Posadas Stimme wurde brüchig. »Urías trat hinter ihn und erledigte ihn mit einem Genickschuss. Für eine Weile stand er befriedigt da. Dann steckte er die Pistole ins Holster, ging schnurstracks an mir vorbei, stoppte nur kurz auf meiner Höhe. Seine Worte lassen mir heute noch das Blut in den Adern gefrieren. ›Es macht uns nichts aus, die Hälfte Spaniens zu töten. Hauptsache, die andere Hälfte ist nicht marxistisch.‹«

»Warum haben Sie nicht aufgehört? Ich meine, er wusste von Ihrer Verbindung zu dem Jungen. Sie waren verbrannt.«

Salvo Rosales Posada verkrampfte. Er offenbarte ihnen, dass die Hundefänger Alfonso bereits bei seiner Flucht aufgegriffen hatten. Danach verrottete er jahrelang in einem Loch, bevor sie ihm die Gnade zuteilwerden ließen, ihn von seinem Leiden zu erlösen. Posada wollte aussteigen. Seine Mitstreiter hatten Verständnis dafür, baten ihn jedoch, ihnen ein letztes Mal zu helfen. Zu Ostern des Jahres 1975.

»Ich hätte es besser wissen müssen. Offensichtlich gab es den Informanten tatsächlich, der uns einen nach dem anderen ans Messer lieferte. Noelia flehte mich auf Knien an, es sein zu lassen. Ich beachtete sie gar nicht, sagte immer wieder: ›Nur dieses eine Mal noch!‹«

»Es war das eine Mal zu viel«, sagte Valentina Luna Navaz.

»Ich kam an diesem Abend nach Hause. Erschöpft, niedergeschlagen, irgendwie auch zufrieden. Ich meinte es ernst damit. Anständig leben, den Kopf einziehen, von Ärger fernhalten, mitschwimmen. Eigentlich erbärmlich. Andererseits hatte ich Noelia. Und Alina. Die Vorstellung, nur noch für sie zu sorgen, machte mir plötzlich so viel Freude. Es kam nicht mehr dazu.«

Stumm saßen sie zu dritt am Tisch. Jeder ordnete seine Gedanken.

Erst nach einigen Minuten gelang es Inspector Navaz, etwas zu sagen. »Salvo, ich kenne dich. Du hättest nicht einfach aufgegeben.«

»Habe ich auch nicht«, erwiderte er. »Ich war bei Benavides. Doch was hätte er schon ausrichten können? Ich war bei Belasco, sie sollte sich ja in kirchlicher Obhut befinden.«

»Konnte er helfen?«

»Ihren Unterbringungsort hat er herausbekommen. Er wollte sie aufsuchen, Urías muss dahintergekommen sein.«

Sie sah ihn irritiert an. »Wie meinst du das?«

»Na, was denkst du, wo er sein Auge verloren hat?«

»Was?«

»Ich habe meine Tochter auf dem Gewissen und beinahe das Leben des Pfarrers. Begreifst du nun, warum ich das wandelnde schlechte Gewissen dieser Stadt bin?«

»Was meintest du gestern damit, als du sagtest, Alfarnatejo würde immer noch schweigen, obwohl jeder weiß, dass der Mörder unter uns weilt?«, wechselte sie das Thema.

»Ich meinte genau das«, bekräftigte er.

»Amando Verdugo Urías?«

»Der Skorpion ist noch quicklebendig.«

»Was macht dich da so sicher?«

»Ich habe ihn gesehen. Vor drei Tagen. Er hat mich nicht erkannt, aber ich ihn.« Posada atmete schwer. »Wie konnte der so plötzlich aus dem Nichts auftauchen?«

»Sei mir nicht böse«, sagte Valentina Luna Navaz. »Ich verstehe es nicht. Wie kann es sein, dass dieser Urías zumindest einige Zeit in Alfarnatejo lebt, ohne dass ihn irgendjemand erkennt? Ich meine, zumindest Don Belasco müsste er aufgefallen sein oder Asael.«

»Ich habe ihn ja selbst kaum wiedererkannt«, gab Posada zu. »Er ist nur noch ein Schatten seiner selbst. Aber das Gesicht, diese bösen Augen, seine Nase.« Er suchte nach den richtigen Worten. »Die wenigsten haben ihn jemals zu Gesicht bekommen. Und diejenigen, die ihn zu Gesicht bekommen haben ... Der Mann war Geheimpolizist. Er weiß, wie er den richtigen Leuten aus dem Weg zu gehen hat. Urías ist wieder da! Ich weiß es einfach.«

»Bildest du dir das nicht bloß ein? Ich meine, es wäre verständlich. Es ist jetzt genau vierzig Jahre her«, gab sie vorsichtig zu bedenken.

»Glaubst du wirklich, ich bin so ein Trottel? Eine bemitleidenswerte Gestalt, die sich um den Verstand gesoffen hat?«, bellte er, beruhigte sich jedoch schnell wieder. »Das Gesicht deines Peinigers vergisst du nie. Es brennt sich auf ewig in dein Gehirn ein.«

Geving stimmte zu. »Ich halte es nicht für unmöglich. Zwischen beiden Fällen muss ein Zusammenhang bestehen.«

Inspector Navaz gab nach. »Dann müssen wir ihn ausfindig machen. Kann Asael helfen?«

»Versprich dir nicht zu viel davon«, sagte Posada. »Geht jetzt.«

»Wir haben noch so viele Fragen!«, protestierte sie.

»Ich würde euch gerne helfen, aber ich kann nicht mehr. Mit den Geistern der Vergangenheit muss ich leben. Ihr hingegen solltet keine Zeit verlieren. Wenn ihr Alina noch retten wollt, führt dieser Weg nur über Amando Verdugo Urías.«

12:47 Uhr

Geving wollte schon in den Wagen steigen, da hielt Valentina Luna Navaz ihn zurück und wechselte zum Du. »Tinus, ich weiß, du glaubst nicht an Zufälle. Nur verrennen wir uns da nicht in eine steile Theorie? Bisher haben wir keinen blassen Schimmer, wo wir mit der Suche nach Alina ansetzen können. Jetzt soll der Täter von damals wie ein Phönix aus der Asche auferstanden sein? Ich kann mir das nicht vorstellen.«

»Ich kann es mir sehr gut vorstellen. Eine Ahnung, wie viele Altnazis nach dem Krieg aus der Versenkung wieder aufgetaucht sind? Die hatten ihre dreckigen Griffel noch jahrzehntelang im Spiel.«

»Für diese These brauchen wir Beweise. Bisher haben wir nur das Wort eines alten Trinkers.«

»Was weißt du über die Ermittlungen?«

»Kaum mehr, als Asael mir erzählt hat. Nach Alinas Entführung ließ man die reguläre Polizei außen vor.«

Geving dachte nach. »Nach der Entführung, ja. Aber nach dem Fund von Alinas Leiche hätte es polizeiliche Ermittlungen geben müssen.«

»Sicher«, sagte Valentina. »Genauso sicher ist, dass die Ermittlungen eingestellt wurden.«

»Dazu muss es irgendwelche Akten geben.«

»In Archiven, wenn sie nicht bereits vernichtet wurden. Nach Francos Tod war die *Brigada Político-Social* äußerst gründlich damit, Spuren zu verwischen.«

»Wo würden diese Akten aufbewahrt werden? In Alfarnatejo?«

»In Todesfallermittlungen lag die Zuständigkeit bei der Staatsanwaltschaft in Palencia, Tinus. Die haben ein Archiv.«

»Wir müssen da ran.«

»Ich kann Lisseta und Fermín jetzt unmöglich allein lassen.«

»Valentina, bitte. Du hast den nötigen Behördenzugang. Mit deiner Autorisierung kannst du schnell die entsprechenden Strippen ziehen. Uns lassen die nicht mal in die Nähe der Akten. Wir arbeiten hier ohne Zuständigkeit, schon vergessen?«

»Was geschieht in der Zwischenzeit?«

»Du nimmst Piet mit. Seine Computerkenntnisse sind unübertroffen, er kann sicher helfen. Chloé und ich halten hier die Stellung. Vielleicht gibt's bei Benavides schon was Neues. Außerdem müssen wir mit dem Pfarrer sprechen. Vielleicht kann er sich noch daran erinnern, wohin Posadas Tochter damals verschleppt wurde.«

»Du hoffst, dass sie noch in der Gegend sind?«

Irgendwoher ertönte ein Zischen entweichender Luft, gefolgt von einem langen und ausgedehnten Schlürfen. Schwere Atemzüge wie durch eine Gasmaske. Gevings Nackenhaare richteten sich auf. Ihm war, als stände plötzlich jemand hinter ihm. Drohende Gefahr!

Die Erkenntnis erschlug ihn fast. »Ich glaube, wir haben Alinas Entführer bereits zu Gesicht bekommen. Zumindest hat er uns genau beobachtet.«

Valentina wurde blass. »Deine Eingebungen werden mir langsam unheimlich.«

Weder wollte er sie beunruhigen noch falsche Hoffnungen in ihr wecken. »Was kannst du mir zu euren Nachbarn sagen?«

Sie schien ihm nicht ganz folgen zu können. »Nicht viel, fürchte ich. Die allermeisten von ihnen haben ihre Wochenendgrundstücke in Alfarnatejo, so wie wir. Was hat das mit Alinas Entführung zu tun?«

Geving beantwortete ihre Frage nicht. »Er hat sein Opfer lange Zeit beobachtet, auf den passenden Moment gewartet ...« Wieder zu ihr: »Was ist mit dem grau verputzten Haus? Schräg gegenüber von euch?«

»Hm, ein älterer Herr. Alleinstehend. So um die siebzig. Schwer lungenkrank, glaube ich.«

»Weiter! Wie heißt er?«

Sie überlegte. »Moment.«

Konnte sie nicht schneller überlegen?

»Irgendwas mit ... Ledgard. Ja, Enzo Ledgard.«

»Dann kennen wir Alinas Entführer«, sagte er.

Valentina Luna Navaz sah ihn völlig konsterniert an, verstand kein Wort. »Wir kennen Alinas Entführer?«

»Es ist dieser Ledgard«, bestätigte er. »So muss es sein!«

»Aber dein Verdacht ...«

»Jaja«, unterbrach er sie. »Urías. Er lebt unter falscher Identität!«

Jetzt klang sie alarmiert. »Meinst du, die Polizei hat ihn befragt?«

»Er wurde sogar ganz sicher befragt. Ich habe Chloé und Piet losgeschickt.« Geving fasste sich an die Stirn. Wie hatte er nur derart blind für seine Umgebung sein können? »Jetzt weiß er, dass Europol vor Ort ist.«

»Worauf warten wir dann noch? Holen wir ihn uns!«

Geving nahm Valentina nur noch wie aus der Ferne wahr. Ihm wurde schwarz vor Augen, er konnte keinen klaren Gedanken mehr fassen. Er spürte, wie eine heraufziehende Panikattacke ihn zu lähmen begann. Er musste sich konzentrieren! Einatmen, ausatmen. Die Gedanken kehrten zurück. Seine Unachtsamkeit hatte Alina im schlimmsten Fall das Leben gekostet, im besten Fall schwebte sie in tödlicher Gefahr.

Er zwang sich dazu sich zu beruhigen, griff zum Telefon. »Das regele ich. Aber wir brauchen Beweise, mit denen wir ihn festnageln können. Er wird uns nichts sagen, er kennt das Spiel, er bestimmt das Spiel. Ihr müsst nach Palencia fahren!«

»Ich kann in solch einer Situation nicht ...«, wehrte sie ab.

Geving konnte ihr Vorgehen jetzt nicht länger diskutieren. »Valentina! Denk nach. Wenn es dein Kind wäre, würdest du nicht wollen, dass wir allen erdenklichen Spuren folgen? Selbst wenn er uns ins Netz gehen sollte, er wird uns niemals freiwillig Alinas Versteck verraten. Darauf ist er trainiert.«

Die Spanierin musste ihre Aufregung zügeln. »Mir gefällt das nicht!«

»Mir genauso wenig. Wir müssen schnell jede Schwäche ausnutzen, die er hat. Solange er sie noch hat.«

13:04

Scheißverdammte Ausländer! Wie tief war dieses Land nur gesunken. Früher, ja früher, da hatte sich Spanien noch um seine eigenen Angelegenheiten gekümmert. Niemand hatte es gewagt, sich ihnen entgegenzustellen. Weder im Inland noch im Ausland. Wer es dennoch tat, nun, dafür gab es ja Leute wie ihn. Spezialisten. Früher.

Jetzt verging kein Augenblick, ohne dass man auf Feinde von außen traf, die ihre Nase in Dinge steckten, von denen sie nichts verstanden, die sie nichts angingen.

Diese Franzosenschlampe. Was konnte ihn verraten haben? Er war vorsichtig und diskret vorgegangen. So wie er es immer gehandhabt hatte. Er hatte ihre Gewohnheiten studiert, ihre Schwächen. Und sie für sich ausgenutzt. Er konnte es immer noch. Dieses miese Etwas schien ihn zu durchschauen. Im Gegensatz zu ihrem Kollegen, den er für geistesbeschränkt hielt. Er hatte alle Eventualitäten durchdacht, jedes kleine Detail geplant. Allein das Element des Zufalls stellte sich ihm entgegen.

Es darf keine Zufälle geben!

Nicht mit ihm. Er hatte nicht Jahrzehnte in der Anonymität verbracht, damit sie ihm jetzt einen Strich durch die Rechnung machten. Seine verbleibende Zeit würde er genießen. Ja, er würde sterben. Eher früher als

102

später. Da gab er sich keinen Illusionen hin, der Tag würde kommen. Bis dahin würde er das letzte bisschen Leben auskosten, das noch in ihm steckte. So wie er es wollte. Ein allerletztes Mal.

Sie waren jung, er ein alter Mann. Irgendwann würden sie jemanden finden, der zu reden anfing. Sein Trieb ... Er ließ ihn zittern.

Dennoch, er wusste, wie seine Verfolger dachten. Er hatte ihnen immer noch mehrere Züge voraus. Er kannte Orte, die sie nicht kannten. Zeit, seinen Schatz in Sicherheit zu bringen.

Sie würden sie niemals finden.

Vor dem Haus von Enzo Ledgard
Calle Carril de la Fuente, 13
Alfarnatejo
13:10 Uhr

Chloé war die Stimme in ihrem Kopf nicht losgeworden. Die Stimme, die zu ihr sagte: Na los, nur dieses eine Mal.

Sie war der Verzweiflung nahe. Diese Stimme hatte zwölf Jahre nicht mehr zu ihr gesprochen. Plötzlich war sie wieder zurück!

Chloé bekam Angst. Ihr war die Kontrolle völlig entglitten. Chloé hatte für Tinus gebrannt. Sie waren Opfer ihrer Bedürfnisse geworden. Wenige Stunden später waren sie mit einer Situation konfrontiert worden, in der sie beide – ungeachtet ihrer Gefühle füreinander – professionell hätten funktionieren sollen. Sie hatten versagt. Chloé hatte versagt, weil ihr die Tragweite ihrer Taten von letzter Nacht nicht bewusst gewesen war. Was blieb ihr anderes übrig? Sie musste sich bestrafen.

Sie hatte im Badezimmer von Inspector Navaz’ Wochenenddomizil gestanden und in ihr blasses Spiegelbild geblickt. Wieder sagte es düster zu ihr: Nur dieses eine Mal.

Chloé erinnerte sich, sie war damals fünfzehn gewesen. Sie betrachtete ihre Unterarme, die verblassten Narben. Kaum noch sichtbar. Und wieder: Leiste keinen Widerstand. Du weißt, dass du es willst.

Sie wollte nach einer von Tinus’ Rasierklingen greifen, ihr Puls raste. Im letzten Moment hatte sie ihre Hand zurückgezogen, den Wasserhahn aufgedreht und sich kaltes Wasser ins Gesicht geworfen. Wie gerne sie es getan hätte. Wie gerne sie dem inneren Druck nachgegeben, die Schmerzen gespürt hätte. Wenigstens etwas, das sie hätte kontrollieren können.

Sie hätte den Ermittlungen nie zustimmen dürfen. Alina war noch ein Kind! Alles an ihr erinnerte sie daran, wie sie einst gewesen war: klein, schmächtig, wehrlos, hilflos. Alles an dieser Entführung hatte die bösartige, bohrende Stimme in Chloés Kopf erneut zum Leben erweckt. Sie hätte es mit Tinus’ Hilfe durchstehen können, doch der hatte sie ausgeschlossen. Hätte er sie nur rechtzeitig in seine Überlegungen eingeweiht. In eine Kausalkette, an deren Ende niemand anders als Enzo Ledgard stehen konnte. Als er sie endlich telefonisch über seinen Verdacht in Kenntnis gesetzt hatte, war es längst zu spät. Der Seat ihres Hauptverdächtigen stand nicht mehr in der Auffahrt.

In der Zwischenzeit waren Piet Veenstra und Asael Benavides von der spanischen Verbindungsbeamtin zu Posadas Hof bestellt worden. Dort hatte ein fliegender

Wechsel stattgefunden. Valentina Luna Navaz und ihr niederländischer Kollege brachen umgehend nach Palencia auf, während Tinus und Benavides nach Alfarnatejo zurückkehrten. Dort angekommen, nahm Chloé sie mit merklicher Ungeduld in Empfang.

Ihre Wut vom Vormittag war nicht verraucht, sie hatte sich eher noch gesteigert. »Super! Wahrscheinlich ist er über alle Berge und mit ihm jede Chance, Alina jemals lebend wiederzusehen. Und warum? Weil der Herr natürlich nicht daran denkt, uns Normalsterbliche in seine Überlegungen einzuweihen.«

Tinus schwieg eisern. Sie klingelten, Enzo Ledgard öffnete nicht. »Jetzt ist es also meine Schuld.«

»Wessen Schuld denn sonst? Du hättest uns sagen müssen, dass du bei diesem Typen ein ganz mieses Gefühl hattest. Hast du nicht getan. Ich behaupte, damit du es als deinen Ermittlungserfolg verkaufen kannst.«

»Bei allem Respekt, Chloé, du wirst jetzt echt billig«, giftete er zurück.

Sie wusste, dass er sich ertappt fühlte.

Inspector Navaz' Mentor und Freund Asael Benavides ging dazwischen. »Hey, hey, hey! Man könnte meinen, ihr seid ein altes Ehepaar.«

»Scheiße ist das!«, fluchte Chloé. Sie konnte sich nicht beruhigen.

»Ich habe den Typen nie zu Gesicht bekommen«, konterte Tinus, »*du* schon. Immerhin ging dein Instinkt doch wohl in die gleiche Richtung. Es wäre deine verdammte Pflicht gewesen, ihn nicht von der Angel zu lassen und uns sofort zu informieren. Anscheinend bist du dir über die Konsequenzen nicht im Klaren.«

Jetzt reichte es. Chloé wurde laut. »Das ist ja so was von mies. Jetzt schiebst du es mir in die Schuhe, dem unerfahrenen Neuzugang!«

Damit hatte er alles nur noch schlimmer gemacht. Er kannte ihre übermächtigen Selbstzweifel. In ihrem letzten gemeinsamen Fall – Chloés erstem – hatte er sie förmlich dazu zwingen müssen, sich ihren Ängsten zu stellen. Wie froh sie gewesen war, mit seiner Hilfe über sich selbst hinauswachsen zu können. In ihrer jetzigen Verfassung hätte sie Ermutigung und Zuspruch gebraucht, keine Erniedrigung. Sie wusste, dass sie versagt hatte. Stattdessen ritt er auf ihrem Versagen herum und schien auch noch Spaß dabei zu haben. Was für ein Mensch war er nur? Chloé erkannte ihn überhaupt nicht wieder. War er überhaupt noch ein Mensch? Was immer ihn zu solch einem Verhalten trieb, es endete hier und jetzt! Wenn Chloé und er eine Chance haben sollten, was sie sich tief im Innern sehnlich wünschte, musste er dringend an sich arbeiten.

Wahrscheinlich erkannte er, dass er zu weit gegangen war. Ruhiger erklärte er: »Ich gebe nur mir die Schuld. Mir allein. Nicht dir. Ich habe mit dem Fall Bondevik noch nicht abgeschlossen. Dann Henning Mikkalsens Festnahme. Betancourts merkwürdiges Benehmen, die nächtlichen Geräusche. Ich war überarbeitet und abwesend. Das hätte ich nicht an dir auslassen dürfen. Es tut mir leid.«

Zu einer Erwiderung kam sie nicht, denn Benavides runzelte die Stirn. »Moment, habe ich mich gerade verhört?«

Tinus hatte offenbar keine Ahnung, worauf der pensionierte Polizist anspielte. »Inwiefern?«

»*Wessen* merkwürdiges Benehmen?«

»Das des Justizministers. Ich hatte gestern Vormittag einen Termin bei ihm.«

»Sie hatten eine Verabredung mit Anaías Betancourt ...«

»Ja. Wegen der Überstellung von Henning Mikkalsen. Anschließend unterhielten wir uns über dies und das, dabei erwähnte ich die Einladung nach Alfarnatejo. Er sah plötzlich aus, als hätte er ein Gespenst gesehen. Wieso fragen Sie?«

Benavides blickte ungläubig zu Boden, musste schmunzeln, suchte nach Worten. »Ich kann mir gut vorstellen, welches Gespenst unser Justizminister gesehen hat.«

»Machen Sie's nicht so spannend.«

»Anaías Betancourt leitete vor vierzig Jahren als Staatsanwalt die Todesfallermittlungen in der Sache Alina Rosales Magana. Ermittlungen, die er in Windeseile zu den Akten gelegt hat.«

Tinus stand da wie vom Donner gerührt. Es hatte ihm die Sprache verschlagen.

»Wow«, sagte Chloé, »die Welt ist ein beschissen kleines Dorf.«

Dann passierte es. Er trat hinaus auf die kleine Straße. Sein Gesicht lief puterrot an. Tinus explodierte, boxte in die Luft. »Das. Darf. Doch. Alles. Nicht. Wahr. Sein!«

Chloé ging ihm hinterher. Er bedeutete ihr, sich nicht weiter zu nähern. Wie gerne sie ihn in die Arme genommen hätte. Aber er war den Tränen nahe, das konnte sie spüren. Tränen der Wut. Sie waren sich ähnlicher, als ihnen lieb sein konnte. Er wollte nicht, dass sie ihn so sah. Seines Schutzschilds beraubt. So entwaffnet, so ratlos, so angreifbar. Chloé ließ ihm seine Würde.

Er lief wenige Meter auf und ab. Immer und immer wieder, wie ein Tiger im Käfig. Dann ging er zum Spanier hinüber, der an Ledgards Eingangsschwelle zurückgeblieben war. Beinahe sah es so aus, als wollte er ihn umhauen. Ihre Nasenspitzen berührten sich fast. Benavides schluckte.

Mit stählerner Stimme befahl Tinus: »Sie werden mir jetzt *alles* erzählen, was sich damals abgespielt hat.«

Asael Benavides bemühte gar nicht erst seinen Widerstand. »Ich kann verstehen, wie Ihnen zumute ist. Mir ging es damals genauso.«

Instituto Medicina Legal y Ciencias Forenses
Plaza Abilio Calderón
Palencia
21. November 1975
18:41 Uhr

Wie sie so dalag. Leutnant Asael Benavides hatte Alina zu einem trotz ihres zarten Alters bemerkenswerten jungen Mädchen heranwachsen sehen. Ihr herzhaftes Lachen hatte selbst den Trübsinnigsten anstecken können. Alina hatte über Witz verfügt, ausgesprochene Intelligenz und manchmal eine gesunde Portion Frechheit, die man ihr nicht übel nehmen konnte. Sie hatte die besten Eigenschaften ihrer Eltern vereint: Salvos Durchsetzungsvermögen und Geradlinigkeit sowie Noelias feinfühlige Art und Herzlichkeit. Welche Zukunft wäre ihr beschieden gewesen? Aus und vorbei.

Alinas Tod lastete schwer auf seinen Schultern. Die Eltern durften ihr totes Kind nicht sehen, denn der Staat hatte es

108

ihrer Obhut entzogen. Dennoch musste Benavides sie über den Verlust einer Tochter informieren, die nicht mehr ihre sein durfte. Er hatte nur eine ungefähre Ahnung davon, was Alina bis kurz vor ihrem Tod widerfahren war. Ein Tod, für den seiner Meinung nach nur die Hundefänger der Brigada Político-Social verantwortlich sein konnten. Asael Benavides war überzeugt, dass sich einer von denen an ihr vergangen haben musste, was seine Verachtung für den Staat, dem er diente, nur noch verstärkte.

Wie Salvo Rosales Posada war auch er kein Anhänger des verblichenen Caudillo, dieses gefühlskalten Monsters, das sogar in ihrem Ableben noch der toten Kleinen die Würde genommen hatte. Anders als Posada hatte Benavides aber nicht den Mumm dazu gehabt, aktiv Widerstand zu leisten. Ja, er wusste, was sein Freund aus gemeinsamen Kindheitstagen trieb. Als Mitwisser wäre er bis vor wenigen Tagen genauso zur Verantwortung gezogen worden. Das war seine Form von Widerstand: beim Widerstand der anderen wegschauen. Irgendwie feige, gestand er sich ein. Fortan würde es vielleicht keine Rolle mehr spielen.

Alina im bläulich kalt gleißenden, sterilen Licht des gefliesten Kellerverlieses, in dem die Rechtsmedizin ihrer Arbeit nachging. So klein, blass und zerbrechlich. Ihr Leichnam war gewaschen worden. Die Haare verströmten nicht mehr den süßen Duft von Veilchen und Anemonen, sie rochen nach Desinfektionsmittel. Das schöne Gesicht. Die Lippen so grau, aufgeplatzt, ausgetrocknet. Zumindest hatte der Rechtsmediziner, Doktor Ruben Suarez, die Güte besessen, ihre fahle Hülle zu bedecken, sodass die groben Schnitte, mit denen er ihren Körper aufgebrochen hatte, sie nicht noch mehr entstellten.

Benavides würde niemals vergessen können. Er musste mit den grausigen Bildern ihres Todes und der näheren Umstände leben.

Ob sich Doktor Suarez ähnliche Gedanken machte? Wahrscheinlich hatte er aufgrund seines vorgerückten Alters die Toten des Bürgerkriegs – insbesondere die Verlierer dieses Kampfes – zu deutlich vor Augen, als dass ein weiteres totes Kind seinen Glauben an die Menschheit noch hätte erschüttern können, falls er ihn in jenen Tagen nicht ohnehin verloren hatte.

»Dass das Mädchen überhaupt so lange überlebt hat, grenzt an ein Wunder«, stellte der Arzt lapidar fest.

Benavides musste sich räuspern, um seine Stimme wiederzufinden. »Ich würde es eher als Martyrium bezeichnen.«

»Es mag wie eine Gnade erscheinen, dass sie von alldem, was mit ihr geschehen ist, nicht allzu viel mitbekommen haben dürfte.«

»Woher wollen Sie das so genau wissen?«, fragte Anaías Betancourt.

Benavides kannte den jungen Staatsanwalt nicht besonders gut, hielt ihn allerdings für einen ziemlich aufgeblasenen Emporkömmling. Ein junger, unerfahrener Karrierist mit flexiblem Gewissen und ohne Prinzipien. Der Bunker war auf Leute wie ihn angewiesen. Zu jung, als dass sie im Ruch standen, sich an den groß angelegten Tötungsaktionen der alten Zeit beteiligt zu haben, halfen sie allzu bereitwillig dabei, dem verknöcherten bleiernen Franco-Regime ein »menschliches Antlitz« zu verleihen.

Benavides und Betancourt waren ungefähr im gleichen Alter, also auch im Alter von Alinas Eltern. Benavides hätte sich vom Staatsanwalt mehr Einfühlungsvermögen und

Hingabe erwartet. Der sah die Ermittlungen hingegen als lästige Pflichtübung. Heute verbreitete er mehr denn je eine Aura der Unnahbarkeit. War es überhaupt Unnahbarkeit? Machte ihm nur dieser Fall zu schaffen? Oder ging etwas anderes in ihm vor? Der Staatsanwalt sah blass aus. Zu blass für Benavides' Geschmack, und das konnte nicht nur an Alinas Leiche liegen.

Fast wäre ihm Suarez' Antwort entgangen. »Im toxikologischen Blutbild ließen sich hohe Mengen an Barbituraten und Benzodiazepinen nachweisen. Vermutlich hat man sie die meiste Zeit des Tages über ruhiggestellt.«

»Oder gefügig gemacht«, hakte Benavides ein.

»Denkbar. Diazepam als Angsthemmer, Softenon zur Entspannung.«

»Softenon! Welcher Menschenschlächter von Arzt würde das heute noch verabreichen? Obendrein einem siebenjährigen Kind!«

Softenon hieß es auf dem spanischen Markt. Entwickelt von den Deutschen unter einem anderen Namen: Contergan. Ein Beruhigungsmittel mit so schwerwiegenden Nebenwirkungen, dass es in Spanien seit Beginn der Sechzigerjahre nicht mehr frei verfügbar war. Benavides hatte so seine Vermutungen, welche Menschenschlächter dieses Zeug horteten.

Betancourt wollte sich die Frage offenbar nicht stellen. Wahrscheinlich, weil er die Antwort bereits kannte. Er sprach eine deutliche Warnung aus. »Wir sind nicht hier, um Vermutungen anzustellen. Aus ermittlungstaktischen Gründen verlässt diese Information nicht den Raum. Haben Sie kapiert?«

»Aber der Leutnant hat recht«, pflichtete der Rechtsmediziner Benavides bei. »Solch hohe Restmengen nach drei

Tagen? Selbst ein Erwachsener wäre kaum zurechnungsfähig gewesen.«

Benavides hatte Mühe, die Kontrolle nicht zu verlieren. »Man hat sie zum willenlosen Spielzeug gemacht.«

Ruben Suarez hüstelte unangenehm berührt. In Betancourts Beisein stellte er keine weiteren Vermutungen mehr an. Daher kehrte er zu den trockenen, nicht weniger erschütternden Fakten zurück, erläuterte, dass Alinas Blut außerdem erhöhte Hämatokrit- und Hämoglobin-Werte aufwies. Nicht nur musste sie die längste Zeit über betäubt gewesen sein, sondern obendrein dehydriert.

Der Staatsanwalt nahm jede der bisher getroffenen grausigen Feststellungen ohne merkliche Gefühlsregung zur Kenntnis. Warum konnte er nicht wenigstens etwas Betroffenheit zeigen?

»Ihren Anmerkungen entnehme ich, dass Sie den ungefähren Todeszeitraum bestimmen konnten.«

»Die Totenstarre im Kadaver entwickelte sich bedingt durch innere Zersetzungsprozesse stark rückläufig. Abhängig von der Umgebungstemperatur am Fundort gehe ich davon aus, dass sie da bereits seit drei Tagen tot war.« Eine genauere Eingrenzung war seiner Einschätzung nach leider nicht möglich. Was er mit Bestimmtheit sagen konnte: »Der Leichenfundort ist definitiv nicht identisch mit dem Tatort. Es befand sich kein Wasser in der Lunge, somit ist sie nicht ertrunken. Anhand der fortgeschrittenen Verwesung ist festzustellen, dass sie längere Zeit im Wasser getrieben haben muss.«

»Die Fluten der letzten Tage haben sie aus den Bergen angespült. Unsere Vermutung stimmt«, schloss Betancourt.

»So viel zum angenehmen Teil«, sagte Suarez. »Zu den wirklich harten Sachen kommen wir jetzt.«

Benavides griff weiteren Ausführungen vorweg. »Eine Vergewaltigung.« Er sprach aus, worüber sie bereits gestern in den Bergen der Sierra de Cebollera gemutmaßt hatten. Er wollte es endlich wissen.

»Eine?«, lautete die sarkastische Gegenfrage von Suarez. »Ich wage mal zu behaupten, das ging über mehrere Wochen so. Bei dem Medikamentencocktail, den man ihr eingetrichtert hat.«

Anaías Betancourt schloss die Augen, schüttelte kurz den Kopf. Er massierte seine Schläfen, als wollte er einen herannahenden Kopfschmerz abwehren. Der unangenehmen Wahrheit konnte der Staatsanwalt nicht länger ausweichen. »Fahren Sie fort.«

Der Rechtsmediziner ersparte sich und den Anwesenden weitere unerträgliche Präsentationen. Stattdessen verwies er nur mündlich auf zahlreiche frische Schleimhautverletzungen im Bereich der distalen Vagina und der hinteren Kommissur, dazu Abschürfungen im Brustbereich, an Gesäß- und Oberschenkelinnenseiten. In der spezifischen Anamnese kam er zu dem Befund, dass an Alinas geschundenem Körper eine ganze Reihe von Penetrationshandlungen mit vaginalem Schwerpunkt vorgenommen worden waren.

»Wie frisch sind die Verletzungen?«, fragte Betancourt.

»Ich denke«, gestand Suarez leise, »sie musste es noch am Tag ihres Ablebens über sich ergehen lassen.« Er hatte eine genaue vaginoskopische Untersuchung vorgenommen, wie er weiter berichtete, die vielfach vernarbtes Gewebe zeigte. So war er zu seiner Ausgangsvermutung gekommen, wonach sich die Penetration über den Verlauf zumindest einiger Wochen hingezogen haben musste.

»Konnten Sie Sperma am Körper der Toten finden?«

Doktor Suarez verneinte. »Spermaspuren sind nur bis zu achtundvierzig Stunden nachweisbar, Herr Staatsanwalt. Ein weiterer Punkt, der meine Einschätzung des Todeszeitraums stützt. Unter den Fingernägeln des Opfers konnten wir Hautpartikel sichern. Sie muss sich gewehrt haben.«

Betancourt nickte vorsichtig. Sein Wissensdurst war offenbar fürs Erste gestillt.

Benavides kochte vor Wut über die Fragen des Staatsanwalts, die sich nur auf das Offensichtliche bezogen. Unkritisch, oberflächlich. Desinteressiert?

»Wie kann das sein?«, platzte es aus ihm heraus. »Ich denke, sie stand unter Medikamenteneinfluss?«

»Ich behaupte, dass das für die meiste Zeit der Fall gewesen ist«, erklärte der Rechtsmediziner ruhig. »Zumindest einen klaren Moment muss sie gehabt haben. Da hat sie sich gewehrt.«

Mit Tränen in den Augen betrachtete Benavides das kleine Häuflein Elend, das vor ihnen lag. Fast flüsternd brachte er nur noch hervor: »Was haben sie dir angetan?«

Er wusste nicht, wie er das Gehörte ihren Eltern vermitteln sollte. Sie hatten ein Anrecht zu erfahren, warum Alina nicht mehr lebte. Er musste an sich halten, denn sonst drohte die Wut, ihn zu übermannen. Wut angesichts des nüchtern sachlichen Vortrags des Rechtsmediziners. Suarez konnte nichts dafür, er hatte sie mit allen Fakten vertraut zu machen. Anaías Betancourt hingegen hatte nichts Besseres zu tun, als einen Fussel von seinem Anzugärmel zu zupfen. Benavides hätte diesem Lackaffen die Visage polieren können.

Ruben Suarez betrachtete Benavides mit verständnisvollem Blick. Wenigstens einer im Raum, der zu Mitgefühl imstande war.

»An extragenitalen Verletzungen finden wir alles, was mit solchen Handlungen einhergeht«, fuhr der Rechtsmediziner vorsichtig fort. »Der ganze Körper ist übersät mit Hämatomen und Kratzern, die von stumpfer bis schürfender Gewaltanwendung herrühren. Insbesondere im Bereich der Nieren, verursacht durch Tritte. Aber all das zusammengenommen kann nicht als todesursächlich angesehen werden – was es nicht besser macht.«

Benavides sah ihn mit angststarren Augen an. »Was kommt denn noch?«

Suarez zeigte auf tiefblaue Flecke an Alinas Hals. »Sie wurde erwürgt. Punktförmige Blutungen in Augenlid- und Bindehäuten, Mundschleimhaut und Hinterohrregionen beweisen, dass ihr für mehr als zwanzig Sekunden die Luftzufuhr abgeschnitten worden sein muss. Todesursächlich war der damit einhergehende Kehlkopfbruch. Vollständiger Verschluss der Luftröhre, Atemnot, Ersticken. Wer immer ihr das angetan hat, muss mit ziemlicher Kraft auf sie eingewirkt haben.«

»Wer hat ihr das angetan?«

Ruben Suarez wusste genau, worauf Benavides anspielte. Da herrschte stilles Einverständnis. Wie in so vielen Dingen, die man nicht laut auszusprechen wagte. Er druckste herum. »Ich bin kaum kompetent, diese Frage zu beantworten.«

»Können Sie aus Ihrer Erfahrung von ähnlichen Fällen berichten?«, erkundigte sich Betancourt. Entwickelte er doch noch so etwas wie Interesse?

»Sie ist die Erste, die auf meinem Obduktionstisch gelandet ist«, antwortete der Rechtsmediziner zögerlich.

»Und bei Ihren Kollegen?«

Etwas rumorte in Suarez. Er suchte Blickkontakt mit dem Staatsanwalt, der ihm jedoch auswich. »Man hört ja so einiges.«

»Weiter«, drängte der Karrierebeamte.

»Kollegen, deren Namen ich nicht nennen kann, berichten von bestimmt einem halben Dutzend Fällen in den letzten drei Jahren«, sagte er mit sichtlichem Unwohlsein. »Alle in etwa dem gleichen Alter wie unser Opfer. Alle verschwunden und bis heute nicht wiederaufgetaucht.«

»Ein Serientäter«, schlussfolgerte der Staatsanwalt.

Sein Tonfall sprach Bände. Ihm ging es nicht um die Opfer, er sah plötzlich eine Karrierechance. Damit konnte er in ungewissen Zeiten punkten und sich den neuen Machthabern – wer immer sie sein würden – empfehlen. Benavides ballte die Hände zu Fäusten.

Doktor Suarez mochte Betancourts Meinung nicht bestätigen. »Das habe ich so nicht gesagt.«

»Jetzt raus mit der Sprache«, herrschte der ihn an. »Warum wurde das nicht gemeldet?«

Dem Rechtsmediziner stand kalter Schweiß auf der Stirn. »Bei den Verschwundenen soll es sich um Kinder aus Waisenhäusern handeln.«

»Wie Alina«, hielt Benavides fest.

Suarez wurde schlagartig kreideweiß im Gesicht. Er rang nach Atem. »Dieses Mädchen ...«

»... wurde ihren Eltern zu Ostern dieses Jahres entzogen und in einem Heim der Kirche untergebracht.«

»Demnach haben wir da nach dem Täter zu suchen«, sagte Betancourt.

Wollte oder konnte er die Fakten direkt vor seiner Nase nicht sehen?

Sogar Suarez widersprach. »Da bin ich mir nicht so sicher. Um die bisherigen Opfer hat man nicht viel Aufhebens gemacht. Es soll keinerlei Hinweise auf deren Verbleib gegeben haben. Das weist in eine ganz andere Richtung.«

»Brigada Político-Social.« Benavides sprach aus, was die anderen beiden Herren bisher strikt vermieden hatten.

»Das haben jetzt Sie gesagt«, erwiderte der Doktor. »Es tut mir leid. Ich habe geholfen, so gut ich konnte. Damit möchte ich nichts zu tun haben.«

Ruben Suarez gab seiner Furcht nach. Benavides konnte ihn dafür nicht verurteilen. Es war die gleiche Furcht, die auch ihn bisher davon abgehalten hatte, kritische Fragen zu stellen oder mehr Widerstand zu leisten. Es führte dem Leutnant deutlich vor Augen: Wäre er nur ein wenig mutiger gewesen, würde Alina vermutlich noch leben. Er hatte ihr Leben auf dem Gewissen, nicht ihr Vater.

Suarez' Rückzugsbemühungen kamen zu spät. Die Schwenktüren zum Sektionssaal wurden aufgestoßen. Herein trat Amando Verdugo Urías mit seinen Hundefängern. Er traf auf überraschte Gesichter, dabei war es nur eine Frage der Zeit gewesen, bis er hier aufkreuzte. Er, der Alina überhaupt erst in diese Lage gebracht hatte.

»Die Herren Betancourt und Benavides. Na, so ein Zufall!«, begrüßte er sie mit gespielter Freundlichkeit.

»Urías, was machen Sie hier?«, fragte der Staatsanwalt entgeistert.

»Wir sind auf der Suche nach etwas, das uns verloren gegangen ist«, sagte er in psychopathischem Säuselton. Er ging um den Obduktionstisch herum, streckte amüsiert eine Hand in Alinas Richtung aus. »Da ist sie ja. Hm, törichtes kleines Ding. Zu dumm.« Er hob kurz die Arme. »Dann hat sich die Sache wohl erledigt.«

»Erledigt hat sich hier gar nichts!«, blaffte Benavides den Geheimpolizisten an. »Alina wurde mehrfach vergewaltigt und schließlich erwürgt, bevor man sich ihrer im Wald entledigt hat.«

Urías schüttelte den Zeigefinger. »Das kann nicht sein. Wir wurden von der Heimleitung darüber informiert, dass sie entlaufen ist.«

»Ja klar«, schnaufte Benavides. »Wie haben Sie uns überhaupt gefunden?«

Der Skorpion bleckte beim Lächeln die Zähne. »Ihre Kollegen in Alfarnatejo wissen noch, wem Loyalität zu gelten hat.«

»Alina ist seit mehr als drei Tagen tot, und Sie kommen erst jetzt? Alle Achtung, Sie werden langsam nachlässig!«

Der Skorpion baute sich bedrohlich vor Benavides auf, wobei er ihm auf die Zehenspitzen trat. »Vorsicht, Junge. Du redest hier immer noch mit mir.«

Benavides zeigte sich unbeeindruckt. »Was wissen Sie, Urías? Was wollen Sie vertuschen? Das ist doch der Grund, warum Sie hier sind.«

Urías ließ von ihm ab, ging an Alinas Leiche vorbei zum anderen Ende des Raums, wo er nach dem Etui in seiner Mantelinnentasche griff und sich eine Zigarette anzündete.

Ruben Suarez protestierte. »Rauchen ist hier verboten!«

»Verpiss dich!«, schnauzte er ihn an.

Suarez fügte sich umgehend, fast rannte er aus dem Sektionssaal. Alle wussten, wer Amando Verdugo Urías war.

Der Staatsanwalt überwand allmählich seine Schockstarre. »Es handelt sich eindeutig um ein Sexualverbrechen. In diesem Fall ermitteln wir, nicht Sie.«

Urías wischte Betancourts Entgegnung mit einer theatralischen Handbewegung beiseite. »Ziemlich unglaubwürdige Geschichte. Die aufsässige Brut eines kommunistischen Staatszersetzers? Die würde niemand auch nur mit der Kneifzange anfassen.« Er blickte diabolisch auf ihre geschlossenen Augen. »Auch wenn sie recht süß ist. Oh«, er schlug kurz die Hand vor den Mund, nur um weiter zu provozieren, »ich entschuldige mich. Sie war süß.«

Betancourt ging nicht darauf ein. »Sie haben gesagt, was Sie zu sagen hatten. Wenn Sie uns jetzt unsere Arbeit machen ließen ...«

Wieder dieses Haifischlächeln. »Ich glaube, Sie haben mich nicht richtig verstanden.«

»Wir haben Sie verstanden«, hielt Benavides fest. »Franco ist tot. Der Tiger – Ihr Tiger – hat keine Zähne mehr.«

»Jetzt bin ich aber beleidigt«, ätzte Urías. »Ich stehe doch vor Ihnen, oder?«

»Nicht mehr lange«, sagte Benavides und sprach damit seinen tiefsten Wunsch laut aus.

»O doch! Der König ist tot, lang lebe der König. Er kann auf unsere Hilfe nicht verzichten.«

»Abwarten.«

Der Geheimpolizist verlor sowohl Geduld als auch Höflichkeit. Endlich zeigte er seinen wahren Charakter. »Sie verschwenden meine Zeit!« Er nickte hinüber zum Sektionstisch. »Es sind Rote. Krätze, Dreck! Die interessieren mich nicht! Ich erkläre Ihnen jetzt, wie das ablaufen wird.« Brutal legte er dem Staatsanwalt einen Arm um die Schulter und zog ihn zu sich heran. »Sie sollten gut zuhören, denn ich sage es Ihnen nur einmal. Dieses Mädchen ist vor einer halben Woche aus dem Waisenhaus entlaufen. Wahrscheinlich wollte es zu seinen Eltern zurück. Dabei hat Alina die Rechnung ohne die Witterung gemacht. Sie wurde vom Sturm und von der Flut überrascht. Sie ist ertrunken. Ende.«

»Woher wissen Sie das mit dem Wald?«, fragte Benavides herausfordernd. »Diese Information haben Sie nicht von uns.«

Angespannte Stille. Man hätte eine Stecknadel zu Boden fallen hören können. Amando Verdugo Urías trat nahe an Benavides heran. Er konnte dessen nach Nikotin stinkenden Atem riechen.

»Ich weiß nicht«, flüsterte er, »ob es Leichtsinn ist oder falsch verstandene Sentimentalität.« Als Warnung schob er hinterher: »Sie sollten Ihren Umgang überdenken.«

»Und die Verletzungen haben ihr die Fische zugefügt, oder was?«

»Es. Gab. Keine. Vergewaltigung!«, brüllte er. Danach packte er Betancourt am Mantelkragen. »Diese Ermittlungen sind beendet.« Pause. »Uns wird es immer geben.«

Der Staatsanwalt bemühte sich um Standhaftigkeit, wich den Blicken des Skorpions nicht aus, sagte allerdings in scharfem Ton: »Das geht auf Ihre Verantwortung.«

Der Geheimpolizist ließ von ihm ab, wobei er seine schiefen Zähne zeigte. »Wir verstehen uns. Guten Abend.«

So schnell, wie die Hundefänger gekommen waren, zogen sie sich wieder zurück.

Asael Benavides reichte es endgültig. »Ihre Zeit ist abgelaufen!«, rief er Amando Verdugo Urías hinterher, der sich nicht einmal die Mühe machte stehen zu bleiben. »Diesmal kommen Sie und Ihre Leute nicht davon. Ich schwöre Ihnen, ich bekomme heraus, wer es gewesen ist. Dem werde ich – die Heilige Jungfrau Maria stehe mir bei – eigenhändig die Eier abschneiden. Verlassen Sie sich drauf!«

»Um Himmels willen!«, sagte Betancourt. »Sind Sie noch ganz bei Trost?«

»Das Gleiche könnte ich Sie fragen! Lassen sich von denen auf Ihrer Autorität herumtrampeln.«

»Was bleibt uns anderes übrig? Noch haben die die Macht.«

Langsam konnte Benavides eins und eins zusammenzählen. Deshalb gab sich der Staatsanwalt so unmotiviert. »Sie wissen, was da im Hintergrund ablief, oder?«

»Jetzt machen Sie sich nicht lächerlich!« Betancourt erwies sich als schlechter Lügner.

»Sie wussten es. Jetzt gehen Sie denen bereitwillig zur Hand? Wieso? Was hat man Ihnen versprochen? Was springt für Sie dabei heraus? Die üblichen dreißig Silberlinge? Was. Ist. Es!«

»Benavides, es ist vorbei!«

»O nein. Dafür brauchen Sie mein Einverständnis. Das bekommen Sie nie und nimmer.«

»Hören Sie auf! Was wollen Sie allein gegen die ausrichten?«

»Ich bin nicht allein. Wenn Sie nicht helfen wollen, suche ich mir jemanden, der es kann!«

Damit ließ er Anaías Betancourt zurück.

»Danach hat Betancourt keine zwei Tage gebraucht, die Akten zu schließen«, erinnerte sich Benavides zerknirscht. »Ich habe nie wieder etwas von ihm gehört.«

»Mit welcher Begründung?«, fragte Tinus.

»Täter nicht zu ermitteln. Dieser Feigling ...« Die Augen des Polizisten verengten sich zu Schlitzen. Seine Lippen bebten immer noch vor Wut. »Hat sich's sehr einfach gemacht. So ist das wohl, wenn man dem Täter in die Hände arbeitet.«

Chloé wurde hellhörig. »Was meinen Sie damit?«

»Dass der Skorpion Alinas Mörder ist.«

Sie verstand plötzlich gar nichts mehr. Hatte sie sich in Tinus so getäuscht?

»Wir sprechen von diesem Amando Verdugo Urías«, vergewisserte sie sich.

»Ja.«

»Hatten Sie diesen Verdacht damals schon?«

»Nein. Ich vertrat die felsenfeste Überzeugung, dass es einer seiner Leute gewesen sein musste. Urías schien mir nicht der Typ dafür. Ich hatte eher den Eindruck, dass er es genoss, Leute totzuschlagen.«

»Wann wurde es Ihnen bewusst?«

»Jahre später. Aus Zufall sprach mich Doktor Suarez darauf an.«

»Auf die sechs ähnlichen Fälle?«

»Die auf gleiche Art und Weise in der Schublade verschwunden sind. Alinas Fall hat Suarez keine Ruhe gelassen. Zwangsadoptionen bei Identitätsverschleierung standen doch auf der Tagesordnung. In diesen sechs Fällen gibt es bis heute keinerlei Spur. Nach den ersten freien Wahlen hat sich Suarez die Unterlagen der Verschwundenen kommen lassen. Alle standen unter besonderer Obhut der Geheimpolizei. Unter Obhut *einer* Person: Amando Verdugo Urías. Da wurde es mir klar.«

Tinus grübelte. »Haben Sie sich bei Betancourt um eine Wiederaufnahme der Ermittlungen bemüht?«

»Betancourt? Der war da längst kein einfacher Staatsanwalt mehr, sondern saß im Ministerium in Madrid.

Die Karriereleiter erklommen auf Kosten der Opfer und als Belohnung dafür, die Füße stillgehalten zu haben.«

»Als Staatsanwalt hätte er sich über die anderen Entführungsopfer informieren müssen. Ich meine, dieser Rechtsmediziner hat Ihnen doch davon erzählt.«

»Ich gehe sogar fest davon aus, dass er damals schon wusste, was ich erst Jahre später erfahren habe, Herr Kriminalhauptkommissar.«

»Ziemlich harte Anschuldigungen.«

Asael Benavides ließ den Vorwurf nicht gelten. »Er hatte viel intensiveren Kontakt zur Geheimpolizei als ein Beamter aus der Provinz. Betancourt galt jedoch als unantastbar. Er hat seine schützenden Hände über den Täter gehalten, als Gegenleistung wurde er geschützt. Geben und Nehmen.«

Chloé nahm das Gespräch wie durch Watte wahr. Sie verstand plötzlich, was Tinus bisher nicht hatte erklären können. Dieser Ledgard musste etwas mit Alinas Verschwinden zu tun haben. »Hat man noch etwas von Urías gehört?«

»Nein. Was mich in meinem Verdacht bestätigt.«

»Wie das, Leutnant?«

»Kaum einen Monat später, gegen Ende des Jahres neunzehnhundertfünfundsiebzig löste er sich in Luft auf. Genauso sang- und klanglos wie die *Brigada Político-Social*. Was ich bis jetzt noch nicht verstehe«, damit kam Benavides zu der Frage, die Chloé seit Minuten umtrieb, »wie ist ihm das gelungen? Und warum stehen wir jetzt vor dem Haus von Enzo Ledgard?«

»Kennen Sie Señor Ledgard?«, fragte sie den pensionierten Polizisten.

Der dachte nach. »Nein. Nie zu Gesicht bekommen, den Mann.«

»Ist das nicht ungewöhnlich«, forschte sie weiter nach.

Wenn Tinus nur diesen bohrenden Blick sein lassen könnte.

»Jetzt, wo Sie es sagen. Nach jahrzehntelangem Dienst in einer solch kleinen Stadt wie Alfarnatejo kennt man im Prinzip jeden. Keine Ahnung, wie lange der hier schon wohnt.«

Tinus ... Er dachte, es wäre ihr nicht aufgefallen. Wieso kam Chloé jetzt erst darauf?

»Amando Verdugo Urías«, fragte sie Benavides, »wie würden Sie ihn aus Ihrer Erinnerung heraus beschreiben?«

»Tja, mal sehen.« Er ging in sich. »Ziemlich brutaler Typ. Hatte die Statur eines Schranks. Kräftiger Kerl. Mit einem fürchterlichen Boxergesicht.«

Boxergesicht! *Die Gesichtszüge hatten etwas Animalisches. Kantiges Kinn. Platt gedrückte Nase ...* »Die Nase?«

»Die hat er sich bestimmt irgendwo gebrochen. Ja, die war völlig hinüber. Da bin ich mir sicher.«

»Was ist mit seiner Stimme?«

»Passte überhaupt nicht zu ihm. Er drückte sich immer so gewählt aus, sprach ziemlich leise. Direkt ...«

»... sonor«, ergänzte Chloé. *Der Mann sprach langsam, gewählt und leise. Der sonore Ton, die Stimme hob und senkte sich kaum.* »Die Haare?«

»Die gingen ihm aus. Obwohl er damals vielleicht gerade mal Mitte dreißig war. Fliehende Stirn. Machte keinen schönen Eindruck.«

Das Gesicht passte kaum zu dem schütteren, dünnen Haar.

Chloé und Tinus tauschten vielsagende Blicke.

»Genauso hat Posada ihn beschrieben«, sagte er.

»Und genauso habe ich ihn in Erinnerung.« Nein, Chloé konnte sich immer noch voll und ganz auf ihre Intuition verlassen. Sie glaubte nicht mehr an Zufall. *Sie konnte es im Hauseingang förmlich riechen, dazu die nikotingelben Fingernägel. »Urías war Raucher.«*

»Ich verstehe nicht«, sagte der pensionierte Polizist irritiert.

»Bulleninstinkt«, erklärte Tinus voller Anerkennung.

Chloé sorgte für Aufklärung. »Ausgehend von dem, was Tinus uns immer wieder ins Gedächtnis ruft: Wenn man das Unmögliche ausgeschlossen hat, muss das, was übrig bleibt, die Wahrheit sein, so unwahrscheinlich sie auch klingen mag. Ich behaupte, Enzo Ledgard *ist* Amando Verdugo Urías.«

Diesen Brocken musste Benavides verdauen. Er ging auf den Treppenstufen des Hauseingangs in die Hocke. »Wie kann das sein?«

»Abgetaucht und wieder zurückgekehrt«, lautete Tinus' Erklärung.

»Wieso?«, war das Einzige, was er hervorbrachte.

»Der Mann ist lungenkrank«, antwortete Chloé. »Er sah so aus, als wüsste er, dass er bald sterben würde.«

Tinus schien in diesem Moment zur gleichen verstörenden Schlussfolgerung wie sie zu gelangen. Sie fanden schnell auf eine gemeinsame Wellenlänge zurück.

»Also deshalb ... Fuck!«, rief er.

»Ein allerletztes Mal dem Trieb nachgehen. Finale. Auf seinem Weg in die Hölle möchte er Alina mitnehmen.«

»Wenn das stimmt und er jetzt nicht hier ist ...«

»Dann ist er bei Alina.« *Noch etwas fiel ihr auf. ›Ich dachte, Sie wären eben erst wieder nach Hause gekommen?‹* »Er hatte eine Tasche mit Spielzeug und Süßigkeiten im Flur stehen.«

»Es besteht also noch Hoffnung«, sagte Tinus. »Chloé, was ist dir sonst noch aufgefallen?«

»Die Motorhaube seines Autos war warm. Er behauptete, letzte Osterbesorgungen getätigt zu haben. Verdammt! Ich hatte gleich so ein mulmiges Gefühl.«

»Welche Marke? Welcher Typ?«, hakte Tinus nach.

»Silbergrauer Seat Ibiza, Baujahr Mitte der Neunziger, würde ich schätzen.«

»Damit kommen wir nicht weiter«, warf Benavides ein. »Jedes vierte Auto in Spanien passt auf diese Beschreibung.«

»Vielleicht. Aber nicht«, Chloé hatte noch ein Ass im Ärmel. Sie zog ihr Telefon hervor, öffnete ein Foto in der Bildergalerie, zeigte es dem Spanier, »aber nicht mit diesem Kennzeichen.« Tinus lächelte sie an, fast so, als wollte er sie auf der Stelle küssen. Sie lächelte zurück. Mehr war nicht nötig, das Kriegsbeil zu begraben. »Ich sagte doch, ich hatte ein mulmiges Gefühl.«

»Damit kriegen wir ihn«, stimmte Benavides zu. »Wir müssen sofort die Guardia Civil darauf ansetzen.«

»Ich informiere Inspector Navaz und Agent Veenstra«, entschied Tinus. »Die sollen jeden Informationsschnipsel sichten, den sie zu Amando Verdugo Urías und einer eventuellen falschen Identität finden können. Der Mann ist nicht nur ein Serienmörder, er ist hochgradig gerissen und uns mindestens einen Schritt voraus. Mit irgendwas müssen wir ihn festnageln.«

»Diese Leute neigen zur Arroganz«, sagte Chloé. »Das ist ihre Achillesferse. Kennst du bestimmt.«

Tinus fehlten die Worte. Er war sich offenbar nicht sicher, ob sie ihm ihren Streit immer noch nachtrug. Doch sie grinste, er konnte sich auch nicht länger beherrschen und grinste zurück. Sie erwischte sich bei dem Gedanken, wie froh sie darüber war, dass sie in diesem grausamen Fall wenigstens einander hatten.

14:07 Uhr

»Sehen Sie, mein Freund, so schnell kann man zur Vernunft kommen.«

»Hatte ich denn eine Wahl?«

»Das kommt auf die Perspektive an. Immerhin wissen Sie, was gut für Sie ist. Gut für Sie und Ihre Familie.«

Amando Verdugo Urías – man trifft sich immer zweimal im Leben. Am Ende hatte Asael Benavides einen zu hohen Preis gezahlt. Fast hoffte er, man würde Alina und ihren Entführer nie finden. Vermutlich hätte es diesen Fall nie gegeben ohne seine damalige ... Erpressbarkeit.

Letztendlich wusste er, dass die Dämonen der Vergangenheit ihn irgendwann einholen mussten. Wie damit umgehen? Was würde dann geschehen? Was würde passieren, wenn sie den Skorpion erst einmal hatten? Würde er sich erinnern? Würde er anfangen zu plaudern? Über sein Arrangement mit Benavides?

Er überlegte, ob es nicht Methoden gäbe ... Nein! Irgendwann musste er sich seiner Verantwortung stellen.

Man trifft sich eben immer zweimal im Leben.

Ferienhaus von Fermín Rodriguez und Lisseta Salgado
Calle Carril de la Fuente, 10
Alfarnatejo
14:10 Uhr

Die Gesamtsituation drohte, sie zu überfordern. Wäre nur Valentina Luna Navaz zur Stelle, deren Ortskenntnis sie dringend bedurften! Doch dann kämen sie in der drängendsten Frage nicht weiter. Handelte es sich bei Enzo Ledgard und Amando Verdugo Urías tatsächlich um ein und dieselbe Person? Diese Frage konnte nur, wenn überhaupt, in Palencia beantwortet werden. Wenn sich der Verdacht als richtig erwies, wäre auch bestätigt, dass der damalige Täter mit dem gegenwärtigen übereinstimmte. Bisher gingen sie dem Verdacht ohne ausreichende Beweise nach.

So langsam verfluchte sich Tinus Geving dafür, seinem inneren Instinkt nachgegeben zu haben. Was taten sie hier eigentlich? Sie mischten sich in Angelegenheiten ein, die mit ihrer Arbeit nichts zu tun hatten. Entsprechende Warnungen seiner beiden Kollegen hatte er sofort, ohne Rücksicht auf Verluste, in den Wind geschlagen. Stimmte Chloés Vorwurf? Wollte er aufs Neue sich und anderen beweisen, wie absolut überlegen und unverzichtbar er war? An Laurits Pedersens Reaktion mochte Geving gerade überhaupt nicht denken. Auf der anderen Seite konnten drei Europol-

Ermittler im Angesicht einer Kindesentführung nicht einfach so tun, als berührte sie das Ganze nicht.

»Wie geht es Alinas Eltern?«, erkundigte sich Chloé bei Don Belasco. Der Pfarrer hatte ihr Eintreffen in Fermíns und Lissetas Haus bemerkt und nahm sie diskret zur Seite.

Don Belasco seufzte erschöpft. »Sie stehen unter Schock. Ich kann nicht mehr tun, als für sie stark zu sein und auf das Beste zu hoffen. Der Rest liegt in Ihrer Hand. Wie ist es bei Ihnen? Konnten Sie schon etwas herausfinden?«

»Das, was wir ermittelt haben, weist deutliche Parallelen zu einem Fall auf, der vierzig Jahre alt ist«, fasste Tinus Geving zusammen.

»Alina Rosales Magana.« Der Pfarrer schnaufte. »Wie könnte ich das jemals vergessen? Es ist, als spielte sich alles noch einmal ab.«

»Das ist der Grund, warum wir mit Ihnen sprechen wollten.«

»Mit mir, Herr Kriminalhauptkommissar?«

»Posada und Benavides haben uns die damaligen Ereignisse recht ausführlich geschildert. Wir haben gehofft, dass Sie vielleicht einige Lücken füllen könnten.«

Don Belasco zeigte sich sofort einverstanden. »Der Fall blieb unaufgeklärt. Trotz intensivster Bemühungen unsererseits.«

»Wie waren Sie involviert?«

Der Pfarrer gab an, erst davon erfahren zu haben, als alles längst gelaufen sei. Posadas Frau Noelia habe sich verzweifelt an ihn gewandt. Nach eigenem Bekunden habe er sofort die Vermutung gehabt, dass Alina der damals zweifelhaften Obhut der Kirche übergeben worden sein müsse. Da die Polizei nicht mehr habe helfen können, habe er über Wochen nachgefragt, Erkundigungen eingezogen, genervt. Seine Anfragen beim Bischof seien allesamt abgeschmettert worden, als er auf inoffiziellen Kanälen einen Hinweis erhalten habe. Dabei habe er die Aufmerksamkeit einiger Leute erregt, auf deren Bekanntschaft er lieber verzichtet hätte: die der *Brigada Político-Social*.

»Die haben versucht, mich mundtot zu machen.« Don Belasco lachte leise, wobei er auf sein Glasauge zeigte. »Mit nachhaltiger Wirkung.«

»Hatten Sie in dieser Zeit das Vergnügen mit einem gewissen Amando Verdugo Urías?«, wollte Geving wissen.

»Ein Name, den ich sehr lange nicht mehr gehört habe.« Erschrecken und Erstaunen zeigten sich im gesunden Auge des Pfarrers, wodurch sein Blick noch schiefer geriet. »Was glauben Sie, wie ich mein Auge verloren habe?«

»Wir hörten davon.«

»Ich kann und werde ihm niemals vergeben«, schwor der Pfarrer düster. »Nein. Es geht nicht so sehr um mich. Alinas Tod, dafür möchte ich ihn im Fegefeuer schmoren sehen.« Sein Ton wurde scharf. »Wenn er nicht längst dort ist. Der Verantwortung für all die von ihm verübten Gräueltaten hat er sich rechtzeitig entzogen.«

»Über diesen Punkt herrscht Unklarheit«, sagte Chloé und übernahm die weitere Befragung. »Was können Sie uns zu diesem Nachbarn sagen? Enzo Ledgard. Kennen Sie ihn?«

Der Pfarrer stöberte in seinem Gedächtnis. »Jetzt wo Sie es sagen, nein, noch nie von ihm gehört. In der Kirche habe ich ihn jedenfalls nicht gesehen.«

»Was daran liegen könnte, dass er unerkannt bleiben möchte.«

Don Belasco begriff schnell. »Wollen Sie damit etwa andeuten ...?«

Chloé sah betroffen zu Boden. »Wir haben ihn bereits befragt, ohne die Hintergründe zu kennen.« Wut brach aus ihr heraus. »Hätten wir es eher gewusst!«

Geving strich ihr über den Rücken. Er spürte ihre Wärme. Ihren Duft ... »Du bist auch nur ein Mensch.«

Chloé lächelte, dankbar für die Aufmunterung. Schnell fand sie ihre Beherrschung wieder. »Die Beschreibung, die wir von ihm haben, stimmt mit der von Urías überein.«

Das musste Don Belasco verarbeiten. Er ging zur Eingangstür. Ein kurzes Ausatmen war zu vernehmen. »Ich verstehe, der Skorpion. Ich habe mir geschworen, nie ein Wort über das Geschehene zu verlieren. Wie sie mich von der Kanzel, aus der Kirche gezerrt und in ein modriges Verlies verfrachtet haben. Wie sie ...« Er kämpfte mit sich. »Aus Feigheit oder Gleichgültigkeit, was weiß ich? Mir erging es so wie Zehntausenden anderen auch. Ich hatte Glück, mit dem Leben davonzukommen.«

Ort unbekannt
Zeit unbekannt

Grelles, gleißendes Licht. Dieser Schmerz! Es blendete, bereitete ihm kaum zu ertragende Pein. Er war überrascht, diesen Tag überhaupt noch erleben zu können. Anfangs hatte er die Minuten gezählt, die er standgehalten hatte. Standgehalten den Misshandlungen und Angriffen. Minuten verschmolzen zu Stunden, Stunden verschmolzen zu Tagen. Und Tage – zu Wochen etwa?

Er konnte nicht sagen, wie lange sie ihn hier schon festhielten. An einem Ort, den er weder kannte noch zu Gesicht bekommen hatte. Ein Ort, von dem er aus leisen Erzählungen bisher nur gehört, von dem er aber nie geglaubt hätte, ihn persönlich zu erleben. Er hatte jegliches Zeitgefühl verloren. Wie oft hatten sie ihn aus dieser Zelle geholt, ihn »Befragungen« unterzogen? Irgendwann konnte er es nicht mehr ertragen, sein Körper schützte sich. Dann entglitt er in tiefe Bewusstlosigkeit. Oh, diese Erholung! Manchmal ließen sie ihn gewähren, oft genug holten sie ihn in die Wirklichkeit zurück. In die Wirklichkeit des Schmerzes.

Sein ganzer Körper bestand nur noch aus Schmerz. Doch dieser eine Schmerz ... Das blendende Licht erinnerte ihn an die Hoffnungslosigkeit seiner Lage. Langsam kam er zur Besinnung. Mit ihr kam der Schmerz. Dieser eine Schmerz! Dumpf, pochend, stechend. Wie tausend glühend heiße Nadeln. Hinter seiner rechten Augenhöhle, die aus blutiger, glitschiger Masse bestand. Er wusste, dass da nichts mehr war außer dunkler, gähnender Leere. Er hatte sich aufgegeben. Er wollte nur noch sterben.

Ein Geräusch! Besuch. Ein Tritt in die Rippen.

»Don Belasco, guten Morgen.« Dieser stets unbeteiligte, gleichgültige Ton.

Seinen Peiniger hatte er schnell ausgemacht in dem kleinen Kerker. »Welcher Tag ist heute?«

Dünnes, kaltes Lachen. Belasco roch abgestandenen Zigarettenrauch.

»Herrje. So lange hatten wir Sie doch gar nicht in der Mangel. Ein Mann wie Sie? Ich hätte Ihnen mehr Zähigkeit zugetraut. Mehr Leidensfähigkeit.«

Belasco kroch in die Richtung seines Peinigers. Entkräftet und ausgezehrt vor Hunger, Durst und Schmerz konnte er kaum mehr gehen.

»Ein Mann wie ich?« Jetzt erkannte er, dass er saß. Amando Verdugo Urías saß seelenruhig rauchend und betrachtete zufrieden das Ergebnis seiner »Befragungen«.

»Don Belasco. Oder sollte ich besser sagen, Belasco Etxeberria? Sie sind Baske«, versetzte der Skorpion. »Eine Herausforderung.«

»Seit wann ist es ein Verbrechen, Baske zu sein?«, krächzte er. Seine Kehle war vollkommen ausgetrocknet, das Sprechen bereitete ihm größte Mühe.

Wieder ein dünnes Lachen. Amüsierter. »Hochwürden sollten nicht vergessen, wo Sie sich befinden.« Eine Pause.

Zigarettenrauch wurde ihm ins Gesicht geblasen. Direkt in die schwelende Wunde. Ein Schmerz wie Feuer!

»Baskische Priester erweisen sich mitunter als unkooperativ. Sie sind erst seit einem Jahr in Alfarnatejo. Ihre Zeit davor gibt mir Rätsel auf.«

Belasco blickte aus seiner kümmerlichen Position direkt in die hässliche Fratze voller Hochmut. »Ich habe nichts zu verbergen.«

»Natürlich nicht. Alle Basken sind grundanständige Leute«, sagte Urías mit spöttischem Unterton. »Und doch unterhalten alle Verbindungen zu gewissen terroristischen Elementen.«

»Freiheitskämpfern«, korrigierte Belasco bewusst provozierend.

Urías ließ sich nicht provozieren. »Die einen sagen so, die anderen so. Da gehen unsere Meinungen auseinander. Aber sehen Sie, wie ich bereits sagte, eine Herausforderung.«

»Ich habe nichts dergleichen getan. Ich bin keine Bedrohung für Sie. Also, wieso bin ich hier?«

Der Skorpion drückte seine Zigarette an der Stuhllehne aus. Er beugte sich nach vorne. Keine Spur mehr von Belustigung. Stattdessen tödlicher Ernst. »Sie stellen Fragen. Fragen zu einem Namen, der Sie nicht zu interessieren hat. Alina Rosales Magana.«

»Hab ich's mir gedacht.« Belasco Etxeberria kroch zurück in die dunkle Ecke seiner Zelle. In eine Ecke, in der er nicht unmittelbar den Tritten seines Peinigers ausgesetzt war, der immer noch saß.

»Wir haben unsere Augen und Ohren überall.«

»Alina Rosales Magana ist Mitglied meiner Gemeinde!«, fauchte er. Mittlerweile war egal, was mit ihm geschehen würde. »Ich kenne ihre Eltern. Können Sie nicht einmal Gnade vor Recht ergehen lassen?«, fragte er in flehenderem Ton, als er beabsichtigt hatte. »Geben Sie ihnen die Tochter zurück. Beweisen Sie Stärke!«

Amando Verdugo Urías betrachtete seine nikotingelben Fingernägel. »Wir haben sie nicht. Das wissen Sie bereits. Deswegen sind Sie hier.«

»Stellt jetzt schon ein kleines Kind eine Bedrohung für Sie dar?« Don Belasco musste lachen. »Interessant. Ich muss sagen, um dieses Land steht es wirklich nicht zum Besten.«

Der Skorpion zeigte sich immer noch nicht willens, auf seine Provokationen einzugehen. »Sie sind doch zu so etwas wie Widerstand in der Lage, ich muss mich korrigieren. Dabei hat es Sie ein Auge gekostet. Wieso immer noch einen Kampf kämpfen, den Sie nicht gewinnen können?«

»Sie mögen vielleicht diese Schlacht gewinnen, aber nicht den Krieg.«

Amando Verdugo Urías erhob sich von seinem Stuhl, ging in der wenige Quadratmeter großen Zelle auf und ab. »Ein kleines Mädchen kann uns nicht zur Bedrohung werden. Ihre roten Gene hingegen schon. Bedaure, mir sind die Hände gebunden. Umerziehung ist Sache der Kirche. Ihnen sollte bewusst geworden sein, die Kirche ist der Staat.«

Belasco hatte genug gehört. »Dann ist unsere Unterhaltung beendet.«

Der Skorpion klatschte vor Begeisterung. Zermürbend. »Beeindruckend! Sie geben nicht auf. Ihr Leben liegt in meiner Hand, und Sie tun absolut nichts, mit selbigem davonzukommen.«

Don Belasco schloss die Augen. Nein, er schloss das Auge, das er noch schließen konnte. »Wozu das Unvermeidliche hinauszögern? Ihr Urteil scheint festzustehen.« Ja, er war bereit, diese Welt reinen Herzens zu verlassen.

»Glauben Sie mir, ich habe nichts gegen Sie persönlich. Ihre Umtriebigkeit hingegen kann nicht länger geduldet werden.« Jetzt würde es geschehen. Endlich.

Urías trat hinter ihn. »Mit einem toten Priester ist uns nicht gedient. Zu viele Fragen. Wir wollen keinen Märtyrer erschaffen.«

»Sie lassen mich laufen?« Belasco fing an zu heulen. Wieso? War er nicht bis eben bereit gewesen zu sterben?

»Lassen Sie das. Keine weiteren Fragen mehr zu Alina Rosales Magana.« Er ging um Belasco herum, bückte sich, sah ihm direkt ins Auge. »Haben wir uns verstanden?«

»Was hat sie, das Sie zu solcher Niederträchtigkeit verführt?«

Urías ließ die Frage unbeantwortet. Er lächelte sein Haifischlächeln, bleckte die schiefen Zähne, tätschelte ihm die Wange. Schließlich richtete er sich auf, begab sich zum Zellenausgang, klopfte. Nur um sich ein letztes Mal umzudrehen, fies grinsend.

»Wer sagt, dass wir nicht Gnade vor Recht ergehen lassen können? Sie haben Ihre Lektion gelernt, denke ich.« Schließgeräusche. Die Stahltür öffnete sich mit einem Quietschen. Im Abgang befahl der Skorpion dem Aufseher: »Schafft ihn hier raus.«

»Immerhin«, sagte Belasco, »offenbarte mir der Skorpion in einem unserer vorherigen ›Gespräche‹, dass sich Alina zu diesem Zeitpunkt längst nicht mehr im Heim befand. Er dachte, ich hätte es nicht mitbekommen.«

»Dieses Heim ist der einzige Anhaltspunkt, den wir haben«, kombinierte Geving. »Welches Heim genau? Können Sie sich erinnern?«

»*San Isidoro de León*. Eine genaue Wegbeschreibung kann ich Ihnen gerne geben. Doch ich befürchte, viel werden Sie dort nicht erreichen.«

»Wieso?«

»Die Einrichtung wurde in den Achtzigerjahren aufgelöst, nachdem sich nicht länger verheimlichen ließ, was sich dort abgespielt hat. Die meisten Entführungsopfer kennen ihre wahre Identität bis heute nicht. Sie ahnen nicht einmal, dass sie überhaupt entführt wurden.«

»Jeder Ansatz ist besser als gar keiner.«

Chloé Lambert kam noch ein anderer Gedanke. »Wenn nicht dieses Heim, wohin sonst könnte er sie verschleppt haben?«

Belasco klang enttäuscht. »In dieser Gegend gab es nur diese eine Institution. Allerdings ...«

»Ja?«

»In einem hatte Urías recht: Die Kirche *war* der Staat. Wir haben enger mit denen kooperiert, als wir es uns bis heute eingestehen wollen. Die Geheimpolizei hatte ihre eigenen Möglichkeiten. Möglichkeiten, von denen die Kirche wusste.«

»War Ihnen das damals schon klar?«

»Ich habe es geahnt.«

»Jeder Hinweis könnte hilfreich sein«, sagte Geving.

»Ich muss in meinen privaten Aufzeichnungen nachschauen. Am besten verschwenden wir keine weitere Zeit. Ich setze mich umgehend dran.«

»Vielleicht helfen Betancourts Ermittlungsakten weiter«, regte Chloé an. »Ein Mann mit solcher Nähe zum Staat wusste mit Sicherheit mehr als die Polizei vor Ort.«

»Gute Idee«, sagte Geving. »Ich informiere Navaz und Veenstra. Machen wir uns auf den Weg zu diesem Heim.«

16:01 Uhr

Alina wollte endlich nach Hause zu Mama und Papa! Sie hatte keine Lust mehr auf dieses blöde Spiel. Dabei blieb sie still und artig, wie sie versprochen hatte. Denn was man verspricht, muss man halten.

Langsam bekam sie wieder Angst. Er hatte sie allein gelassen. Eingesperrt in dieses kleine Zimmer. Warum hatte er sie eingesperrt? Sie würde bestimmt nicht weglaufen.

Endlich! Die Tür wurde aufgeschlossen. Er war wieder da.

»Wir müssen uns ein anderes Versteck suchen.« Er keuchte und hustete schlimm.

»Schon wieder?«, nörgelte sie. »Du hast mir eine Überraschung versprochen.«

»Erinnerst du dich an die bösen Kinder? Die sind hinter uns her. Willst du, dass sie die Überraschung finden?«

Sie glaubte ihm nicht mehr. Bockig verschränkte sie die Arme. »Mir doch egal. Ich will nicht mehr!«

»Du hast mir versprochen, lieb und artig zu sein.«

»Und du hast versprochen, dass es Spaß macht. Es macht mir keinen Spaß.«

Er zerrte sie vom Bett hoch. »Tu gefälligst, was ich dir sage!«

Jetzt hatte Alina wirklich Angst. Er guckte sie ganz böse an. Was hatte sie ihm denn getan? Sie hatte ihm doch gar nichts getan!

»Na gut. Wenn es schnell geht.«

Wieder freundlich sagte er: »Versprochen.«

Sie glaubte der gemeinen Kröte nicht. Was, wenn es gar keine bösen Kinder gab? Alina kannte keine bösen Kinder. Was, wenn er der dunkle Mann war, vor dem Mama und Papa sie immer gewarnt hatten?

Alina hatte keine Lust mehr sich zu verstecken. Er schaute gerade nicht hin. Im Gehen ließ sie das meerblaue Haarband fallen, mit dem Mama vor dem Schlafengehen ihre Haare zusammengebunden hatte. Ihr Zauberhaarband. Der würde sich noch wundern!

Es hatte Valentina Luna Navaz vier Anrufe und mindestens ebenso viele Gefallen gekostet, dann hatten sie Zugang zum Archiv der Staatsanwaltschaft in Palencia.

Immer wieder schweiften ihre Gedanken ab. Was hatten all diese Fälle der Vergangenheit, die sie auf Tinus Gevings Geheiß plötzlich auch noch ausgraben musste, mit Alinas Entführung zu tun? Er hatte ihr keinen Grund dafür genannt. Noch hoffte sie, dass es sich lediglich um eine Entführung handelte.

Alina ... Ihre Kollegen wussten nicht, wie nahe sie dem jungen Opfer wirklich stand. Alina war nicht irgendein Kind, Alina war ihr Patenkind.

Ahnte Tinus vielleicht etwas? Er hatte diese bemerkenswerte Gabe, Menschen zu durchschauen, die er nicht oder kaum kannte. Selbst wenn er sich die allergrößten Vorwürfe machte, seinem Instinkt hatten sie zu verdanken, dass sie überhaupt so schnell reagieren konnten. Nun würde sie ihm, Chloé Lambert und Piet Veenstra vertrauen müssen, das Richtige zu tun. Darum hatte sie ihre Europol-Kollegen überhaupt erst involviert.

Wie gerne wäre sie in Alfarnatejo bei Lisseta und Fermín geblieben. Doch dort hätte sie nicht viel ausrichten können, außer zu warten.

Nach über drei Stunden intensiver Suche kehrte sie mit mehreren Akten unter dem Arm zu Piet Veenstra zurück, der sich an einem Computerarbeitsplatz eingerichtet hatte.

»Alinas Akte ist reichlich dünn. Eigentlich gibt es nur den Obduktionsbericht der Rechtsmedizin. Kein polizeilicher Untersuchungsbericht, kein Antrag der Staatsanwaltschaft auf Aktenauskunft.«

Veenstra zeigte sich überrascht. »Das war's?«

»Und natürlich die Notiz *Ermittlungen eingestellt.*«

»Lassen Sie mich raten: Täter nicht zu ermitteln.«

»Genauso ist es.«

»Was sagen die anderen Akten?«

Sie zeigte ihm sechs ähnliche Fälle. Alle in dem gleichen Alter wie Alina, alle verschwunden: Ida Badillo, Blanca Rubio, Belona Preciado, Norma Alanis, Ariela Reséndez, Stella Almaraz. Die Akten ähnlich dünn, Ermittlungen eingestellt, Verbleib nicht zu ermitteln. Sicherlich waren die Akten auch deshalb so dünn, weil die Geheimpolizei sie leer geräumt hatte. Keine losen Enden.

»Immerhin haben alle Entführungsopfer eines gemeinsam«, fasste sie zusammen. »Sie standen in der Obhut des einzigen Waisenhauses im Gebiet Alfarnatejo: *San Isidoro de León.* Gruselig.«

»Irgendein Hinweis auf die Mitwirkung der *Brigada Político-Social* oder von Amando Verdugo Urías?«

Kopfschütteln. »Nicht ein einziger. Ich habe noch Querverweise aus Madrid abgeglichen. Fehlanzeige.«

»Wer immer die Akten ausgedünnt hat, ist äußerst gründlich dabei vorgegangen.«

Dafür hatte sie Hinweise auf sogenannte Zuführpunkte der *Brigada Político-Social* entdeckt und sofort an Tinus weitergeleitet. Drei Orte in unmittelbarer

Nachbarschaft zu Alfarnatejo: Nueros, Ordaliego, Vallgorguina. Sie betete inständig dafür, dass das die Suche nach Alina voranbringen würde. Ein kalter Schauer fuhr ihr über den Rücken. Gänsehaut.

»Wenn ich das so lese, kann ich mir nur schwer vorstellen, dass die örtliche Bevölkerung von nichts gewusst haben will.« Mit den Armen umschlang sie ihren Körper, um sich etwas zu wärmen. Die bange Frage: »Sind das wirklich wir?«

Piet Veenstra wandte sich vom Computer ab, aufmunternd lächelnd. »Hey, niemand von uns wird je ermessen können, wie es ist, in einer Diktatur zu überleben. In ständiger Furcht. Immer die Schere im Kopf, ja nichts Falsches zu sagen. Aus Angst um Freunde und Familie. Irgendwann schaut man aus Reflex weg, um sich und andere nicht der Gefahr auszusetzen. Daran ist nichts Verwerfliches. Nein, das seid nicht ihr. Es ist das System. Viel wichtiger«, er betonte es besonders, »das sind nicht *Sie*.«

Zum ersten Mal an diesem düsteren Tag lächelte Valentina Luna Navaz verlegen. Diesem niederländischen Komiker gelang es tatsächlich, sie aufzumuntern, daran zu erinnern, dass es eine bessere Welt da draußen gab. Ihr gefiel es irgendwie. Sie atmete tief durch, zumindest etwas befreiter.

»Immerhin haben wir jetzt die Chance, Unrecht aufzuarbeiten. Also, was haben Sie herausgefunden?«

»Amando Verdugo Urías alias Enzo Ledgard«, begann Veenstra.

Ihr blieb die Spucke weg. »Lieutenant Lamberts und Tinus’ wilde Theorie stimmt?«

Piet Veenstra feixte vielwissend. »In der Zeit, die ich schon mit Tinus arbeite, hat sich bisher so ziemlich jede wilde Theorie als zutreffend erwiesen. Ist so ein Deduktionsfetisch bei ihm. Chloé tickt da nicht anders.« Er lachte. »Was vielleicht der Grund ist, warum sie zusammenpassen wie *Vier Fäuste gegen Rio*.«

Was meinte er damit? Hatte sie etwas verpasst? Keine Zeit für Ablenkung. »Sind Sie auf Beweise gestoßen?«

»Ich habe einen Schuss ins Blaue abgegeben«, erklärte er.

Veenstra habe sich darüber gewundert, dass Amando Verdugo Urías Ende 1975 genauso geräuschlos von der Bildfläche verschwunden sei wie sein Arbeitgeber. Nach seiner Einschätzung hätten hochrangige Vertreter des Franco-Regimes nichts zu befürchten gehabt. Urías hätte den Übergang bequem aussitzen können, um irgendwann im Staatsdienst weiter schalten und walten zu können, als wäre nichts gewesen. Der Skorpion habe offenbar einen anderen Weg eingeschlagen.

»Warum wohl?«, lautete Veenstras Frage.

»Die Akten der verschwundenen Mädchen. Jemand hat davon gewusst.«

»Möglich, Inspector. Worin bestand seine eigentliche Aufgabe?«

»Die Überwachung und Ausschaltung staatsfeindlicher Kräfte.«

»Exakt. An dieser Stelle setzt mein Verdacht an. Nur weil er in Spanien nicht mehr zu halten gewesen war, bedeutete das lange nicht, dass seine Fähigkeiten andernorts nicht noch gebraucht wurden.«

»Aber wo?«

Portugal fiel seiner Meinung nach raus, da deren Regime viel eher zusammengebrochen sei als das in Spanien. Der komplette Ostblock ebenfalls. Ein Überzeugungstäter wie Urías hätte sich niemals den Roten angedient. Blieb Südamerika.

»Welches Land«, fragte Veenstra weiter, »hat sich allzu gerne spanischer Hilfe beim Aufbau des eigenen Unterdrückungsapparats bedient?«

Valentina forschte in ihren Geschichtskenntnissen. »Spontan fallen mir Argentinien oder Chile ein. Nein, nicht Argentinien. Zu denen hatten wir ein notorisch schlechtes Verhältnis. Bleibt Chile.«

Piet Veenstra stimmte zu. »Ich habe eine Suchanfrage über das Chilenische Zentrum zur Aufarbeitung der Pinochet-Diktatur gestartet. Die arbeiten mit uns zusammen und haben eine exzellente Datenbank.«

»Urías ist als Enzo Ledgard ausgereist?«

Wieder schmunzelte er. »So dachte ich. Zu diesem Namen gab es keinen Eintrag. Überraschung Nummer eins. Zu seinem Klarnamen hingegen schon. Überraschung Nummer zwei.« Mit einigen Mausklicks öffnete er eine Personaldatei.

Valentina las:

Amando Verdugo Urías, spanischer Sonderberater beim Präsidenten.

Ungläubig rieb sie sich die Augen. »Der ist als Diplomat nach Chile gegangen?«

»In offizieller Funktion«, bestätigte der Agent. »In Wirklichkeit fungierte er als Berater bei der Polizei.«

Sie konnte es kaum glauben. »Die haben ihm dort ein neues Leben ermöglicht. Mit dem Wissen unserer Regierung?«

»Urías verfügte über ein unnachahmliches Talent, das er dort unter Beweis stellen konnte. Das sorgte für Überraschung Nummer drei.« Veenstra rief ein anderes – offizielles – Dokument auf. »Ist der Ruf erst ruiniert, lebt es sich recht ungeniert.«

Valentina hatte eine Anklageschrift aus dem Jahr 2006 vor sich. Urías wurde angeklagt wegen Verbrechen gegen die Menschlichkeit. Insbesondere vorsätzliche Tötung, Folter, Vergewaltigung, sexuelle Versklavung, erzwungene Sterilisation, zwangsweises Verschwindenlassen von Personen. Sie schlug die Hände vors Gesicht.

»Er hat sich nach Herzenslust ausgetobt«, kommentierte Veenstra die Anklageschrift.

»Eher hat er seinen privaten Vernichtungsfeldzug gestartet!« Sie musste die Anklagepunkte laut wiederholen. »Vergewaltigung, sexuelle Versklavung. Würde mich nicht wundern, wenn er sich an kleinen Kindern versuchte.«

Der Niederländer scrollte im Dokument weiter nach unten. »Dieser Punkt ist in der Anklageschrift sehr genau ausgeführt.«

»Wie konnte der nach Spanien zurückkehren?«

»In Chile gab es nie eine Generalamnestie für Pinochets Handlanger.« Veenstra schloss das Dokument und öffnete ein weiteres offizielles Schreiben, ein chilenisches Auslieferungsersuchen an die spanische Regierung vom August 2008. »Darauf gab es die Antwort, dass sich ein Mann unter dem gesuchten Namen nicht in Spanien befinde. Allerdings wurde er danach auf keine Fahndungsliste von Europol gesetzt. Überraschung Nummer vier. Also habe ich die spanischen Melderegister durchforstet, die sind Gott sei Dank digital.« Er reichte ihr einen Ausdruck. »Bereits im März zweitausendacht wurde ein gewisser Enzo Ledgard unter der Adresse Calle Carril de la Fuente dreizehn in Alfarnatejo gemeldet. Keine vorherige Adresse, keine Steuerunterlagen oder Ähnliches.«

Sie runzelte die Stirn. »Das verstehe ich nicht.«

Piet Veenstra dagegen schien sehr gut zu verstehen. »In Chile sitzen noch genügend alte Mitläufer auf einflussreichen Posten. Irgendeiner von denen wird Urías vorgewarnt haben, damit der sich rechtzeitig absetzen konnte. Man kennt sich, man hilft sich.«

»Das setzt voraus, dass er hier immer noch Kontakte hatte, die ihm beim Abtauchen behilflich sein konnten.«

»Mit Sicherheit. Anderenfalls hätten die Meldebehörden laute Fragen gestellt. Ich behaupte, dass es bis zu denen gar nicht vorgedrungen ist. Denn eines war klar: Amando Verdugo Urías durfte es nicht mehr geben.«

»Wieso Alfarnatejo? Die Heimat seines letzten Opfers.«

»Weit ab vom Schuss. Mittlerweile ist Gras über die Sache gewachsen. Zu lange her. Man möchte abschließen und weitermachen. Sollte ihn doch jemand wiedererkennen, welche Rolle würde es spielen? In Alfarnatejo konnte er nicht mehr viel Aufmerksamkeit erregen.«

»Dann muss Urías sehr hochrangige Hilfe gehabt haben«, argwöhnte Valentina.

»Er hatte immer noch seinen Best Buddy aus den Tagen des Übergangs.«

»Wen?«

»Wer stellte die Ermittlungen ein? Wer saß in Madrid, als sich Urías klammheimlich vom Acker machen konnte? Nur dort konnte entschieden werden. Wer sitzt dort heute noch und ist in der Lage, solche Dinge diskret und ohne lästige Nachfragen zu klären?«

Valentina Luna Navaz hatte einen ganz üblen Verdacht. Erneut schlug sie die Akten der sechs verschwundenen Mädchen auf. Die Einstellungsbeschlüsse der Staatsanwaltschaft! Überall die gleiche unleserliche Signatur. Wo hatte sie die schon einmal gesehen? Nein! Ihre letzte Beförderung ... Konnte es wirklich sein?

Sie entschuldigte sich hektisch. »Ich muss noch einmal ins Archiv. Das Unterschriftenregister.«

Eine halbe Stunde später kehrte sie blass und zitternd zurück.

»Alle Akten kamen am dreiundzwanzigsten November neunzehnhundertfünfundsiebzig auf den Tisch von Staatsanwalt Anaías Betancourt. Das ist der Tag von Francos Staatsbegräbnis! Die Akten kamen zwei Tage später von der Staatsanwaltschaft zurück. Alle eingestellt.« Sie schluckte. »Nicht die Geheimpolizei hat die Akten gesäubert. Es war Betancourt! Er muss ausgenutzt haben, dass sich an diesen Tagen niemand im Archiv aufhielt, der ihn kontrollieren konnte. Es herrschte Staatstrauer.«

»Sie wissen, was das bedeutet?«

Sie nickte wie in Trance, versuchte immer noch, die Informationen zu verarbeiten. »Er hat Urías davonkommen lassen.« Schließlich sagte sie wütend: »Unser Justizminister hat einen pädophilen Serienmörder gedeckt! Packen Sie zusammen. Wir müssen nach Madrid.«

Veenstra sah sie verwirrt an. »Was wollen wir in Madrid?«

»Anaías Betancourt in die Mangel nehmen«, verkündete sie entschlossen.

»Sind Sie wahnsinnig?«

»Er ist der Einzige, der Druck auf Urías ausüben kann.«

»Dazu müssten wir ihn erst mal haben.«

Sie lachte grimmig. »Haben wir den Justizminister, dann bekommen wir dieses Schwein ganz schnell.«

»Das wird Sie aber einen großen Gefallen kosten, womöglich Ihre Karriere!«, beschwor Veenstra sie.

»Mir egal.«

Er hielt sie zurück, nahm ihre Hände in seine. Versuchte, sie zur Besinnung zu bringen. »Weißt du, was du da tust? Warum nimmst du es so persönlich?«

Valentina brach in Tränen aus. »Alina ist mein Patenkind!« Es war heraus.

Piet Veenstra nahm sie in die Arme, streichelte ihr übers Haar. »Herr Minister, Sie haben einen unangekündigten Termin.«

Verlassenes Waisenheim San Isidoro de León
Sechs Kilometer außerhalb von Alfarnatejo
16:57 Uhr

Ein altes spätbarockes Lustschloss, das von Weitem einen gut erhaltenen Eindruck machte, beherbergte den

Ort des Grauens. Je näher sie der Anlage kamen, desto verkommener sah sie aus.

Der kompakte Schlossbau lag auf einer Anhöhe. Einige bemooste Dachschindeln waren dabei sich zu verselbstständigen und würden bald den Weg der Schwerkraft antreten. Der gelblich graue Putz bröckelte. Schmutzige Fenster starrten wie Höhlen in ihre raue Umwelt. Aus der Verankerung gerissene Fensterläden klapperten hin und her.

Zu Füßen des Gebäudes lag ein verwilderter Garten. Verdorrtes Gras.

Tinus Geving und Chloé parkten auf dem schlammigen Vorhof, der den Eingang zum Anwesen bildete. Kaum ausgestiegen, sahen sie sich bereits nach allen Richtungen um.

Chloé ging in die Hocke und tastete mit Daumen und Zeigefinger nach dem Boden. »Reifenspuren. Noch frisch.«

»Dann waren sie definitiv hier«, sagte Geving.

»Er hat sie fortgeschafft. Wir können das hier abbrechen.«

»Wir sollten uns trotzdem umschauen.« Er stieg den Weg hinauf zum Schloss, Chloé folgte.

Sie durchquerten den Garten. Das dürre Gras war knöchelhoch. Vorbei an einem verrosteten dunkelblauen Klettergerüst. Daneben drehte sich ein Karussell wie von Geisterhand. Geving dachte an die verschwundenen Mädchen.

Alles hat hier seinen Ursprung.

Etwas abseits eine Schaukel, die im auffrischenden Wind quietschte. Ein leichtes Frösteln überkam

Geving. Er konnte sich nicht vorstellen, dass hier jemals heiterer Kinderlärm geherrscht hatte.

Über zwei seitliche Frontaufgänge ging es zum Hauptportal. Der Zutritt stellte keine Herausforderung dar, die schwere Doppeltür stand sperrangelweit offen.

»Sie sind übereilt aufgebrochen«, stellte er fest.

Sie befanden sich im unteren Foyer. Fahles Licht fiel durch die Fenster. Der Luftzug des undichten Gebäudes spielte mit den aufgewühlten Staubpartikeln. An den Wänden machte sich schwarzer Schimmel breit. Der Putz bildete poröse, aufplatzende Blasen. Die abgetretenen Stufen waren übersät mit dem Gipsschutt herabgestürzter Stuckdecken. Ein dumpfes Grollen ging durch das Haus.

»Wir trennen uns«, ordnete er an. »Du durchsuchst die obere Etage, ich die untere. Augen und Ohren offen halten.«

Chloé nickte knapp.

Gevings Weg führte durch verlassene Büros, einen leer geräumten Gemeinschaftsraum, einen ebenso leer geräumten Speisesaal und endete in der Großküche. Ausgehängte Türen neben den Speisekammern. Vertrockneter Kot von Kleintieren, so weit das Auge reichte. Nicht alle Bewohner hatten diesen schrecklichen Ort verlassen. Erneut dachte er an die verschollenen Kinder. Zertrümmerte Waschbecken und alte, herausgerissene Küchenarmaturen lagen durcheinander. Zu schwer, um fortgetragen zu werden. Der Boden war bedeckt mit Scherben der von den Wänden gefallenen Kacheln. Nur noch wenige hingen dort, wo sie hingehörten. Hier wurde er nicht fündig.

Chloé Lambert kontrollierte in der oberen Etage die kleinen Räume – eher Zellen –, in denen die ehemaligen kleinen Insassen zusammengepfercht worden waren. Irgendein Idiot musste der Nutzung entsprechend und äußerst schlampig Zwischenwände in die ursprünglichen Wohnräume eingezogen haben. In den engen Zellen drängten sich jeweils zwei Doppelstockbetten aus grob zusammengezimmertem Holz aneinander. Darauf lagen sogar noch schmutzig gelbe, von jahrzehntealtem Staub bedeckte Matratzen. Es roch muffig und feucht. Die Übergänge der weiß gekalkten Wände zu den niedrigen Decken waren schwarz vor Schimmel. Chloé konnte den Anblick nicht länger ertragen. Zu sehr hatte sie das strenge Regime vor Augen, unter dem die Kinder gelitten hatten. Ohne jegliche Privatsphäre.

Sie trat hinaus auf einen langen Flur, der in fast völliger Dunkelheit lag. Der Wind pfiff, es knarzte und ächzte im Gebälk. Da war noch etwas anderes: ein Geräusch, das sich deutlich abhob. Ein Kratzen, Schlurfen und Trippeln. Chloés Herzschlag schnellte in die Höhe. In einer lautlos fließenden Bewegung zog sie mit der Linken die Dienstwaffe aus dem Holster. Ein Klicken, entsichert. Das Geräusch kam näher, von rechts. Instinktiv zielte sie. Sie hielt den Atem an. Dann Entspannung. Durchatmen. Eine Ratte flitzte an ihr vorbei. Von einem Raum huschte sie über den Flur in den gegenüberliegenden Raum.

»Hast du mich erschreckt.«

Sie konnte kaum reagieren. Ein dumpfes Poltern hinter ihr. Blitzschnell fuhr sie herum, der Finger bog sich um den Abzugshebel.

»Ich bin's, ein Freund.« Tinus stand mit erhobenen Händen vor ihr.

Sie senkte die Waffe und steckte sie zurück. »Teufel! Um ein Haar hätte ich dich abgeknallt.«

»Gib's zu, du bist nur scharf auf meinen Posten«, scherzte er.

Sie musste lächeln, dachte an die zurückliegende Nacht – und schob den Gedanken sofort beiseite. »Nichts. Und bei dir?«

»Auch nichts. Bist du hier fertig?«

»Nur ein Raum noch.« Zusammen liefen sie bis zum Ende des Korridors. Sie drückte die Klinke. Verschlossen.

»Geh mal zur Seite, Chloé.« Ein kurzer Moment des Innehaltens, dann trat Tinus die Tür ein.

Dahinter offenbarte sich ein muffiges, trotzdem gepflegtes Zimmer. Ein Kamin zur Linken, rechts davon ein Schaukelstuhl. Zur einen Seite eine kleine Anrichte, zur anderen Seite ein frisch bezogenes Bett.

»Urías war vorbereitet«, sagte Chloé.

Etwas zog Tinus' suchenden Blick an, in der Raummitte. Er hob es auf. Ein meerblaues Haarband. »Alina, du cleveres kleines Ding.«

Sie verließen die morbide Ruine. Der Wind hatte merklich an Stärke zugenommen. Schwere Wolken schoben sich in atemberaubendem Tempo an den Bergausläufern zusammen.

»Ein Sturm zieht auf«, bemerkte Chloé.

Zurück am Auto klingelte Tinus' Telefon. Piet Veenstra. Er schaltete auf Lautsprecher.

»Endlich! Ich versuche schon seit Ewigkeiten, euch zu erreichen.«

Tinus entschuldigte sich. »Der Empfang hier oben ist nicht der allerbeste. Wir kommen gerade aus dem Waisenhaus. Urías und Alina waren hier. Sie hat uns eine Spur hinterlassen.«

»Schlau.«

»Leider haben wir nicht die geringste Ahnung, wie es weitergehen soll.«

»Was ist mit den Zuführpunkten der Geheimpolizei? Vielleicht stecken sie da.«

Chloé klappte einen Faltplan auf. »Nueros, Ordaliego und Vallgorguina liegen alle entlang der Staatsstraße im selben Talkessel. Es gibt keine Alternativrouten.«

»Navaz soll sofort Kontrollpunkte entlang der Straße veranlassen. Alle fünf Kilometer. Dazu Befragungen der Bevölkerung vor Ort«, gab Tinus an Veenstra durch.

»Valentina muss das nicht tun.«

»Du sprichst in Rätseln.«

»Urías wird per internationalem Haftbefehl gesucht.« Der Niederländer fasste seine bisherigen Ermittlungen zusammen und schloss: *»Damit ist es ein Fall für uns.«*

»Sehr gut. Sollte einiges erleichtern.«

»Unterstützung durch die Guardia Civil ist bereits auf dem Weg, Tinus. Was habt ihr jetzt vor?«

»Ich will mir mal den Fundort der Leiche von Alina Rosales Magana ansehen.«

»Aus welchem Grund?«, fragte Chloé verdutzt.

»Instinkt.«

Das genügte ihr. Und an Veenstra gerichtet: »Wann kommt ihr zurück?«

»Äh ...« Die folgende Erklärung ging im Sturm unter. Tinus nahm das Telefon direkt ans Ohr und ließ seinen Kollegen wiederholen. Er war verblüfft. »Wohin?«

»Nach Madrid.« Wieder tosender Lärm. Veenstra wiederholte aufs Neue.

»Wen wollt ihr zur Rede stellen?«

18:11 Uhr

Das war kein Spiel mehr. Langsam begriff Alina, dass der Nachbar wirklich der dunkle Mann sein könnte. Wenn all das vorbei war, würde sie bestimmt nie wieder irgendwelche Süßigkeiten von ihm annehmen. Ach, wäre es doch schon vorbei!

Stattdessen musste sie sich wieder im Auto verstecken. Wieder fuhren sie ganz lange. So würde sie bestimmt nie jemand finden. Und das alles für ein paar doofe *piñatas*.

Er hatte ihr die Augen verbunden, damit sie nichts sehen konnte. Er würde sie jetzt zu ihrer Osterüberraschung bringen, hatte er ihr gesagt.

Sie hielten an. Er zog sie aus dem Kofferraum, nahm sie bei der Hand. Eher zog er sie.

»Warte«, beschwerte sie sich. »Ich kann nicht so schnell.«

Sie hätte still sein sollen. Stattdessen zog er noch viel mehr an ihr. Mehrfach stolperte sie, stieß sich die Zehen an etwas Metallischem. Dazwischen ging es über Steine, sie knirschten unter ihren Schritten. Sie kam sich total wackelig auf den Beinen vor. Beim letzten Mal wäre sie fast gefallen. Sie trug viel zu dünne Schuhe. Dazu diese dämliche Augenbinde!

Warum hatte er es so eilig? Sie mussten ein Haus betreten. Genau konnte sie es nicht sagen, denn sehen konnte sie es ja nicht. Eine knarzende Tür. Treppenstufen.

»Wir sind da«, sagte er und nahm ihr die Augenbinde ab.

Hatte er doch sein Versprechen gehalten?

Alina blinzelte, sie musste sich erst an das Licht gewöhnen. Sie wurde enttäuscht. Weit und breit keine Überraschung. Dafür stand sie in einem Kinderzimmer. Na, das Kind war bestimmt schon eine Weile fort, so unaufgeräumt und staubig, wie es hier aussah. Ihre Eltern hätten ihr eine solche Unordnung niemals erlaubt, denn Alina musste ihr Zimmer immer selbst aufräumen.

Wieder sah er sie so komisch an. »Wir machen es uns jetzt schön bequem.«

»Ich will nicht! Ich will nach Hause zu Mama und Papa. Wenn die davon erfahren ...«

Er verpasste ihr eine Ohrfeige. Alina war noch nie geschlagen worden.

»Du kleiner Satansbraten!«, brüllte er. »Deine Eltern werden nie davon erfahren!« Alina fing an zu weinen. Wieder etwas ruhiger sagte er: »Du hast mir doch versprochen, dich ordentlich zu benehmen.«

Sie nickte stumm und beruhigte sich. Ihre Wange schmerzte. Er hatte es bestimmt nicht so gemeint. Aus verweinten Augen schaute sie ihn an. »Kommt jetzt die Überraschung?«

Er grinste wie ein Hai. »Leg dich hin.«

»Aber ich bin gar nicht müde.«

Er warf sie aufs Bett. »Hinlegen habe ich gesagt!«

Alina wagte keinen Mucks mehr. Ihr kleines Herz pochte. Sie blieb reglos liegen, traute sich nicht sich zu bewegen. Aber was machte er denn da?

»Ist dir etwa zu warm?«, fragte sie.

»Gewissermaßen.«

Er zog sich die Hose runter und ... Bäh! So was macht man doch nicht!

»Iiih!«, quiekte sie.

Alina hatte noch nie jemanden gesehen, der an sich herumspielte. Sie wollte es auch gar nicht sehen und schloss die Augen. Nein, er war der dunkle Mann! Sie hörte nur, wie er lange keuchte, stöhnte und seufzte. Immer wieder. Sie wollte es nicht sehen, musste es jedoch hören. Starr vor Angst und Ekel blieb sie ganz ruhig liegen. Noch war ihr nichts passiert. Alina betete. Er keuchte, stöhnte und hustete. Schließlich ein Poltern.

Alina wagte einen Blick, er lag mit rotem Gesicht auf dem Boden. Er bekam keine Luft mehr!

Sie sprang auf und rannte zu ihm. »Hast du dir wehgetan?«

Er griff zu einer Maske, durch die er Luft holte. Ein schlürfendes, rülpsendes Gluckern. Mit weit aufgerissenen Augen blitzte er sie böse an. Der Elefantenmensch!

Wieder musste Alina weinen. »Bitte«, flüsterte sie. »Darf ich nach Hause? Ich will auch ganz brav sein.« Sie schüttelte ihn, streichelte ihm über das schweißnasse Haar.

Irgendwann schlug er ihre Hand weg und stand mühsam auf. »So geht es nicht«, sagte er, immer noch völlig außer Puste.

Er taumelte aus dem Zimmer, sie wollte ihm folgen. Er stieß sie zurück ins Zimmer, wobei sie auf dem Hosenboden landete. Sie stand auf, rüttelte an der Tür. Abgeschlossen.

Jetzt hatte Alina richtig Angst. Sie hörte Motorengeräusche, rannte zum Fenster. Er fuhr davon, ließ sie wieder alleine. Ihr wurde kalt.

Sie flitzte zurück zur Tür, rüttelte daran, trommelte mit kleinen Fäusten dagegen. »Hilfe!«

Stadtwohnung von Anaías Betancourt
Calle Orellana, 2
Madrid
19:35 Uhr

Anaías Betancourt empfing sie äußerst widerwillig in seiner zweihundertfünfzig Quadratmeter großen Stadtwohnung im feinen Chueca-Viertel der Hauptstadt. Stadtwohnung traf es für Piet Veenstras Geschmack nicht ganz. Das Apartment hatte die Größe eines Palastes. Hohe Decken, helle Räume. Geschmackvoll eingerichtet. Teuer, nicht überladen. Fast niederländisch. Eines musste er Betancourt lassen, der Mann hatte Geschmack. Wenngleich er sich wohl kaum persönlich um die Inneneinrichtung dieses Domizils gekümmert hatte. Ein Mann in seiner Position beschäftigte Leute für so etwas. Im Angesicht der Stadtwohnung wollte Veenstra die restlichen Immobilien Betancourts gar nicht sehen. Obwohl relativ klar war, welchen »Arrangements« der Justizminister seinen Prunk zu verdanken hatte.

Vermutlich hätte der Minister für eine einfache Polizeibeamtin keine Zeit gefunden. In Valentinas Fall lagen die Dinge anders. Sie hatte Veenstra erzählt, dass sie einen ganz guten Draht zueinander hätten, sie ihm ihre Beförderung zur Verbindungsbeamtin zu verdanken habe. Er versuchte, sich in ihre Lage hineinzuversetzen. Welch hohes Ansehen musste dieser Mann in ihren Augen genossen haben, und wie tief war er von einer Minute auf die andere gefallen?

So wie es sich Veenstra offenbarte, war der Politiker zeitlebens die Niedertracht in Person gewesen. Sein modisches Äußeres, seine asketische Art – Blendwerk, das von dem miesen Typen, dem Schreibtischtäter hinter der Fassade, ablenken sollte.

In einem mit Bücherregalen gesäumten Empfangszimmer saß Betancourt auf seinem Designsofa. Er bot Veenstra und Valentina an Platz zu nehmen. Sie schlugen das Angebot wortlos aus.

»Inspector Navaz, man hat mir mitgeteilt, dass Sie mich dringend zu sprechen wünschen. Machen Sie es kurz«, sagte er hochnäsig.

Valentina trat an ein Fenster, sah hinaus auf die abendlich erleuchtete Straße. »Wir ermitteln in einem Fall von Kindesentführung. In Alfarnatejo.«

Veenstra beobachtete, wie dem Mann seine Selbstsicherheit abhandenkam.

Der spanische Justizminister gab sich betont sachlich. »Inwiefern kann ich Ihnen da helfen?«

»Herr Minister, mittlerweile sollten Sie mich kennen. Sie und ich wissen ganz genau, dass bei Alfarnatejo Ihre Alarmglocken schrillen. Also verkaufen Sie mich nicht für dumm!«

Der Minister war es offenbar nicht gewohnt, von Untergebenen derart brüsk behandelt zu werden. Schon gar nicht, wenn sie zu seinem engeren Vertrautenkreis gehörten.

Er reagierte erwartungsgemäß. »Ihre Zeit ist um. Da wir gerade zur Messe aufbrechen wollten, werde ich Ihre kleine Unüberlegtheit ganz schnell vergessen.«

Veenstra hatte das Schauspiel bisher mit hinter dem Rücken verschränkten Armen verfolgt. Nun kicherte er amüsiert, womit er sich einen strafenden Blick des Justizministers einhandelte.

»Enzo Ledgard fassen wir dann ohne Ihre Hilfe«, sagte er. »Oder hieß der Mann Amando Verdugo Urías? Entschuldigung, ich verwechsle manchmal die Namen.« Mit kurzem Kopfnicken stellte er sich vor. »Agent Veenstra, Europol.«

Anaías Betancourts Pulsfrequenz erhöhte sich, man sah es ihm an.

»Nun«, fragte Valentina, »haben wir jetzt Ihre ungeteilte Aufmerksamkeit?«

»Diese Namen sagen mir nichts. Und überhaupt, was hat Europol dabei zu suchen?« Betancourt nahm Veenstra ins Gebet. »Einer von Tinus Gevings berüchtigten Alleingängen? Er hat von mir bekommen, was er wollte. In allen anderen Dingen haben Sie hier keine Jurisdiktion.«

Damit hatte Betancourt zweifellos recht, Veenstra ignorierte es trotzdem. »Sie kennen diese Herrschaften also nicht? Weder Amando Verdugo Urías noch Enzo Ledgard?«

»Das habe ich bereits gesagt!«

»Hm ...« Veenstra strich sich betont nachdenklich übers Kinn. Er ging hinüber zu den Bücherregalen, als wollte er deren Inhalt studieren. »Wir Niederländer haben ein schönes Sprichwort: ›Ist die Lüge noch so schnell, die Wahrheit holt sie doch ein.‹«

»Welche Wahrheit sollte das sein?«, fragte Betancourt, der seinen Hochmut wiedergefunden hatte.

Veenstra warf ihm sein Tablet auf den Tisch, mit allen Informationen, die sie am Nachmittag gewonnen hatten.

Betancourt war geübt darin, sich nicht in die Karten schauen zu lassen. »Ich erkenne nicht, was das mit mir zu tun haben soll.«

»Ohne Sie hätten wir keinen Fall«, erwiderte Veenstra.

Betancourt sprang wütend auf. »Sie wagen es! Wie reden Sie mit mir?«

»Alina Rosales Magana«, setzte Valentina nach. Sie wollte ihm keine Zeit geben sich zu ordnen. »Schon mal von ihr gehört?«

Betancourt hüstelte. »Möglich. Vielleicht. Als Staatsanwalt hatte ich alle Hände voll zu tun. Darauf spielen Sie doch an, oder? Man kann nicht jede Einzelheit im Gedächtnis behalten.«

»Und wie sieht es aus mit Ida Badillo, Blanca Rubio, Belona Preciado, Norma Alanis, Ariela Reséndez, Stella Almaraz?« Ihr stand die Zornesröte ins Gesicht geschrieben. »Alle Opfer von Entführungen. Unter sieben Jahre alt, Heimkinder. Fälle, die *Sie* auf dem Tisch hatten. Da erinnert man sich schon besser!«

»Hören Sie auf, den Ermittlungsrichter zu spielen«, spottete der Minister. »Das kann ich wesentlich besser als Sie. Vor Ihnen muss ich mich mit Sicherheit nicht rechtfertigen.« Er wies auf die Tür. »Dieses Gespräch ist beendet.«

Valentina dachte überhaupt nicht daran. »Wir sind Ihr geringstes Problem. Sie sollten sich vielmehr

Gedanken um die Angehörigen der Opfer machen. Wenn die erfahren, dass ausgerechnet Sie gemeinsame Sache mit dem vermeintlichen Mörder ihrer Kinder gemacht haben ...«

»... ziehe ich Sie dafür zur Verantwortung, Inspector!«, drohte er. »Das ist vierzig Jahre her. Sie wissen *nichts*!«

»Wir wissen genug«, versicherte Veenstra. »Die fehlenden Puzzleteile setzen wir auch noch zusammen. Bei Europol haben wir Erfahrung in solchen Dingen.«

»Ich glaube kaum, dass Ihnen das gelingen wird. Am Dienstag wird der König mich mit der Regierungsbildung beauftragen. Und dann gnade Ihnen Gott!«

Valentina hatte dafür nur Gelächter übrig. »Sie werden nicht Ministerpräsident.« Sie zeigte auf das Tablet. »Nicht bei Ihrer Vergangenheit, das können Sie vergessen.«

Betancourt trat nah an sie heran, er überragte sie um fast drei Köpfe. »Sie haben mehr Herz als Verstand, Inspector Navaz. Im Moment bedrohen Sie den Justizminister. Das ist Ihr Karriereende!«

Sie ließ sich nicht einschüchtern, sondern hielt seinem abfälligen Blick stand. »Vorher springen Sie über die Klinge. Sie haben einem Triebtäter nicht nur wissentlich und willentlich zur Flucht verholfen, um Ihre Karriere zu befördern. Dafür alleine könnte man Ihnen den Prozess machen. Sie haben obendrein dessen Rückkehr und Abtauchen organisiert, um Ihre Karriere zu schützen und einen internationalen Haftbefehl nicht vollstrecken zu müssen. Wohl wissend, dass Fragen zu den letzten Opfern des Franco-Regimes gestellt worden wären. Fragen zu den Opfern und dem Täter. Einem Täter, den Sie kannten, dem Sie es ermöglicht haben, unter falschem Namen an den Ort seiner abscheulichsten Verbrechen zurückzukehren, wo er prompt das nächste Verbrechen verübte.«

Die bittere Erkenntnis folgte. Sie traf Anaías Betancourt wie der Schlag.

Er ließ sich auf die Couch zurückfallen. »Ist es etwa …?«

»Amando Verdugo Urías. Oder Enzo Ledgard, denn den Namen hat er doch von Ihnen?« Valentina war vollends in Rage. Sie konnte sich kaum noch beherrschen.

Betancourt atmete schwer. »Was habe ich getan?«

»Barmherzigkeit gegen die Wölfe ist Ungerechtigkeit gegen die Schafe«, feixte Veenstra.

»Noch ein niederländisches Sprichwort?«

»Ihre späte Reue wird Ihnen niemand glauben. Sie sollten sich eher fragen, was Sie noch verhindern können«, empfahl Valentina äußerst nachdrücklich.

»Warum nehmen Sie das so persönlich?«

Sie holte ihr Telefon hervor und zeigte dem Justizminister ein Bild. »Alina. Ja, Sie hören richtig. Bei einem Kind ist es immer persönlich.«

Er starrte in die Luft. Versuchte zu verarbeiten. Nach einer Weile fragte er: »Was erwarten Sie von mir?«

»Sie werden uns begleiten. Nach Alfarnatejo.«

Er wurde kreidebleich. »Muss das sein, Inspector?«

»Sie kennen Urías und seine dunkelsten Geheimnisse. Sie können Druck ausüben.«

»Inwiefern kann ich Druck ausüben? Sie überschätzen mich.«

»Sie sind nicht länger erpressbar. Es kommt ja doch alles heraus. Finden Sie sich damit ab.«

Der Minister schloss die Augen. »Gut.«

»Sie sollten es *ernsthaft* versuchen«, schüchterte Valentina ihn ein. »Eine andere Möglichkeit, Ihr Amt in Würde zu verlassen, bleibt Ihnen nicht. Denn genau das wird geschehen. Also, Herr Minister, was ist?«

Zögerlich griff Anaías Betancourt zum Telefon. »Verbinden Sie mich mit der Flugbereitschaft.«

21:17 Uhr

Es lief nicht so, wie er es geplant hatte. Er wurde alt und nachlässig. Diese kleine Missgeburt hatte ihn schneller außer Atem gebracht als gedacht. Dabei hatte er sie noch nicht einmal berührt, geleckt, geschmeckt. Er wollte es langsam auskosten. Oh, diese süße Verführung, dieser Reiz! Niemand konnte seine Bedürfnisse so befriedigen wie die Unbefleckten. Er mochte die unschuldig enthusiastische Art kleiner Mädchen. Alle anderen waren Dreck! Mit Dreck wollte er sich nicht besudeln. Seit der Pubertät ging es ihm schon so. Gleichaltrige interessierten sich nicht für ihn, und er interessierte sich nicht für sie. Im Gegenteil, sie schüchterten ihn ein.

Diese süße kleine Missgeburt. Sie setzte sich viel zu heftig zur Wehr. Er konnte es nicht mehr vertragen. Er hatte es probiert, mehrfach. Und wurde im Stich gelassen. Fast wäre er vor ihren Augen verreckt. Das entsprach nicht der Reihenfolge. Abhilfe musste her.

Es hatte ihn Ewigkeiten gekostet, eine Apotheke mit Notdienst zu finden, ohne Aufsehen zu erregen. Obendrein an einem Feiertag! Natürlich nicht in Alfarnatejo und Umgebung. Dafür waren ihm die Regeln der Konspiration immer noch bestens vertraut. Nun war er wieder bei Kräften. Mächtig und erhaben in freudiger Erwartung der Ablenkung. Ein allerletztes Mal wenigstens.

Die Fahrt erwies sich als zwischenfallsfrei. Geradezu langweilig, unterfordernd. Die Zeit dehnte sich, wenn er in Erwartung war. Bald. Nur noch wenige Minuten, wenige Kilometer. Er würde keine weitere Zeit mehr vergeuden.

Was ist das?

Er brachte seinen Wagen zum Halten. Eine Polizeikontrolle. Guardia Civil! Zwei Kleinbusse. Hatten sie etwa? Unmöglich. Wie sollten sie? Er kannte sie besser.

Sein Fahrzeug stand an der Spitze. Blick in den Rückspiegel. Ein weiteres Auto näherte sich. Sollte er wenden? Nein, das würde unter Garantie Aufmerksamkeit erregen. Verdammt! Warum gab es nur diese eine Straße?

Sie hatten ihn bereits gesehen. Vier Beamte näherten sich ihm und signalisierten, er solle seine Fenster herunterkurbeln.

Das hat nichts zu bedeuten. Ruhig und unauffällig bleiben.

»Allgemeine Verkehrskontrolle«, informierte ihn ein Beamter. »Ihre Papiere bitte.«

Er griff ins Handschuhfach. Fühlte den kalten Stahl seiner alten Luger. Er holte die geforderten Dokumente hervor und reichte sie dem Uniformierten aus dem Fahrerfenster.

Der studierte sie, leuchtete ins Wageninnere, schaute ihn kritisch an, blickte wieder auf die Papiere, schaute ihn wieder an. »Enzo Ledgard?«

»Ja.«

»Stellen Sie den Motor ab, und steigen Sie aus dem Wagen.«

Er erwog, nach seiner Luger zu greifen, schätzte die Möglichkeiten ab. Vier Beamte? Die hatten ihre Waffen bereits gezogen. Keine Chance. Es würde ihn nur noch verdächtiger machen. Wo hatte er nicht aufgepasst? Das war keine allgemeine Verkehrskontrolle. Nach ihm wurde gefahndet! Diese Ausländer von Europol …

Er tat wie geheißen.

Sofort wurde er herumgedreht. Handschellen klickten hinter seinem Rücken. »Enzo Ledgard, Sie sind verhaftet.«

Er würde keinen Widerstand leisten. Dazu gab es keine Veranlassung. Was wussten die schon? Alina würde so oder so sterben.

Sierra de Cebollera
Bei Alfarnatejo
21:20 Uhr

Es schmerzte Asael Benavides, an diesen Ort zurückzukehren. Seit dem 20. November 1975 hatte er ihn nicht mehr betreten. All das noch einmal durchmachen zu müssen. Die Erinnerungen. Das ausgewaschene Flussbett, die entwurzelten Bäume, das Treibgut. Inmitten von Treibgut Alinas Leiche. *Völlig nackt, verschmutzt und ungeschützt. Das pechschwarze Erdreich bildete auf dem aufgedunsenen und verkrusteten, fast weißen Körper des toten Mädchens einen scharfen Kontrast.*

Tinus Geving holte ihn in die Gegenwart zurück. »Hier hat man sie damals gefunden?«

Finsterste Nacht. Mond und Sterne hinter Wolken versteckt.

Benavides räusperte sich. »Alles ist nahezu unverändert.« Mit der Taschenlampe leuchtete er flussaufwärts. »Bis auf die Brücke. Die wurde abgerissen und anschließend neu errichtet. Nach dem Herbststurm war sie zu stark beschädigt.«

Ein Sturm wie der heutige. Die Kälte hatte stark angezogen. Schnee und Eiskristalle mischten sich in den peitschenden Regen.

»Entsorgt wie Müll«, hielt Geving fest.

»So hat es der Staatsanwalt gesagt.«

Der Staatsanwalt ... Asael Benavides wollte hier nicht länger verweilen als unbedingt nötig. Dieser Ort hatte ihrer aller Leben nachhaltig verändert. Das Leben von Alinas Eltern, das Leben des Staatsanwalts, sein Leben. Er wollte fort von hier, nicht länger an sein Versagen erinnert werden. Ein Versagen, das ihn alles gekostet hatte.

Geving tastete sich langsam am Flussbett entlang, hinauf zur Brücke. An Benavides gewandt fragte er: »Schon irgendwas von der Fahndung?«

»In vollem Gange. Bisher hat die Guardia Civil nichts Neues aus Nueros, Ordaliego oder Vallgorguina zu berichten.«

»Dieser Fluss ...«

»Der Nueros. Kommt aus dem gleichnamigen Seitental.«

»Liegen dort alle drei Orte?«

»Ja.« Was bezweckte der Deutsche mit diesen Fragen?

»Alinas Leiche trieb lange genug im Wasser. Sie wurde hier angespült. Alles passt. Sehr einfach. Zu einfach.«

»Aus deinem Unterton höre ich ein großes Aber heraus«, analysierte Chloé Lambert.

»Denken wir nicht zu einfach?«

Benavides konnte ihm nicht mehr folgen.

Die Französin offenbar ebenso wenig. »Erzähl schon.«

»Die Geheimpolizei wollte die Ermittler glauben machen, Alina wäre aus dem Waisenhaus entflohen.«

Daran glaubte Benavides keine Sekunde. »Das sind zwölf Kilometer! Wie soll ein siebenjähriges Mädchen diese Strecke zurückgelegt haben?«

»Eben. Kommt hinzu, dass Urías bereits zuvor sechs wahrscheinliche Morde zu vertuschen hatte. Wie hat er das angestellt?«

»Ich verstehe«, sagte Chloé Lambert. »Würde so einer an Orten morden, die allen längst bekannt waren?«

»Ginge es um die üblichen Opfer, mit Sicherheit. Aber Kinder? Das war sein Privatvergnügen, sein Geheimnis. Vermutlich hielt er es sogar vor der Geheimpolizei verborgen. Allenfalls seine Hundefänger könnten davon gewusst haben. Amando Verdugo Urías denkt sehr komplex.«

»Dann kämen die drei Orte kaum infrage, Tinus. Ein viertes Geheimgefängnis?«

»Es muss einen vierten Ort geben. Einen Ort für besonders sensible Fälle, der bisher nicht in irgendwelchen Akten und Untersuchungsberichten aufgetaucht ist. Ein Ort, über den Urías alleinige Verfügungsgewalt hatte.«

»Doch Doktor Suarez konnte eindeutig belegen, dass Alina hier angespült wurde«, insistierte Benavides.

»Das bestreite ich auch gar nicht. Andererseits konnte er kaum Einrichtungen kompromittieren, bei denen er sich nicht sicher sein konnte, ob sie vielleicht noch gebraucht wurden.«

»Eine Theorie. Wie wollen Sie die beweisen?«

Tinus Geving schmunzelte. »Vielleicht gibt es einen weiteren Zeugen, der hoch genug angesiedelt war, um es wissen zu können.«

»Wer?« Benavides hatte eine Befürchtung.

»Ganz einfach, Anaías Betancourt.«

Asael Benavides kam es plötzlich so vor, als schleppte er schwere Wackersteine im Magen mit sich herum. Würde man tatsächlich den Mann involvieren, der wusste, was er wusste? Er haderte mit sich, sollte er es den Europol-Ermittlern nicht vielleicht doch beichten?

Er kam nicht dazu. Anruf von der Guardia Civil. Er nahm das Gespräch an. Nach einer halben Minute kehrte er zu Geving und Lambert zurück, die wissen wollten, worum es gerade ging.

»Urías wurde verhaftet.« Benavides war nicht erleichtert. Es endete nicht, für ihn hatte es gerade erst begonnen.

Teil III – Du hast dreimal geschlagen

Sonntag, 31. März

Sie trommelte noch lange mit ihren Fäusten gegen die Tür. So lange, bis ihr die Hände schrecklich wehtaten. Ganz wund und aufgescheuert. Was sollte sie nur tun? Die Tür gab nicht nach. Wie auch? Sie öffnete sich nur nach innen.

Sie rief aus voller Kraft um Hilfe, bis sie heiser war und nicht mehr konnte. Sie kriegte Halsschmerzen. Alina wurde müde. Außerdem war es so kalt. Sie musste wieder bitterlich weinen. Dabei hatte sie versucht, tapfer zu sein, es ging nicht mehr. Heiße Tränen liefen ihr über die Wangen. Sie schluchzte.

»Mama! Papa!«

Hier würde sie nie jemand finden. Sie wusste ja selbst nicht, wo sie war. Er war sehr krank, das hatte sie gemerkt. Wenn er nun nicht mehr nach ihr sehen konnte?

Dann versuchte sie es am Fenster. Sie kam nicht ran. Alina holte sich einen Stuhl, auf den sie kletterte. Sie rüttelte am Fenster. Auch verschlossen!

Draußen herrschte mondlose, stockdüstere Nacht. Sie konnte nichts erkennen. Oder? Ein großer dunkler Schatten. Ein großer Baum. Im Wind bewegte er sich hin und her. Er schaukelte. Wie die Statuen neulich zur Prozession. Ob sie jemals wieder eine Prozession erleben würde?

Er hatte sie allein gelassen. Sie wurde immer müder und verzweifelter.

Im kleinen Polizeirevier von Alfarnatejo herrschte eine Stimmung, als hätte man eine Leiche ausgegraben, die gerade erst verscharrt worden war. Tinus Geving realisierte, dass man hier der Verhaftung von Alinas mutmaßlichem Entführer bestenfalls reserviert, schlimmstenfalls gereizt begegnete.

»Señor Ledgard wurde in unseren Aufenthaltsraum gebracht. Ein Vernehmungszimmer haben wir nicht«, meldete der neue Reviervorsteher, Benavides' Nachfolger.

»Hat er schon was gesagt?«, erkundigte sich Asael Benavides. Auch er wirkte so, als könnte er den ersten Erfolg der groß angelegten Polizeiaktion nicht recht verdauen.

»Frag ihn doch selbst«, schnauzte der Reviervorsteher. Im Ton eisiger Verachtung fügte er hinzu: »Ihr scheint euch ja ganz gut zu kennen.«

Was wurde hier nicht ausgesprochen?

»Wenn du mir was zu sagen hast, dann tu's gefälligst!«, blaffte Benavides zurück.

Sein Nachfolger bürstete ihn ab. »Ach, vergiss es. Dass nicht endlich mal Ruhe sein kann.«

Geving irrte sich für gewöhnlich äußerst selten. Nach seinem persönlichen Dafürhalten eigentlich nie. Zwischen den beiden Polizeibeamten gab es einen lange schwelenden, unausgesprochenen Disput. Vermutlich war im Jahr 1975 mehr in die Brüche gegangen, als Benavides einräumen konnte. Oder wollte. Unabhängig davon schlug sich Geving auf die Seite von Valentinas langjährigem Freund und Förderer. Verbündete musste man pflegen. Hier, im Polizeirevier, hatten sie keine Verbündeten.

Kraft seiner herausgehobenen Position in diesen Ermittlungen, die jetzt offiziell unter Federführung von Europol standen, wies er den Reviervorsteher zurecht. Ohne laut werden zu müssen, dafür sehr deutlich. »Sie scheinen noch nicht begriffen zu haben, dass es nicht mehr um den alten Fall, sondern um eine brandaktuelle Entführung geht.« Er zeigte mit zurückgestrecktem Daumen zum Aufenthaltsraum. »Dieser Mann ist unsere einzige Verbindung.«

Benavides' Nachfolger gab sich weiterhin uneinsichtig. »Dann beschränken Sie sich darauf.« Er funkelte seinen Vorgänger böse an. »Schlafende Hunde sollte man nicht wecken.«

Gevings ungutes Gefühl steigerte sich. Anstatt sich zur Wehr zu setzen, schwieg der pensionierte Polizist beinahe verschämt.

In diesem Moment traf Chloé Lambert mit Alinas Eltern, Salvo Rosales Posada und dem Pfarrer Don Belasco ein. Alle sahen übernächtigt, ausgezehrt und abgekämpft aus. Nicht nur Lisseta und Fermín. Posada hatte am späten Vormittag bereits einen verlebten Eindruck gemacht, seitdem musste er noch einmal um Jahre gealtert sein. Ja, die kaum einen Tag währende Entführung hatte schlafende Hunde geweckt.

Jacken und Mäntel der Eingetroffenen glänzten von feuchtem Schnee. Ein später Wintereinbruch in diesen Höhenlagen, das letzte frostige Aufbäumen, stellte keine Seltenheit dar. Es würde jedoch die Suche nach

Alina ernstlich erschweren. Eventuell noch existente Spuren wären bald keinen Pfifferling mehr wert. Immerhin erwies sich die Guardia Civil als geistesgegenwärtig genug, jetzt eine Staffel mit Suchhunden auszusenden.

Fermín ließ Geving gar nicht erst zu Wort kommen. »Ist er es? Habt ihr ihn? Was ist mit unserer Tochter?«

Er versuchte, sich in Zuversicht zu üben. »Zunächst, wir haben ihn. Was Alina betrifft, so ist die Guardia Civil dran. Alle Bewohner in einem Umkreis von zwanzig Kilometern werden zurzeit befragt. Es besteht die Möglichkeit, dass jemandem etwas aufgefallen sein könnte.«

»Dann ist es vielleicht zu spät!«

Je unruhiger Alinas Vater wurde, desto ruhiger sprach Geving auf ihn ein. »Wir gehen davon aus, dass Alina am Leben ist. Ein Triebtäter braucht Vorbereitung, bevor er sich an seinem Opfer zu schaffen macht.«

»Wie könnt ihr euch da so sicher sein?«

»In seinem Wagen wurden mehrere Patronen für einen Sauerstoffkonzentrator gefunden. Alinas Entführer ist bei schlechter Gesundheit. Diesen Aufwand hat er betrieben, da er offensichtlich vorhatte, einige Zeit außerhalb der eigenen vier Wände zu verbringen. Außerdem haben wir ein Haarband von eurer Tochter gefunden und die Suchhunde darauf angesetzt. Wir finden sie«, versprach Geving. »So oder so.«

Belasco Etxeberria schien immer noch nicht ganz glauben zu können, dass sein tot oder verschollen geglaubter Peiniger der gerechten Strafe zugeführt werden würde. »Handelt es sich bei dem mutmaßlichen Entführer wirklich um Urías?«

»Das zu bestätigen, haben wir Sie hergebeten.«

Der Aufenthaltsraum wurde durch eine Glasfront mit Türdurchbruch vom Eingangsbereich des Reviers abgetrennt. Geving geleitete Posada und Belasco zum Fenster, wo er auf eine Antwort der beiden wartete.

»Er ist es«, bezeugte Posada düster.

»Ganz eindeutig«, sagte der Pfarrer erschrocken und wischte sich mit einem Tuch kalten Schweiß von der Stirn.

»Dann würde ich sagen, treiben wir ihn in die Enge«, schlug Chloé vor. Sie hatte bereits die Hand an der Klinke.

»Ohne dich«, entschied Geving.

»Tinus, du kannst da nicht alleine rein. Ich kenne ihn!«

»Das ist das Problem. Er kann dich einschätzen.« Geving winkte Benavides heran. »Wir gehen rein.«

»Aber ihn kennt er doch auch«, konterte Chloé.

»Mag sein. In Urías' Fall hilft nur offensives Auftreten. Wir müssen ihn sofort mit seiner Vergangenheit konfrontieren, sonst kriegen wir ihn nicht zu fassen.«

»Ich gehöre zu seiner Vergangenheit«, sagte Benavides.

Sie verstand.

Die Krankheit des Skorpions konnte nicht darüber hinwegtäuschen, dass in diesem Mann das schlimmste Monster steckte, dem Tinus Geving im Laufe seiner Karriere begegnet war.

Chloés Beschreibung hatte nicht getrogen. Alinas mutmaßlicher Entführer würde in absehbarer Zeit seinen letzten Atem aushauchen. Ein Mann voller Widersprüche. Die Komplexität an sich. Einerseits von schwerer Krankheit gezeichnet, die Haut dünn wie Papier. Andererseits von starker, brutaler körperlicher Präsenz. Einerseits ein Gesicht, aus dem animalische Primitivität sprach. Andererseits wache Augen, die überdurchschnittliche Intelligenz verrieten. Intelligenz, die er nie zum Wohl anderer einsetzte. Intelligenz, der keine Freude am Intellekt innewohnte, sondern die pure Lust an der Zerstörung. Keine Wut. Seine Freude speiste sich aus dem Leid der geknechteten Umgebung. Ein Mann, der es genoss, Macht zu haben, Macht auszuüben. Sein krankhafter Trieb war lediglich ein Symptom dessen.

Tinus Geving musterte sein Gegenüber eingehend. Dem Skorpion fehlte es völlig an Empathie, sozialer Verantwortung und Gewissen. Vor ihm saß ein aggressiv sadistischer Überzeugungstäter, ein Psychopath.

Geving gab sich keinen Illusionen hin. Amando Verdugo Urías konnte man nur mit der Beharrlichkeit eines Amando Verdugo Urías brechen. Um ihn zu brechen, musste er ihn vorher zum Reden bringen. Daran hing die komplette Verhörstrategie, denn auch Geving hatte einen Plan. Ein Langstreckenlauf mit ungewissem Ausgang.

»Enzo Ledgard – eine Herausforderung«, eröffnete Geving die Vernehmung.

Der Angesprochene hob kaum merklich die Brauen. *Eine Herausforderung.* Ihm sollten diese Worte bekannt vorkommen. »Sie sind nicht von hier.«

»Kriminalhauptkommissar Geving, Europol.«

»Deutscher«, lautete die lapidare Feststellung. Ruhig im Ton. Sonor, leise, flüsternd, schwer atmend.

»Was hat mich verraten? Mein Akzent?«

Leichtes Schmunzeln. Die Augen schmunzelten nicht mit. Grabeskälte. »Ihre ... Effektivität. Sie kommen direkt zum Punkt. Ich schätze das.«

Asael Benavides konnte nicht an sich halten. »Immer noch große Schnauze. Du kannst aufhören mit den Spielchen.«

»Capitán Benavides dürften Sie kennen.« Geving schmunzelte. Seine Augen schmunzelten ebenfalls nicht mit. Stahl.

Der Skorpion zuckte nicht einmal mit der Wimper. Er gab nicht preis, ob er Benavides erkannte. »Sollte ich?«

Geving lehnte sich zurück. »Sie haben recht. Ich komme sofort zur Sache.« Das Spiel ist offen. »Alina Rodriguez Salgado. Wo ist sie?«

Sein Gegenüber schmunzelte weiter.

»Ich wiederhole meine Frage: Wo ist Alina Rodriguez Salgado? Was haben Sie mit ihr gemacht?«

Der Skorpion rang sich ein dünnes Lachen ab. Das dünne Lachen einer Meerkatze. »Ist das der kümmerliche Versuch einer Vernehmung?«

Geving ließ nicht einen einzigen Gesichtsmuskel spielen. »Sie bestreiten also nicht, Alina Rodriguez Salgado zu kennen.«

»Meine Zigaretten. Ich möchte rauchen.« Er tastete nach seinem Etui vor ihm auf dem Tisch.

Gevings Hand zuckte blitzschnell nach vorn, der Rest seines Körpers verharrte in angespannter Bereitschaft. Er zog das Zigarettenetui zu sich. »Rauchen ist hier verboten.«

Seinem Gegenüber kam das Schmunzeln abhanden. Die dünnen Lippen zogen sich zusammen. Der Kiefer angespannt. »Dann würde ich jetzt gerne mit einem Anwalt sprechen.«

»Wie Sie wollen.« Geving drehte den Kopf leicht zu Benavides. »Wenn Sie so freundlich wären.« Er sah, dass es im Polizisten arbeitete. Dennoch stand er skeptisch auf und ging zur Tür. »Einen Moment, Benavides, warten Sie.« Wieder schaute er Alinas Entführer tief in die Augen, bereit für einen ersten schmerzhaften Stoß. »Welche Mandantschaft sollen wir angeben? Enzo Ledgard oder Ihren richtigen Namen?«

Die Gegenfrage kam beiläufig. »Ist das ein Spiel? Wollen Sie mit mir spielen?«

»Eine einfache Frage, Señor Amando Verdugo Urías.«

Haifischgrinsen. Er zeigte seine gelben Zähne. »Aha. Ein ebenbürtiger Gegner.«

»Ich interpretiere das mal als ein Ja.« Benavides nahm wieder Platz.

»Woher wissen Sie das? Wer hat geredet?« Die letzte Frage, so harmlos und interessiert sie klang, hatte eine andere Intention. Sie verriet den Psychopathen.

»Das ist im Moment kaum von Interesse. Von Interesse im Moment ist nur eine Frage.« Damit verließ Geving seine Entspannungsposition und beugte sich über den Tisch zu Urías. »Wo ist Alina Rodriguez Salgado?«

23:43 Uhr

Alina hatte sich nicht mehr auf den Beinen halten können. Sie war eingeschlafen. Nicht lange. Ein böser Traum, in dem er sie verfolgte, quälte sie. Egal wohin sie lief, immer war er schon da und bekam sie zu fassen.

Als Alina schweißgebadet und frierend aufwachte, musste sie feststellen, dass sie immer noch in einem Albtraum gefangen war. Alles passierte wirklich!

Alina hörte ein Geräusch. War er wieder da? So lange hatte er sie noch nie alleine gelassen. Sie lief zur Tür, schrie um Hilfe. Nichts. Sie horchte. Nichts. Doch. Da! Ein Knacken! Alina wurde enttäuscht. Es war der Wind, der draußen durch den Baum fuhr. Der Wind, das himmlische Kind … Ein starker Wind. Die dürren Äste kratzten am Fenster.

Sie wusste, dass es keine Osterüberraschung mehr für sie geben würde, dass es nie eine gegeben hatte. Er hatte sie mitgenommen, um ihr wehzutun. Sie musste hier raus. Doch dazu musste sie erst wissen, wo sie war.

Alina stieg wieder auf den Stuhl am Fenster und hielt ihr Gesicht ganz dicht an die Fensterscheibe, sodass sie beschlug. Wo war sie?

Montag, 1. April

Tinus Geving hatte sich auf eine lange Befragung eingestellt – im Gegensatz zum frustrierten Benavides, der nach einer Stunde offenbar jeden Glauben an ein Weiterkommen verloren hatte.

Bisher gab sich Amando Verdugo Urías erstaunlich standfest. Dabei merkte der Geheimpolizist nicht, dass Geving ihn langsam und unaufhörlich weichkochte.

»Mich langweilt das allmählich«, konstatierte Urías gefühlskalt. Er äffte Geving nach. »Wo ist Alina Rodriguez Salgado? Was haben Sie mit ihr gemacht?« Der Skorpion legte seine prankenartigen Hände parallel zueinander auf den Tisch. »Ihr quengelnder Ton, Ihre stupiden Fragen. Sie lassen mich nicht rauchen. So etwas ist Folter!«

Geving schmunzelte. »Bedaure. Nicht mein Metier. Damit kennen Sie sich besser aus. Wie nannte man Sie doch gleich? Ach ja! Den Skorpion.« Zeit, die Daumenschrauben anzuziehen.

Die kleine Provokation zeigte Wirkung. Urías verfiel der für ihn typischen Selbstüberschätzung. »Werden Sie nicht anmaßend, Bürschchen! Sie wissen gar nichts!«

»Mag sein«, gestand er schulterzuckend. »Vielleicht ...« Geving wühlte nur zum Schein in seinen Unterlagen. »Vielleicht können Sie mir bei einer anderen

Sache weiterhelfen.« Er verlas die Namen der sechs verschwundenen Waisenmädchen von *San Isidoro de León*. Dabei behielt er sein Gegenüber genau im Auge. »Sie sehen, ich mache meinen Job äußerst gründlich. So ... effektiv.«

Urías bekam leichte Gesichtsfarbe. »Das ist vierzig Jahre her.«

»Wieder einmal bestreiten Sie es nicht«, hielt Geving in nonchalantem Ton fest.

»Sie vergeuden Ihre Zeit.«

»Ich habe Zeit«, sagte Geving betont lässig. Dabei war Zeit ein Luxus, den er sich nicht leisten konnte.

»Fragt sich, ob die kleine Alina Zeit hat.«

Benavides verlor endgültig die Beherrschung. Fast sprang er über den Tisch. Er zerrte Urías vom Stuhl, packte ihn am Schlafittchen, wobei der Stuhl nach hinten umkippte. Der Pensionär schäumte vor Wut.

»Ich habe noch einen siebten Namen für dich: Alina Rosales Magana.« In seinem blindwütigen Eifer spie er dem Skorpion kleine Speicheltropfen ins Gesicht. »Weißt du noch, was ich damals geschworen habe? Ich bekomme heraus, wer es gewesen ist. Jetzt werde ich dir die Eier abschneiden und an dich verfüttern.«

Vor der Glaswand, die den Aufenthaltsraum vom Foyer der Polizeistation abtrennte, versammelte sich eine Beobachterschar, die den Aufruhr mitbekam. Benavides zerrte Urías hinüber zu der kleinen Küchenzeile. Mit der freien Hand fingerte er hastig ein Tranchiermesser aus einer Schublade heraus und hielt es ihm an den Hals.

»Im Anschluss werde ich dir die Kehle durchschneiden«, schrie er.

Asael Benavides hatte den Verstand verloren! Chloé und Valentina Luna Navaz stürmten herein.

»Asael!«, rief die spanische Verbindungsbeamtin, die ihn zur Besinnung bringen wollte.

Geving nahm am Rande zur Kenntnis, dass Piet und sie aus Madrid zurückgekehrt waren. Er sprang ebenfalls auf.

»Benavides, beruhigen Sie sich.« Es gelang ihm nicht, sie auseinanderzubringen. Der Hass setzte kaum zu überwindende Kräfte frei.

Der Skorpion grinste den Polizisten frech an. »Leutnant Asael Benavides.« Er ließ weiterhin im Unklaren, ob er sich jetzt erst erinnerte oder ob es die ganze Zeit schon gewusst hatte. »Der brave, ehrliche Kleinstadtpolizist. Der weiße Ritter mit dem fragwürdigen Umgang. Ist *er* etwa auch im Haus?«

Damit konnte nur Salvo Rosales Posada gemeint sein, der reglos und mit verschränkten Armen das Schauspiel von draußen betrachtete.

»Kein Wort mehr!«, brüllte Benavides.

»Wieso?«, fragte Urías ganz harmlos. »Kannst stolz sein auf dich. Rächer aller entrechteten Kinder. Ist doch so, oder etwa nicht?«

Der Verspottete drückte ihm das Messer weiter an die Kehle, ein kleiner Blutstropfen rann den Hals hinunter. »Ich meine es todernst!«

»Na los, mach schon«, forderte er ihn selbstbewusst auf. Er wisperte mit weit aufgerissenen Augen, von denen eine gewisse Faszination für das Geschehen ausging. »Stich zu. Mir tust du nur einen Gefallen damit.«

Benavides ließ von Urías ab und das Messer fallen.

Der Geheimpolizist rückte seine Kleidung zurecht. »Leere Drohungen! Wie damals. Oder ist es dein schlechtes Gewissen, das dich plagt?«

Tinus Geving verfluchte sich innerlich. Er hätte Chloés Hilfe annehmen sollen, anstatt mit Valentinas angeschlagenem Freund gegen Urías anzutreten. Sie wollten *ihn* provozieren, stattdessen hatte er den Polizisten an seinem wundesten Punkt getroffen. Mit Chloé wäre es nicht so weit gekommen.

»Hör endlich auf!«, winselte Benavides und hielt sich die Ohren zu, brach an der Wand zusammen.

Alinas Entführer war ganz obenauf. »Eine schöne Lüge, die hässliche Wahrheit zu verbergen.«

»Schafft Benavides hier raus«, bat Geving Chloé und Valentina.

»Erzähl's ihnen, du Leutnant-Zinnsoldat«, rief Urías ihm hinterher. »Erzähl deinen Freunden, wie du dabei geholfen hast, den Tod der kleinen Kommunistenkatze zu vertuschen!«

Beim Hinausgehen streifte Geving den Provokateur mit einem grimmigen Blick, den der als Belohnung aufzufassen schien.

Kaum hatte er die Tür hinter sich geschlossen, wurde er Zeuge der nächsten Eskalation.

Salvo Rosales Posada, der alles genau mitbekommen hatte, verpasste Benavides einen Kinnhaken. »Du dreckige Pottsau! Ich hab's geahnt! Ich wusste, dass du deine korrupten kleinen Finger im Spiel hattest!«

Der ehemalige Polizeibeamte torkelte zurück und fasste sich an die blutende Unterlippe.

Mit einer gezielten Drehung drückte Geving den Angreifer an die Wand. »Haben denn jetzt alle hier den

Verstand verloren? Das ist genau das, was Urías bezweckt. Er manipuliert, lügt, betrügt und will alle gegeneinander aufbringen.«

»Asael, wie ... wie hat er das gemeint?«, stammelte Valentina verwirrt. »*Was* hast du damals vertuscht?«

Er wagte nicht, ihr in die Augen zu sehen. »Es ist keine Lüge. Es stimmt ...«

22. November 1975

17:23 Uhr

Das Telefon auf seinem Schreibtisch klingelte, er ließ es klingeln. Bestimmt Betancourt, der nahezu ununterbrochen versuchte, ihn zu erreichen. Leutnant Benavides staunte. Wie plötzlich Leute Respekt vor ihm bekommen hatten, die ihn noch vor einer Woche wie Dreck unter den Fingernägeln behandelt hätten.

Er konnte sich darüber nicht freuen. Er empfand gar nichts. Wie betäubt kämpfte er sich durch den Tag. Redete mit niemandem. Mit seiner Familie nicht, mit seinen Kollegen auf der Wache nicht. Auf direktem Weg ging er gebeugt und gezeichnet in sein Amtszimmer, in dem er sich vergrub, nicht gestört werden wollte und den allertrübsten Gedanken nachhing. Wie sollte er es Salvo und Noelia erklären? Im Vorbeigehen vernahm er, wie man im Empfangsbereich das Porträt des neuen Staatsoberhaupts anbrachte. Francos überlebensgroßes Bild wurde nicht etwa abgenommen. Man hängte die viel kleinere Aufnahme des jungen Königs einfach daneben. Der ewige Zweite. Morgen endlich würde der Alte im Valle de los Caídos verscharrt. Zur Hölle mit ihm!

Asael Benavides sah in Gedanken keine strahlendere und lebenswertere Zukunft für sich, er sah Alina. Der Anblick ihres kleinen Leichnams in der Rechtsmedizin hatte sich auf ewig in seine Netzhaut eingebrannt. Er schloss die Augen.

Die Tür zu seinem Zimmer öffnete und schloss sich leise.

»Ich habe gesagt, dass ich nicht gestört werden will.« Welcher seiner Kollegen ...? »Urías!«

Benavides hatte schon vor Stunden das Radio eingeschaltet, um auf andere Gedanken zu kommen. Aus dem Lautsprecher im Hintergrund quäkte blechern der Refrain zu Raphaels Amor mío, der sich in ungekannte Höhen schraubte.

»Bésame, amor mío, bésame.
La lluvia del adiós moja tu cara.
Y lleva sonrisa en tu mirada,
Amor mío, amor mío ...«
Küss mich, meine Liebe, küss mich.
Zum Abschied, regennass dein Gesicht.
Und trage ein Lächeln in deinen Augen,
Meine Liebe, meine Liebe ...
Sein Telefon klingelte abermals.
»Gehen Sie nicht ran?«, fragte Urías.

Wie der Skorpion im schummrig gelben Licht der Deckenlampe so dastand. Nicht einmal den Hut hatte er abgenommen. Leutnant Benavides richtete seine Dienstpistole der Marke Star Model BM auf ihn. Das Klingeln verstummte.

»Na, na. Nun aber hübsch langsam. Wer wird denn gleich bis zum Äußersten gehen?« Amando Verdugo Urías

wirkte erheitert. Er wusste, dass Benavides nicht den Mumm in den Knochen hatte, wirklich abzudrücken.

»Hätte nie gedacht, Sie mal alleine anzutreffen. Sind Ihnen die Hundefänger entlaufen?« Er senkte seine Pistole nicht.

»Dass Sie immer gleich das Schlimmste von mir denken.«

»Es ist alles gesagt. Und jetzt Abmarsch!« Benavides wedelte mit der Waffe Richtung Tür.

»Ich denke nicht.« Urías ging an den stählernen Aktenschrank. Er öffnete eine Schublade, zog die Flasche Anís del Mono und zwei Gläser heraus.

Woher wusste der, wo er seinen Schnaps versteckte? Hatte die Geheimpolizei sein Büro durchsuchen lassen? Mit Flasche und Gläsern kehrte Urías zum Schreibtisch zurück, wo er sie abstellte. Der Skorpion goss sich und Benavides ein, schob ihm ein Glas zu.

Urías knallte die Hacken zusammen. »¡Salud!« Er leerte das Glas in einem Zug, bevor er sich setzte.

Benavides nahm sein Glas und kippte den Inhalt vor Urías' Augen auf der Schreibtischplatte aus, der Dunst des Alkohols verbreitete sich sofort im überhitzten Zimmer. »Sie können mich nicht einschüchtern.«

Der Geheimpolizist zündete sich eine Zigarette an. »Unser letztes Gespräch hat uns beide etwas unbefriedigt zurückgelassen.«

»Ich habe gesagt, was zu sagen war. Ich meine, was ich sage.«

Urías schüttelte den Kopf, machte ein beschwichtigendes Handzeichen.

Benavides legte die Pistole ab.

»Ich bin gekommen, um das Kriegsbeil zu begraben. Sie waren wütend ob des schmerzlichen Verlustes Ihrer …

Bekanntschaft.« Urías zeigte die Zähne. »Mein Herz ist ja nicht aus Stein, ich nehme Ihre Entschuldigung an.«

Unter anderen Umständen hätte Benavides auf diese bodenlose Unverschämtheit reagiert. Er hätte den Mann vom Stuhl gezogen und eigenhändig mit einem Fußtritt hinausbefördert. Doch er stand immer noch unter Schock. »Sie halluzinieren.«

»Geben Sie sich einen Ruck.« Mit scharfem Unterton fügte Urías hinzu: »Einen Angehörigen der Brigada Político-Social zu bedrohen, kann unmöglich Ihr Ernst sein.«

Benavides lehnte sich zurück. Er lachte müde und traurig. »Glauben Sie wirklich, Sie hätten noch Macht über mich? All der Dreck, den ihr über Jahre verzapft habt, er wird ans Tageslicht kommen.« Er holte tief Luft. »Angefangen mit Alina Rosales Magana. Ich werde euch brennen sehen. Mehr noch, ich werde derjenige sein, der euch mit Öl übergießt und das Streichholz entzündet.«

»Sie täuschen sich, aber ich wiederhole mich.«

Benavides erhob sich. »Na und? Was jetzt? Wollen Sie mich in eins Ihrer Geheimgefängnisse werfen? Einen Polizisten? Ich würde ja lachen. Nur ist mir nicht zum Lachen zumute, angesichts meines ... schmerzlichen Verlustes.«

»Sie wollen die Ermittlungen also nicht einstellen.«

»Nur über meine Leiche.«

»Nicht so melodramatisch«, empfahl Urías mit sanftem Säuseln. »Wer sagt, dass es Ihre Leiche sein wird?«

Ein heißkalter Schauer durchfuhr Benavides. Ihm wurde kurz schwarz vor Augen. »Noch eine Drohung.«

»Mehr ein freundschaftlicher Ratschlag. Sehen Sie. Trotz Ihrer Abneigung gegen mich fühle ich mich für Ihr Wohlergehen verantwortlich, lieber Freund. Für Ihr Wohlergehen und das Ihrer Familie.«

»Halten Sie meine Familie da raus!«, empörte sich Benavides.

»Diese ungewisse Zeit«, Urías feixte, »setzt Fliehkräfte frei.«

»Fliehkräfte.«

»Von mir haben Sie nichts zu befürchten«, versicherte der Geheimpolizist.

Benavides glaubte ihm kein Wort. Was hielt dieser Mann in der Hinterhand?

»Ich muss allerdings gestehen, dass meine Kollegen meine Affinität für Sie nicht teilen«, fuhr Urías fort. »Ich bin der Einzige, der Sie schützt. Mal daran gedacht?«

»Ich verzichte auf Ihren Schutz!«

Die Ermahnung folgte der Ablehnung auf den Fuß. »Sie sollten nicht so leichtfertig nur für sich sprechen.« Damit kam Urías zum Punkt, er genoss diese kleinen Vorgeplänkel offensichtlich. »Sie können nicht rund um die Uhr auf Ihre Liebsten aufpassen. Ein Jammer«, er holte ein Foto von Benavides' Tochter hervor, legte es vor ihm auf den Schreibtisch, »wenn ihr etwas zustoßen würde. Die wissen, wo Ihre Tochter zur Schule geht. Und«, der Skorpion zog ein weiteres Foto aus der Mantelinnentasche, »wann und wo Ihre Gattin ihre Einkäufe erledigt, wissen die auch.«

Der Schreck fuhr Benavides durch die Glieder. Er ließ sich auf seinen Stuhl zurückfallen, die Atemfrequenz erhöht.

Amando Verdugo Urías nahm es zufrieden auf. »Sie haben recht, alles verändert sich. Wie gehen Sie damit um?«

Benavides zitterte. »Das würden Sie nicht wagen«, hauchte er.

»Es geht weder um Sie noch um mich. Es geht auch nicht um dieses tote Mädchen. Das können Sie nicht mehr retten.

Ihre Frau und Ihre Tochter hingegen schon.« Er blickte mit gierigen Augen auf das Foto. »Süßer Fratz.«

»Ich habe verstanden«, flüsterte Benavides.

»Was haben Sie verstanden?« Er wollte es aus seinem Mund hören. Wollte hören, dass Amando Verdugo Urías immer noch Macht über ihn hatte.

Benavides musste gehorchen. »Ich werde sofort mit dem Staatsanwalt telefonieren. Nur lassen Sie sie in Ruhe!«

»Es tut mir leid.« Selbstverständlich tat es ihm nicht leid. Asael Benavides hatte das Spiel mitzuspielen. »Ich wollte Ihnen keine Umstände machen. Manchmal hilft eine unbefangene Perspektive.«

»Die Ermittlungen werden eingestellt«, beteuerte Benavides devot.

»Keine Fragen mehr zu Alina Rosales Magana?«

»Nein.«

»Sehen Sie, mein Freund, so schnell kann man zur Vernunft kommen.«

»Hatte ich denn eine Wahl?«

»Das kommt auf die Perspektive an. Immerhin wissen Sie, was gut für Sie ist. Gut für Sie und Ihre Familie.«

»Damit trennen sich unsere Wege.« Benavides kam langsam zur Besinnung. Ihm wurde klar, dass er gerade einen Freund hintergangen hatte, um die eigene Haut zu retten.

Urías stand auf und begab sich zur Tür. »Die Fotos können Sie behalten. Nette Schnappschüsse fürs Familienalbum.«

Im Hintergrund rief Raphael noch immer nach seiner Geliebten.

»Háblame, no me llores, y háblame.
Y piensa que los días pronto pasan ...«
Versprich es mir, weine nicht, versprich es mir.

Und denke daran, dass die Tage bald vorbeigehen …
*»Ziemlich unsensibel«, kommentierte der Skorpion zum
Abschied. »Der Caudillo ist noch nicht unter der Erde und
dieser Mann darf schon wieder auf Sendung. Ich habe dieses Lied nie gemocht.«*

»Valentina, bitte verzeih«, flehte Benavides die Verbindungsbeamtin an und wollte sie in die Arme nehmen.

Valentina Luna Navaz stieß ihn weg. Sie versteifte
sich. Ihre Augen wurden feucht. »Fass mich nicht an!«
Eine Träne lief ihr über die Wange.

Alle standen sprachlos und entsetzt da.

Salvo Rosales Posada fand als Erster die Sprache wieder. »Ich hab's von Anfang an gewusst. Du hast uns nur
etwas vorgespielt!«

»Das ist nicht wahr«, verteidigte sich Benavides. »Ich
habe immer zu euch gehalten. Alinas Mörder wollte ich
genauso am Strick baumeln sehen wie ihr.«

»Vielleicht hast du es am Anfang gewollt. Dann gab's
einen einfacheren Ausweg für dich. Du warst schon immer ein opportunistischer Schwächling.«

»Herrschaften, das genügt«, ermahnte Geving. Er
wollte die wiederholt aufziehende gegenseitige Selbst-
zerfleischung im Keim ersticken. Niemand hörte auf
ihn.

»Was bist du nur für ein Mensch?«, fragte Lisseta. »Du
hast einen Mörder frei herumlaufen lassen! Jetzt hat
dieser Mörder das Leben unserer Tochter in der Hand.
An all dem trägst du die Schuld!«

Geving beschwor sie eindringlich. »Leute! Das bringt
doch nichts.« Umsonst.

»Bete zu Gott, dass sie Alina finden«, drohte Posada. »Ansonsten knüpfen wir dich auf.«

Der ehemalige Polizist versuchte weiter sich zu rechtfertigen. »Ihr wisst doch überhaupt nicht, wie das war! Die haben gedroht, sie umzubringen! Versteht ihr das denn nicht?«

»Das Leben deiner Familie gegen das Andenken meiner Tochter. Ja, du hast dich entschieden. Und es total vergeigt.«

Die Zornesröte kehrte in Benavides' Gesicht zurück. »Hör auf, Salvo! Meinst du, ich hätte mir nicht tagtäglich Vorwürfe gemacht? Was glaubst du, habe ich gesehen, wenn ich in das Gesicht meiner Tochter geblickt habe? Das Gesicht *deiner* Tochter! Was habe ich gesehen, wenn ich meiner Frau im Bett den Dienst versagt habe? *Mein* Versagen!«

»Schlechtes Gewissen. Wohl verdient.«

Benavides ging auf Posada los, der den Angriff abwehrte. »Pass auf, du! Von einem Trinker wie dir lasse ich mir keine Morallektionen erteilen. Deinetwegen habe ich alles verloren, was ich hatte. Meine Frau hat mich verlassen, meine Tochter will nichts mit mir zu tun haben. Alles *deine* Schuld! Konntest es nicht lassen, mit deiner Umtriebigkeit deine eigene Familie ständiger Gefahr auszusetzen. *Du* hast deine Tochter ins Grab gebracht. Und deine Frau! Mich und mein Leben hast du dabei gleich mit ins Verderben gezogen.«

Jetzt sprang Posada Benavides an die Gurgel. »Das nimmst du zurück! Ich bring dich um!«

Die Situation geriet außer Kontrolle. Posada nahm Benavides in den Würgegriff. Benavides setzte sich mit einem kräftigen Tritt in Posadas Schritt zur Wehr.

Schmerzensschreie. Don Belasco wollte dazwischenge-
hen, wurde aber zurückgestoßen. Geving, Chloé und
Piet waren zu Zuschauern degradiert. Sie konnten den
Kampf nicht unterbinden. Valentina stand teilnahms-
los daneben, wirkte wie gelähmt. Geving wunderte
sich, dass sie nicht wenigstens versuchte, die Streiten-
den auseinanderzubringen. Hier wurden handfest of-
fene Rechnungen miteinander beglichen.

Ein gellender Pfiff ging ohrenbetäubend durch den
Empfangsbereich. »Sonst geht's noch, oder was?«

Alle hielten inne und nahmen sofort Haltung an. Der
Pfiff war vom spanischen Justizminister ausgegangen,
Anaías Betancourt. Sogar zu diesem Anlass in feinstem
Zwirn von Adolfo Domínguez gekleidet. Maßgeschnei-
dert.

»Herr Minister«, sagte Lisseta.

Woher kam der so plötzlich? Und wieso erst jetzt?

Betancourt umarmte Alinas Eltern. »Lisseta, Fermín,
es tut mir leid, ich habe gerade mit dem Einsatzleiter
der Guardia Civil gesprochen. Hätte ich geahnt, dass es
einmal Ihr Kind sein würde.« Jetzt erinnerte sich Geving wieder. Valentina hatte erwähnt, dass Alinas Eltern im Justizministerium arbeiteten.

»Was tun Sie hier? Was haben Sie geahnt?«, fragte
Fermín.

Der Minister begrüßte Tinus Geving.

Er ließ sich zu einem knappen Händedruck herab.
»Ich hätte es wissen müssen. Spätestens nach unserem
Gespräch hätte ich es wissen müssen.«

Betancourt blieb kleinlaut, ging darauf nicht ein. Er
wollte Benavides die Hand reichen.

Der schlug sie aus. »Wir haben uns nichts mehr zu sagen.«

»Was geht hier vor? Würde uns bitte jemand aufklären?«, verlangte Fermín zu erfahren.

Valentina hatte ihre Schockstarre überwunden, wischte sich Tränen aus den Augen. Sie schniefte, dann hatte sie die Sprache wiedergefunden. »Unser Justizminister ... der erhabene Anaías Betancourt. Des Königs bester Mann. Unser zukünftiger Regierungschef. *Er* trägt die Hauptverantwortung.«

Gebannte Stille.

»Hauptverantwortung? Wofür denn bloß?«, fragte Fermín.

Valentina versuchte es, sie brachte es nicht fertig. »Piet, erzähl du es ihnen.«

Piet Veenstra fasste zusammen, was alles zutage gekommen war. Die von Betancourt sabotierten Ermittlungen. Die sechs weiteren Opfer. Dass er den Täter gekannt, ihm zur Flucht verholfen, ihn nicht an die Chilenen ausgeliefert habe. All das um der eigenen Karriere willen.

Lisseta fiel fast in Ohnmacht. Don Belasco holte einen Stuhl für sie heran und half ihr, sich zu setzen.

»Ist das wahr?«, sprach sie zu sich selbst. »Ich glaube das nicht. Kann das sein? Das kann alles nicht sein.«

»Doch, so war's«, bekräftigte Benavides.

Sie sah zum Minister auf. »Wenn das rauskommt, können Sie sich Ihres Lebens nicht mehr sicher sein.«

»Und sollte Alina etwas zustoßen, werde ich derjenige sein, der Ihrer verlogenen Existenz ein Ende bereitet«, stellte Fermín klar.

»Das tut jetzt nichts zur Sache«, erwiderte Betancourt.

Asael Benavides lachte zynisch auf. »Das Spiel ist aus, Betancourt! Sie und ich werden dafür bluten müssen.«

»*Ich* werde dafür meinen Kopf hinhalten, Benavides, nicht Sie.« Und an Valentina gewandt: »Alles geschah auf meine Veranlassung. Ihren Freund trifft keine Schuld. Wir waren jung und großspurig genug zu glauben, alles würde sich über Nacht ändern. Dabei hat sich nicht viel geändert. Wir haben der Sache nur einen neuen Anstrich verpasst.«

Geving begriff plötzlich, was Urías gemeint hatte. »Eine schöne Lüge, die hässliche Wahrheit zu verbergen.«

»Entscheidend ist vielmehr, wie wir weiter vorgehen sollen«, sagte Betancourt. »Die Suchaktionen in Nueros, Ordaliego und Vallgorguina wurden ohne Erfolg abgeschlossen. Jetzt müssen wir auf die Hundestaffel hoffen.«

»Wie hoch sind Alinas Chancen?«, erkundigte sich Don Belasco.

»Piet?«, forderte Geving seinen niederländischen Kollegen auf.

»Es gibt keine absoluten Zahlen. Wir sind längst nicht so weit.«

»Piet, bitte. Lisseta und Fermín haben Anspruch darauf, es zu erfahren. Du würdest es an ihrer Stelle auch wissen wollen.«

Piet biss sich auf die Unterlippe, bevor er sich überwinden konnte. Zaudernd kalkulierte er. Alles hinge vom Wetter ab. Bei den aktuellen Witterungsbedingungen könne seiner Einschätzung zufolge ein Mensch nach drei bis vier Tagen verdursten, nach acht Tagen verhungern. Aber Alina sei ein Kind, so lange könne sie nicht durchhalten. Bevor Hunger und Durst auftreten würden, wäre sie längst erfroren.

»Optimistisch geschätzt bleiben uns vielleicht vierundzwanzig Stunden. Pessimistisch geschätzt ein halber Tag.« Er wagte nicht, Alinas Eltern in die Augen zu schauen. »Und niemand kennt ihre körperliche Verfassung. Niemand – außer Urías.«

»Zwölf Stunden«, hielt Geving fest.

Lisseta sprang auf und stürmte zur Überraschung aller in den Aufenthaltsraum. Amando Verdugo Urías wirkte zum ersten Mal ernsthaft überrumpelt.

»Ich bitte Sie«, flehte sie ihn auf Knien an, »geben Sie uns unsere Tochter wieder!«

Ihre Freundin eilte herbei. »Lisseta, tu dir das nicht an!«

Valentina wollte ihr aufhelfen, sie schlug ihre Hand aus. Wieder zu Urías: »Bitte! Wir kennen uns nicht. Von uns haben Sie nichts zu befürchten. Wir lassen Sie in Ruhe. Ich flehe Sie an als Mutter, lassen Sie mich Alina in die Arme schließen.«

Urías fand schnell zu seiner narzisstischen Überheblichkeit zurück. Er hatte nichts als Spott und Hohn für die Bitten der leidenden Mutter übrig. »Armselig!«

Geving und Fermín zerrten Lisseta von Urías fort. Sie schlug und trat wie entfesselt um sich, halb dem Wahnsinn verfallen. »Nein, lasst mich!«

Sie ließen sie nicht. Belasco übernahm für Geving und schaffte zusammen mit Fermín die an ihrem seelischen Schmerz zugrunde gehende Mutter fort. Ihre markerschütternden Schreie hallten durch das ganze Revier.

»Geving, ich möchte mit Urías sprechen«, verlangte Betancourt.

Geving bemühte sich angesichts des Dramas, die Fassung zu bewahren. Langsam zeigte seine westfälische Abgeklärtheit erste Risse. Ihm fiel kein Grund ein, Betancourt nicht zu Alinas Entführer vorzulassen. »Ihr Wunsch, Ihr Risiko.«

01:16 Uhr

Draußen wütete der Sturm immer heftiger. Alina konnte erkennen, wie der große Baum vorm Fenster bedenklich hin und her wankte. Er knackte und ächzte. Sie schreckte zurück! Ein loser dürrer Ast riss los, wurde gegen das Fenster gepeitscht. Und noch einer. Sehr viel größer.

Ein teuflisches Heulen toste durchs ganze Haus und hatte das letzte bisschen Wärme vertrieben. Alina kroch unter die Bettdecke. Wie alt und muffig sie roch. Der Gestank war ihr egal, dafür fror sie viel zu sehr.

Sie starrte an die Decke. Das Knacken und Knarzen vor dem Fenster wurde immer lauter. Regen trommelte aufs Dach. Mit voller Wucht warf sich der Wind gegen das Haus und in den Baum. Wieder und wieder. Mit jedem Mal wurde es stärker.

Immer noch nicht so stark wie Alinas Herzschlag. Sie konnte ihn deutlich spüren. Angst! Würde sie Mama und Papa jemals wiedersehen?

Alina hörte erst ein Grollen, dann ein Bersten. Kam es vom armen Baum? Ja, ganz bestimmt. Wieder schlug es kleine abgebrochene Äste gegen das Fenster.

Es blitzte und donnerte. Gewitter! Einmal. Zweimal. Ein greller Blitz blendete Alina, gefolgt von einem Knall und einem dumpfen Schlag.

Das Fenster zersprang. Unwillkürlich duckte sie sich weg, kleine und große Scherben flogen ihr um die Ohren. Sie wagte es aufzusehen. Das ganze Zimmer war übersät mit zerbrochenem Glas. Vorsichtig tastete sich Alina zum Fenster heran. Der Boden unter ihr knirschte, sie musste aufpassen, dass sie sich nicht an den scharfen Scherben verletzte. Jetzt sah sie es. Ein abgebrochener Ast, dicker als der Umfang ihrer Arme, stach durch das Fenster in den Raum hinein. Damit nicht genug. Der vom Blitz getroffene Baum stand ganz schief!

Ein Gedanke schoss ihr durch den Kopf. Nein! Es war zu hoch. Alina hatte doch Angst davor. Sie konnte nicht klettern, und sie wollte nicht springen.

Der Regen prasselte ihr ins Gesicht, der Pony klebte ihr schon an der Stirn.

»Autsch!«

Jetzt hatte sie sich geschnitten! Blut lief ihr über den Handrücken. Sie spürte es kaum, es tat nicht weh. Dafür wurde ihr immer kälter, ihre Kleidung durchnässte. Sie kroch zurück unter die Bettdecke. Alina merkte die Verletzung nicht, denn sie konnte ihre Finger nicht mehr spüren.

Policía Local
Puerta Nueva, 1
Alfarnatejo
01:22 Uhr

Amando Verdugo Urías kannte den Justizminister, der Justizminister kannte ihn. Wenn Urías nur dieses ekelhafte Grinsen sein lassen könnte. Geving und Betancourt nahmen Platz.

Der Minister machte den Auftakt. »Warum tun Sie sich und uns nicht den Gefallen und gestehen?«

»Ich habe nichts zu gestehen. Nichts, was Sie nicht bereits wüssten.« Dünnes Lachen. Husten.

»Die Zeiten sind andere.«

Urías atmete schwer. Jeder Atemzug ein Pfeifen und Röcheln. »Vielleicht. Aber Leute wie Sie und ich, die ändern sich nicht. Was mich an eine kleine Geschichte erinnert.«

»Keine Geschichten mehr, Urías!«

Geving gebot dem Minister zu schweigen. »Lassen Sie ihn ausreden.«

Der ehemalige Geheimpolizist warf Betancourt einen tadelnden Blick zu. »Der Kriminalhauptkommissar ist schlauer als Sie.« Er widmete seine Aufmerksamkeit wieder Geving. »Wahrscheinlich kennt er die Geschichte.«

»Tue ich das?« Gelang es ihm, den Mann doch aus der Reserve zu locken?

»Meine Zigaretten.«

Geving gestand sie ihm zu.

Der Skorpion zündete sich eine Zigarette an, nahm einen genüsslichen Zug, blickte dem blauen Dunst lange hinterher. »Lustige kleine Anekdote. Ein Trompeter wurde von einem empörten Kollegen einmal gefragt: ›Morgens spielst du für die Kommunisten, abends für Franco. Denkst du dir denn gar nichts dabei?‹ Der Trompeter antwortete: ›Betrachte es aus meinem Blickwinkel. Egal ob Kommunisten oder Franco, die Marschmusik bleibt die gleiche.‹« Dämonisches Gelächter.

»Geschmacklos«, kommentierte Betancourt.

Urías verflog jedes Grinsen. Schlagartig gereizt sagte er: »Getroffene Hunde bellen. Der kleine Trompeter sind Sie! Sie dienen sich jedem an. Für Ihre Karriere würden Sie sogar über Leichen gehen. Dafür *sind* Sie über Leichen gegangen.«

»Interessant«, befand Geving, »langsam nähern wir uns dem Kern.«

»Wenn Sie Ida Badillo, Blanca Rubio, Belona Preciado, Norma Alanis, Ariela Reséndez und Stella Almaraz meinen, da gibt es nichts zu gestehen. Ich war's.«

Tinus Geving glaubte sich verhört zu haben. Würde er endlich auspacken? »Wie haben Sie es getan?«

Der Skorpion schwieg vielwissend. Er genoss es ganz offensichtlich, im Mittelpunkt zu stehen.

»Sie haben sich an ihnen vergangen«, sagte Geving. »Nur vaginal. Nicht anal, denn darauf stehen Sie nicht.«

»Ich habe das nie verstanden. Was finden die Leute nur an den Arschlöchern von Frauen?«

Geving analysierte weiter. Schonungslos und gründlich. »Sie haben es gar nicht erst drauf ankommen lassen. Eventuellen Widerstand erstickten Sie sofort im Keim, indem Sie Ihre Opfer ruhigstellten. Vorzugsweise mit Softenon. Denn das war doch Ihre Wunderdroge, oder täusche ich mich?«

Der Geheimpolizist klatschte vor kindlichem Vergnügen in die Hände. »Als wären Sie selbst dabei gewesen. Haben Sie vielleicht auch …? Schämen Sie sich nicht! Wir haben alle unsere kleinen Laster.« Er sondierte sein Gegenüber genau. »Nein. Sie stehen auf reifere Frauen. Nicht in Ihrem Alter, würde ich behaupten, eher etwas jünger. Sie können es verbergen, wie Sie wollen, Gleichberechtigung in der Beziehung ist Ihre Sache nicht. Sie leben viel zu gerne Ihre Beschützerrolle aus. Denn Sie genießen es, gebraucht und vergöttert zu werden. Wer ist es?« Er hob den Zeigefinger. Eine brutal um Aufmerksamkeit heischende Geste, die Geving aus den Erinnerungen von Urías' Opfern heraus bekannt vorkam. »Ah, ich weiß schon. Die französische Dirne.« Irres, von Husten unterbrochenes Lachen. Fast ein Gackern.

Jedes Wort stimmte. Jedes Wort saß und traf. Tinus Geving blendete die schmerzhaften Schläge aus. Er empfand nichts. Taubheit. Der Skorpion erwies sich als exzellenter Menschenkenner. Ein begnadeter Beobachter, dem es innerhalb kürzester Zeit gelang, die Abgründe seines Gegenübers auszuloten, auszunutzen, zutage zu fördern und die seelisch Leidenden mutwillig zu zerstören. Ein Geheimpolizist wie geschaffen für seinen Beruf. Unter anderen Umständen hätte er einen Ermittler abgegeben, der Geving ebenbürtig gewesen wäre. Doch Urías' dissoziative Persönlichkeitszüge verhinderten genau das.

Es gelang Geving, die ihm eigene westfälische Kaltblütigkeit aufrechtzuerhalten. Nichtsdestoweniger erwischte er sich bei dem Gedanken, wie sich wohl Chloé in diesem Moment fühlen mochte, die ohne Zweifel jedes Wort mitbekam. Es stimmte. Tinus Geving hatte ein gestörtes Verhältnis zu gleichaltrigen Frauen. Machte ihn das zum Monster? Er fühlte sich entblößt.

Nein, bloß nicht in die Defensive drängen lassen! Das ist genau das, was er erreichen möchte.

Sollte der Skorpion ruhig das Gefühl haben, die Oberhand zu behalten.

Anaías Betancourt sah aus, als müsste er sich jeden Augenblick übergeben. Tinus Geving vernahm mit einer gewissen Schadenfreude, dass der Justizminister endlich mit den vollen Konsequenzen seines Handelns konfrontiert wurde.

Er sprach weiter, als wäre nichts gewesen. »Zurück zu den sechs verschwundenen Mädchen. Als Ihnen die jungen Opfer zu nichts mehr nütze sein konnten – entweder aus Entkräftung oder weil Sie sie fast verdursten ließen –, haben Sie sie erwürgt, ihnen nach endloser Zeit des Leidens einen schnellen Tod bereitet. Einen schnellen Tod, keinen angenehmen.«

»Wozu ihr Leiden in die Länge ziehen?«, erwiderte Urías ohne Anzeichen von Reue. »So junge Menschen sind nur ... begrenzt belastbar.«

»Was haben Sie dann mit ihnen gemacht? Wie haben Sie sich ihrer entledigt? Wo sind ihre Leichen?«

»Ich weiß was, das Sie nicht wissen.« Geltungssüchtiges Schweigen.

»Und Alina Rosales Magana?«, fragte Geving betont sachlich. Je mehr Alinas Entführer aus sich herausging, desto ruhiger wurde er. Sollte sich sein Gegenüber noch für eine Weile in Sicherheit wiegen.

»Die schmeckte besonders köstlich. Ein Genuss!«

Was bezweckte der Mann mit dieser jähen Wende? Wurde er müde?

»Was war so anders an ihr?«

»Was sollte so anders an ihr gewesen sein? Nichts.«

»Warum haben Sie sie dann im Wald abgeworfen? Wollten Sie ein Exempel statuieren?«

»Aber, aber, Herr Kriminalhauptkommissar! Ihre Fantasie geht mit Ihnen durch. Vielleicht sind Sie doch genauso veranlagt wie ich und gestehen es sich nur nicht ein?«

Wieder parierte Geving mit Ignoranz. »Ich verstehe jetzt, glaube ich.«

»Endlich! Bisher habe ich Sie für einen typischen Vertreter Ihrer Sorte gehalten. Ohne jede Vorstellungskraft.«

Ein Widerspruch zum zuvor Gesagten. Ja, Urías begann, sich in den Widersprüchen seiner eigenen Argumentation zu verfangen. »Der Tod Ihres obersten Dienstherrn hat Sie so kalt erwischt, dass Ihnen keine Zeit mehr blieb, Ihre Spuren zu verwischen. Nicht wie bei Ihren anderen Opfern. Sie haben die falsche Fährte gelegt. Sie wollten es so aussehen lassen, als wäre Alina entlaufen.«

»Hätte fast funktioniert.«

»Ihnen war bewusst, dass man über die verschwundenen sechs Mädchen schnell auf Sie kommen würde. Schließlich standen alle Opfer unter Ihrer persönlichen Obhut. Daher haben Sie die erstbeste Gelegenheit genutzt, das Land zu verlassen.«

»Mit allzu williger Beihilfe. Nicht wahr, Herr Minister?« Er zwinkerte Betancourt respektlos zu. Wieder zu Geving: »Wissen Sie, mit jungen Mädchen ist es wie mit Konfekt. Sie können nicht genug davon bekommen. Doch mit einem Mal wird Ihnen schlecht, Sie haben sich überfressen. Alina war süß wie Honig. Irgendwann zu süß.«

»Sie sollten vorsichtig sein. Ihr Vater steht vor der Tür und hört zu.«

Schulterzucken. »Wenn schon. Ich habe mächtigen Schutz.« Das steckte also dahinter. Der Skorpion schickte sich zum Rundumschlag gegen Betancourt an.

Nur zu.

»Warum jetzt? Wieso gestehen Sie jetzt?«

»Stellen Sie keine Fragen, deren Antwort Sie nicht längst kennen«, herrschte Urías ihn an. »Ich bin noch nicht senil! Betrachten Sie es als mein Abschiedsgeschenk. Mir bleibt nicht mehr viel Zeit. Ich bin klein, mein Herz ist rein«, lästerte er. Mit ätzendem Sarkasmus: »Da können Sie einen Riesenerfolg für sich verbuchen. Endlich haben Sie das Schicksal dieser bedauernswerten Kreaturen aufgeklärt. Sieben auf einen Streich. Es wird keine Folgen haben.«

»Die Amnestiegesetze.«

»Womit wir beim kleinen Trompeter wären.«

Anaías Betancourt schlug mit der Hand auf den Tisch. »Jetzt reicht es aber!«

Der Skorpion ignorierte den Justizminister. »Er reagiert darauf ziemlich empfindlich.« Wieherndes Auflachen, gefolgt von langem Husten. »Was glauben Sie, wer die Amnestiegesetze mitverfasst hat?«

»Das hatte nichts, aber auch gar nichts mit Ihnen zu tun, Urías!«, ereiferte sich Betancourt.

»Oh, das hat es durchaus. Sie haben mich damals gedeckt, weil Sie nicht ausschließen konnten, dass man mich überführen würde. Schließlich ging es um mein Privatvergnügen.«

Wie er das sagte. Geving kam die Galle hoch.

»Dann wäre aufgefallen, dass Sie diese Fälle von Anfang an mutwillig verschleppt haben«, redete er weiter. »Als Staatsanwalt waren Sie die Inkompetenz in Person. Das wäre Ihr Karriereaus gewesen. Vielleicht hätte man sogar Sie zur Verantwortung gezogen. Mitgefangen, mitgehangen. Indem Sie mich gedeckt haben,

haben Sie sich selbst gedeckt. Und sehen Sie, wie weit es Sie gebracht hat, Sie kleiner Trompeter.«

Jetzt musste Tinus Geving an sich halten. Nicht wegen Amando Verdugo Urías, sondern wegen Betancourt. Ihm hätte er am liebsten den Schädel eingeschlagen. All das war geschehen, damit sich Anaías Betancourt am Ende seinen eigenen »Persilschein« ausstellen konnte! Aufs Neue wurde ihm vor Augen geführt, warum er Politik so verabscheute. Betancourts Sünden der Vergangenheit wollte Geving nicht länger auswälzen. Er hatte erlebt, wohin Urías' plötzlicher Anfall von Offenheit Posada und Benavides gebracht hatte. Jetzt wollte er nicht auch noch den Minister der Meute überlassen. Es würde ohnehin früh genug geschehen. Er ließ ihm keinen Spielraum mehr für Ablenkungsmanöver und Nebelkerzen.

»Trotzdem, meine Frage bleibt: Wo ist Alina Rodriguez Salgado? Was haben Sie mit ihr gemacht?«

Der Geheimpolizist reagierte enttäuscht, wahrscheinlich wollte er seine Erzählkünste ausgiebiger gewürdigt sehen. Ein weiteres Anzeichen zunehmender Schwäche. »Sie haben keine Beweise, Herr Kriminalhauptkommissar. Ohne Beweise«, er machte eine Geste, die einen Knall darstellen sollte, »puff!«

»Weswegen wir Sie trotzdem nicht gehen lassen. Es gäbe da noch eine Kleinigkeit.« Zeit für Geving, seine Asse aus dem Ärmel zu ziehen. Er legte Alinas Entführer Anklageschrift und Auslieferungsersuchen der chilenischen Regierung vor. »Ich denke, Sie hatten genug von Süßigkeiten?«

Urías studierte die Dokumente eingehend. Sichtlich aufgedreht sagte er: »Ja, das klingt nach mir. Und?«

Nicht ganz die Reaktion, die sich Geving erhofft hatte. »Ich mache Ihnen ein Angebot. Sie gestehen jetzt, dafür liefern wir Sie aus Gesundheitsgründen nicht aus. Europol übergibt Ihren Fall der spanischen Justiz, wo Sie es den Rest Ihrer Tage recht bequem haben werden. Der Teufel, den Sie kennen. In Chile wird man Sie nicht mit Samthandschuhen anfassen.«

»Ein verlockendes Angebot. Ich befürchte, unser kleiner Trompeter hier wird ablehnen«, wies Urías den Vorschlag zurück. »Dann käme nämlich heraus, dass *er* Verschleierung betrieben hat. Alle fragen nach den Gründen, sieben tote Mädchen schreien aus ihren Gräbern ... Soll ich fortfahren? Ein Justizminister, der die eigene Justiz behindert? Ein Skandal! Den kann sich Spanien gerade nicht leisten. Oder glauben Sie, die Menschen in Barcelona gehen nur auf die Straße, um die Sonne zu genießen?«

»Das Angebot steht«, garantierte Anaías Betancourt. »Der Rest ist nicht Ihr Problem.«

Tinus Geving wurde stutzig. Hatte Betancourt etwa einen Plan im Kopf, wie er sich aufs Neue freikaufen könnte?

Piet Veenstra klopfte an die Fensterscheibe und winkte sie zu sich hinaus.

»Ihr beißt auf Granit, Tinus«, sagte er kurz darauf.

»Wir haben Urías einen Deal vorgeschlagen. Alinas Aufenthaltsort gegen die Zusicherung, dass er nicht nach Chile ausgeliefert wird.«

»Ein Deal mit dem Teufel ist kein Deal, Tinus.«

»Er scheint es nicht einmal in Erwägung ziehen zu wollen«, beschwerte sich Betancourt.

»Wir haben vielleicht was. Der Pfarrer möchte mit dir sprechen.«

Unterwegs suchte Geving instinktiv Chloés Blick. Die wich ihm aus. Seine Befürchtungen bestätigten sich, sie hatte jedes Wort mitbekommen.

Belasco Etxeberria saß mit Salvo Rosales Posada etwas abseits im Empfangsbereich des Reviers. Noch müder als zuvor. Sein gesundes Auge war stark gerötet, wodurch das künstliche Auge herausstach.

»*Homo homini lupus.*« Don Belascos Blick wanderte hinüber zum Aufenthaltsraum.

»Der Mensch ist des Menschen Wolf«, übersetzte Geving. »Er ist kein Wolf. Er ist ein Skorpion. Er kann nicht anders.«

»Was meinen Sie?«

»Es gibt da die alte Fabel. Ein Frosch hilft einem Skorpion über den Fluss, weil er nicht schwimmen kann. Auf der halben Strecke sticht der Skorpion den Frosch. Der Frosch fragt: ›Warum hast du das getan? Jetzt sterben wir beide!‹ Darauf der Skorpion: ›Es ist meine Natur, ich kann nicht anders!‹«

Der Pfarrer verstand. »Ich habe noch nie einen Menschen getroffen, der nichts Menschliches in sich hat. Dann bin ich Amando Verdugo Urías begegnet.«

»Er ist bereit, zu sterben und Alina mit ins Grab zu nehmen.« Tinus Geving bemühte sich um Geduld, befürchtete allerdings, dass es ihm kaum noch gelang. »Don Belasco, können Sie weiterhelfen?«

»Ich habe Ihnen sehr lange zugehört. Ihnen und ihm. Dabei kehrten Dinge zurück. Dinge in meinem Kopf. Erinnerungen, von denen mir bis eben nicht bewusst war, dass ich sie habe.«

Ort unbekannt
Zeit unbekannt

Immerhin konnte er die Tageszeiten unterscheiden. Hoch über ihm, knapp unterhalb der Decke, befand sich ein schmales Kellerfenster, das er nicht erreichen konnte. Wohl eine ausgebaute Kohlenklappe, vor die man milchig gewordenes minderwertiges Glas gesetzt hatte.

Noch zählte er die Minuten, Stunden, Tage. Noch hielt er den »Befragungen« stand. Zwei angebrochene Rippen, ein angerissenes Zwerchfell, Blessuren, Schürfwunden und blaue Flecke. Belasco spürte das unangenehme Ziehen in seinem Körper. Er konnte sich nur mit Mühe aufrichten. Sein Körper bestand aus Schmerz. Zwischenzeitlich wurde der Schmerz so stark, dass er in die Bewusstlosigkeit abrutschte. Sie holten ihn sofort wieder zurück, übergossen ihn mit eiskaltem Wasser. Sie gönnten ihm die kurze Erholung nicht. Er saß nackt und frierend in seiner Zelle. Doch er war am Leben und ansonsten unversehrt. Alles in allem ging es ihm den Umständen entsprechend gut.

Belasco Etxeberria hatte nicht herausfinden können, wohin sie ihn verschleppt hatten. Draußen war es bereits dunkel. Er horchte genauer hin. Da! Ein dumpfes Grollen. Ein lang gezogener Pfeifton. Eine Eule? Nein, kein Tier. Ein Pfeifen wie auf einer sehr hohen Blockflöte. Es kam von draußen. Ein Quietschen, ein Dröhnen, in Intervallen auf- und abebbend. »Klack-klack.«

Stoßgeräusche von schwerem Stahl gegen Stahl. Wie ein Hammer, der auf den Amboss fällt. Kettenrasseln. Wieder Stoßgeräusche.

»Klack-klack, klack-klack, klack-klack.«

Ein Signalhorn. Es dauerte, die Höreindrücke zusammenzusetzen. Jetzt war er sich sicher. Vor seinem Verlies verliefen Bahngleise. Was er hörte, mussten die Geräusche rangierender Züge sein.

Und da war noch etwas anderes. Belasco glaubte zunächst zu halluzinieren. Ein Summen? Töne. Eine Melodie. Eine schüchterne, traurige, schwache Melodie. Nein, er halluzinierte nicht. Er konnte sie hören. Er kannte das Lied. »Dale, dale, dale.

No pierdas el tino.

Porque si lo pierdes,

Pierdes el camino.«

Belasco konnte mitsummen. Jemand war hier mit ihm. Ein Kind. Ein Mädchen – Alina!

Schließgeräusche. Die Tür wurde aufgestoßen.

»Belasco Etxeberria. Eine Herausforderung.«

»Herr im Himmel! Dort ist es geschehen. Dort hat er sie vergewaltigt! Ermordet?« Belasco schlug die Hände vor den Mund. »Ich bin dort gewesen. Wieso erinnere ich mich jetzt? Warum hatte ich daran keine Erinnerung?«

Beruhigend sprach Tinus Geving auf ihn ein. »Sie wissen nicht, wie lange man Sie dort interniert hat. Bei den Misshandlungen und Verletzungen, die Sie zu ertragen hatten, grenzt es an ein Wunder, dass Sie noch leben. Da sind Erinnerungsverfälschungen nichts Ungewöhnliches.«

Der Pfarrer von Alfarnatejo ließ es nicht gelten. »Ich bin dort gewesen, hätte mich erinnern können. Wir hätten sie retten können.« Heftiges Kopfschütteln. »Salvo ...«

»Wir müssen uns damit abfinden«, beschwichtigte Posada ungewöhnlich milde. »Sie hätten nichts tun können, Sie haben genug getan.«

Geving zog aus Belascos Informationen sehr schnell seine Schlussfolgerungen. »Wir brauchen eine Karte der Umgebung!«

Valentina Luna Navaz kam der drängenden Aufforderung am zügigsten nach. Sie faltete einen Plan aus, um den sie sich zusammen mit Chloé, Piet, Benavides und dem Justizminister versammelten.

»Wir suchen nach einem Ort entlang einer Bahnstrecke«, eröffnete Geving den Umstehenden.

Valentina war perplex. »Es gibt hier weit und breit keine Bahnstrecke.«

»Nicht mehr«, korrigierte Benavides. »Es gab eine Stichstrecke nach León. Die wurde vor Jahren schon stillgelegt.«

Chloé überprüfte die Karte. »Hier ist keine solche Strecke verzeichnet.«

»Weil sie bereits abgebaut wurde«, sagte der pensionierte Polizist.

»Dann hilft uns dieser Plan nicht weiter.« Piet schien die Gedanken seines Vorgesetzten lesen zu können. Die Vorzüge langer Zusammenarbeit. Er öffnete sein Notebook und verband sich mit den Datenbanken von Europol. »Wir haben ein digitales Kartenarchiv. Für den Fall der Fälle.«

Er arbeitete, so schnell er konnte. Angesichts Alinas verzweifelter Lage konnte es trotzdem nicht schnell genug gehen. Es herrschte angespanntes Schweigen. Dann die Erlösung.

»Ich habe hier eine Karte aus dem Jahr neunzehnhundertsiebenundsechzig gefunden.«

Geving zog den Pfarrer zurate. »Sind Sie sich sicher, dass es eine Bahnstrecke war?«

»Ich vernahm deutlich die Rangiergeräusche. Und dieses Klacken. Weichen vielleicht. Ein Bahnhof.«

Piet grenzte die Suche entsprechend ein. »Diese Karte verzeichnet fünf Stationen zwischen Alfarnatejo und León.«

»Irgendeine in direkter Umgebung?«, fragte Geving.

»Nur Alfarnatejo, Tinus. Die nächsten Stationen lagen erst in der Ebene.«

»Was, wenn es kein normaler Bahnhof war?«, warf Chloé ein.

Don Belasco dachte nach. »Es waren Rangiergeräusche, ich bin überzeugt.«

»Kein Personenbahnhof. Ein Güterbahnhof? Gab es hier Industrie?«

»Eine alte Erzmine«, bestätigte Benavides. »Ging noch vor der Bahnstrecke außer Betrieb.«

»Die Erzmine!«, entfuhr es Anaías Betancourt. »Pascualgrande!«

»So hieß die Schachtanlage«, sagte Benavides.

Der Justizminister fasste sich an den Kopf. »Urías sprach immer wieder von diesem Ort. Ich habe nie verstanden, was er damit meinte.«

Geving blickte Piet über die Schulter. »Taucht dieser Ort irgendwo auf der Karte auf?«

»Einen Augenblick«, er gab die Suchparameter ein, »ja! Teufel noch mal. Eine Stichstrecke von der Stichstrecke. Kein Bahnhof, aber definitiv Gleise, die in

Pascualgrande enden. Tinus, das sind fast dreißig Kilometer von hier! Da hätten wir lange suchen können.«

Geving nickte. »Dort muss es sein. Das vierte Geheimverlies.«

Betancourt verschlug es den Atem. »Er hat seine Opfer in Pascualgrande vergraben!«

Er fackelte nicht lange. »Valentina, alle verfügbaren Einsatzkräfte der Guardia Civil rücken ab nach Pascualgrande. Auch die Suchhunde.«

Die spanische Verbindungsbeamtin wollte sich vergewissern. »Können wir uns sicher sein, Tinus?«

»Nichts ist sicher, bis es feststeht, Valentina.«

»Was geschieht mit Urías?«

»Jetzt konfrontieren wir ihn mit den Fakten«, knurrte Geving.

03:04 Uhr

»Mama, Papa, wartet!«

Ihre Eltern taten ihr den Gefallen nicht. Sie kam einfach nicht hinterher. Alina rannte und rannte, doch sie rührte sich nicht vom Fleck. Sie klebte am Boden fest. Mama und Papa verschwanden hinter einer Bergkuppe.

Alina stand allein auf einer engen Lichtung im finsteren Wald. Bäume schlossen ein düsteres Dach über ihr. Die Wipfel neigten sich immer weiter zu ihr herunter, erdrückten sie. Alina zog den Kopf ein. Totenstille. Schweigen. Dichter Nebel stieg auf. Die Bäume verschwanden. Alina sah nichts mehr außer weißer beklemmender Stille. Vorsichtig ging sie weiter.

»Mama? Papa?«

Nichts. Keine Antwort. Neben ihr ein Rascheln. Ganz kurz nur. Es kam näher. Direkt hinter ihr! Sie drehte sich ruckartig um. Wieder nur Bäume. Etwas hing in ihnen. Piñatas. Der Nebeldunst verzog sich langsam und gab zwei Schattengestalten frei.

»Da seid ihr ja endlich.« Alina atmete auf.

Keine Antwort. Sie hatten ihr den Rücken zugekehrt.

»Mama? Papa?«, fragte sie bange.

Sie standen da wie angewurzelt. Alina ging um sie herum. Wieder sah sie nur die Rücken ihrer Eltern.

»Hört auf!« Sie begann, im Kreis um sie herumzulaufen. Es änderte nichts. »Das ist nicht lustig, ihr seid gemein!«

Endlich drehten sie sich um. Es waren nicht ihre Eltern! Alina wurde ganz heiß. Sie hatten sein Gesicht. Der Elefantenmensch! Ein Schlürfen und Röcheln.

Alina wollte fliehen. Es ging nicht. Sie lag auf dem Rücken, schlug um sich. Die Elefantenmenschen beugten sich über sie. Sie zappelte, strampelte. Mit riesigen Pranken griffen sie nach ihr. Alina schrie ...

... und fuhr hoch. Schweißgebadet. Sie atmete hektisch. Das Herz schlug ihr bis zum Hals. Alina lebte noch. Alles war bloß ein böser Traum gewesen.

Sie bibberte am ganzen Körper. Es war viel zu kalt. Alina wollte aufstehen. Sie konnte nicht, sie hatte keine Kraft mehr. Auch ihre Füße spürte sie nicht mehr. Ihr wurde wieder heiß. Sie war so müde. Ihre Augen fielen zu. Alina wollte nicht mehr. Nur noch Ruhe.

»Mama? Papa?«

Schwärze.

Policía Local
Puerta Nueva, 1
Alfarnatejo
03:07 Uhr

»Nun, Señor Urías, Sie hatten Zeit, über unser Angebot nachzudenken. Ihre Antwort?«

»Sie haben nichts anzubieten, ich habe nichts zu geben.«

Tinus Geving hoffte inständig, dass sie Alina wirklich finden würden. Wenn sie sich nur nicht täuschten! Das Vorgehen des Geheimpolizisten blieb komplex und war mit auf Vernunft basierender Logik kaum nachzuvollziehen. Hoffentlich keine Sackgasse in diesem pathologischen Labyrinth. Geving mochte überhaupt nicht daran denken, was ein Fehlschlag auch für ihn bedeuten würde. Er hatte noch niemals verloren. In Alinas Fall waren sie zum Sieg verdammt.

Geving vergewisserte sich ein letztes Mal. »Alles, was ich brauche, ist ein Name. Wo ist Alina Rodriguez Salgado?«

Wie zu erwarten, keine Reaktion. »Ich muss Ihnen mein Kompliment aussprechen. Unter anderen Umständen hätten Sie einen exzellenten Geheimpolizisten abgegeben. Allein es fehlt Ihnen der Wille zur physischen Konditionierung.«

Geving gab sich scheinbar geschlagen. »Da kann man wohl nichts machen.« Er stand auf, ging zur Tür. Wohl wissend, dass der Skorpion ihn verwirrt anstarrte und sich womöglich fragte, ob es das gewesen sein sollte. Geving bereitete sich auf den entscheidenden Spielzug vor. »Gestatten Sie eine allerletzte Frage?«

»Bitte.«

Er nahm wieder Platz. »Wo haben Sie es getan?«

Urías schnaufte angewidert. »Netter Versuch.«

»Wo haben Sie Alina und die anderen sechs Mädchen ermordet?«

»Haben Sie es immer noch nicht begriffen? Es spielt keine Rolle mehr!«

»Pascualgrande?«

Geving hatte Amando Verdugo Urías, den Skorpion, den gefürchteten Geheimpolizisten der *Brigada Político-Social*, in der Falle.

»Wie bitte?«

»Pascualgrande. War es da?«

Vor Geving saß nicht mehr derselbe Urías.

Jetzt bekam es Urías mit der Angst zu tun. »Die Fragestunde ist beendet.«

Unerbittlich bohrte Geving weiter. Zeit, den Skorpion zu brechen. Er nahm keine Rücksicht mehr. »Halten Sie sie dort versteckt?«

Urías atmete erregter, seine kranken Lungen kamen kaum noch nach. »Ich begreife das nicht.«

»Also halten Sie Alina in Pascualgrande gefangen?« Er griente arglistig. Er konnte den Ortsnamen gar nicht oft genug erwähnen.

Urías atmete immer schwerer. Keuchte. Und schwieg.

»Der Deal ist vom Tisch.«

Der Skorpion war Geschichte.

Geving wollte aufstehen, Urías packte ihn mit schwitzender Hand unsanft am Arm.

»Seit wann wissen Sie es?« Er funkelte Geving an. »Wie haben Sie es angestellt?« Er hustete blutigen Auswurf in sein Taschentuch.

Geving kümmerte der sich rapide verschlechternde Gesundheitszustand des Mannes wenig. »Bisher wusste ich es nicht. *Jetzt* weiß ich es.« Er schlug Urías' Hand zurück. »Ihr Gesicht spricht Bände. Nicht nur Sie sind ein Meister in Zermürbungspsychologie.«

»Beantworten Sie gefälligst meine Frage!« Lang anhaltendes Husten. Schweiß stand auf seiner blassen Stirn, das schüttere Haar klebte ihm am Kopf.

»Intrusion. Das Wiedererinnern an psychotraumatische Ereignisse. Ausgelöst durch einen Schlüsselreiz. *Sie* waren der Schlüsselreiz.«

»Sie haben mich aufs Glatteis geführt!« Urías stützte sich auf dem Tisch ab, um besser Luft bekommen zu können.

»Das haben Sie ganz alleine geschafft.« Geving hielt es nicht eine Sekunde länger auf seinem Platz. »Ich habe Sie bewusst reden lassen, Ihnen erlaubt, sich in Ihrer krankhaften Einbildung, Ihrem Mittelpunktstreben, Ihrer Geltungssucht zu ergehen. In der Hoffnung, dass sich jemand erinnern würde. Alle haben Ihnen zugehört: Posada, Benavides, Don Belasco, sogar Betancourt. Jemand hat sich erinnert. Ein schmerzhafter Selbstreinigungsprozess für alle.«

Urías' Kurzatmigkeit übermannte ihn zusehends.

Jetzt lachte Tinus Geving. Ein kaltes, grausames Lachen. »In einer Sache haben Sie sich von Anfang an getäuscht. Sie haben die Morde an den Mädchen nie eingeräumt. Damit unterliegen Sie nicht den in den Amnestiegesetzen festgelegten Kriterien. Sie werden bestraft werden wie jeder andere Serienmörder auch.« Geving hatte nur noch eine Sache kundzutun. »Ich gehe den Dingen auf den Grund.«

Urías fiel vom Stuhl. Er fasste sich an den Brustkorb und kollabierte. Er bekam keine Luft mehr!

Betancourt schlich heran.

»Er hat einen Lungenkollaps«, stellte Geving ruhig fest. Zu ruhig.

Urías lag auf dem Rücken. Mit weit aufgerissenen Augen starrte er ihn an. Er japste nach Luft. Ein Fisch auf dem Trockenen. Geving betrachtete ihn gehässig lächelnd.

Der Justizminister stand hinter ihm, sah zu Urías hinab. »Er stirbt, wenn wir nichts unternehmen.«

»Ja.« Gevings Finger kribbelten.

Urías lief blau an. Sauerstoffnot.

»Lassen Sie ihn sterben«, zischte Betancourt.

Die Atemversuche wurden schwächer. Der Brustkorb hob und senkte sich kaum mehr. Ein letztes Aufbäumen. Urías schloss die Augen. Gleich wäre es geschafft. Geving wurde euphorisch. Er konnte spüren, wie dem Monster das Leben entwich. Die Versuchung ...

»Nein!«, rief ein anderer entschlossen. Salvo Rosales Posada legte Geving die schwere Hand auf die Schulter. »Vierzig Jahre habe ich mir das Gehirn darüber zermartert, was ich Alinas Mörder antäte, bekäme ich ihn in die Finger. Vierzig Jahre ließ ich ihn in Gedanken einen grausamen Tod nach dem anderen sterben. Es hat mich ruiniert. Sein Tod verschafft mir keine Genugtuung. Ich will ihn lebendig büßen sehen!«

Geving kam wieder zur Besinnung. Er griff zur Atemmaske des Sauerstoffkonzentrators und setzte sie dem Skorpion im Todeskampf auf. »So leicht kommst du nicht davon.« Er verbannte die berauschende Erfahrung, Herr über Leben oder Tod zu sein, aus seinem Kopf.

Alinas Entführer stabilisierte sich langsam.

Geving, immer noch benebelt, rief Valentina herbei. »Holt einen Arzt!«

Die Verbindungsbeamtin griff zum Telefon.

Anaías Betancourt stand desillusioniert daneben. »Mein Gott, was haben Sie getan?«

Geving schüttelte den letzten Rest Dunkelheit in sich ab. »Ihre Methoden, Herr Minister, nicht meine. Irgendwann muss es ein Ende haben.«

Er wagte es, Salvo Rosales Posada in die Augen zu sehen. Das Leben war in den vom Leben Gezeichneten zurückgekehrt. Ein kurzes Kopfnicken, von Geving erwidert. Mehr war nicht nötig, um seinen Dank auszudrücken. Posada würde endlich abschließen können. Er ging davon.

Tinus Geving wurde dienstlich. »Noch haben wir Alina nicht gefunden. Valentina, Piet, ihr macht euch mit Alinas Eltern auf den Weg. Benavides, Chloé«, er warf ihr einen unsicheren Blick zu, »mit mir.« Er klatschte in die Hände. »Beeilung!«

03:41 Uhr

Alina durchlitt die Nacht in fiebrigem Dämmerzustand. Halb wachte sie, halb träumte sie. Sie bekam keine Ruhe. Ihre Umwelt nahm sie nur schemenhaft wahr. Das stürmische Heulen, die Kälte. Immer wieder wehte es ihr die Decke weg, nie konnte sie ein bisschen Wärme finden. Dann entglitt sie wieder in einen leichten Schlummer. Wurde herausgerissen vom Knarzen und Ächzen des Baumes, dem der Sturm übel mitspielte. Entschlummerte erneut ...

Ein dumpfer Knall riss sie vollends aus dem Halbschlaf. Alina schreckte hoch, sie saß kerzengerade. Noch ein Knall. Wo kam das her? Ein widerliches Knacken. Holz brach. Alina wusste, woher es kam!

Sie konnte hier nicht bleiben. Sie ging zur Tür, zerrte und zerrte an ihr. Plötzlich gab sie nach, Alina fiel nach hinten. Endlich!

Sie wurde enttäuscht. Die Tür blieb verschlossen. Alina hielt die Türklinke in der Hand. In ihrer Panik hatte sie sie herausgerissen.

Sie rappelte sich gerade noch rechtzeitig auf, um zu sehen, dass der dicke Ast, der das Fenster zerschlagen hatte, wie eine Rakete auf sie zuschoss. Mit knapper Not gelang es ihr, unter das Bett zu springen, dann begrub der Schutt der herabstürzenden Decke sie unter sich. Der damit verbundene ohrenbetäubende Lärm war das Letzte, was Alina wahrnahm.

Staatsstraße zwischen Alfarnatejo und Pascualgrande
04:02 Uhr

Sie waren mit Blaulicht und Sirene unterwegs. Nicht dass es einen Unterschied gemacht hätte. Kein Mensch wagte sich unter diesen lebensgefährlichen Bedingungen auf die Straße.

Der Sturm hatte noch einmal an Intensität zugenommen. Tinus Geving hielt sich für einen guten Fahrer, doch der Sturm zerrte am Auto. Er hatte größte Mühe gegenzusteuern. Auf der regennassen, teilweise vereisten Staatsstraße näherten sie sich mit überhöhter Geschwindigkeit mehrfach dem Abgrund, um abgebrochenen oder auf die Straße gewehten Ästen auszuweichen.

Der Schneefall wurde von einem Platzregen abgelöst, der gegen die Windschutzscheibe klatschte. Die Scheibenwischer kamen kaum nach.

So erkannte Geving auch nur mit der Verzögerung wertvoller Sekundenbruchteile, welches Verderben sich ihnen rasend näherte. Er stieg auf die Bremse, die mit voller Wucht anschlug. Im Beifahrersitz wurde Chloé Lambert ruckartig nach vorn geschleudert. Sie konnte sich gerade noch abstützen.

So schnell, wie die Bremsen griffen, kam der Wagen nicht zum Stehen, er schlitterte unaufhaltsam auf das Hindernis zu. Zu spät, sie würden damit kollidieren. Chloé schloss die Augen, auf der Rückbank ging Asael Benavides in Deckung.

Doch das Wunder geschah. Wenige Zentimeter vor dem auf die Fahrbahn gestürzten Baum brachte er das Auto zum Stillstand. Die Bremsen quietschten, es roch nach verbranntem Gummi.

Ebenso gelang es Valentina Luna Navaz im nachfolgenden Fahrzeug, rechtzeitig auszuweichen, um so einen weiteren Frontalaufprall zu vermeiden.

Tinus Geving wagte es aufzuatmen.

Chloé fuhr sich durchs Haar. »Wir hätten tot sein können!«

»Nicht heute, Chloé. Nicht heute«, verkündete er grimmig.

Pascualgrande
04:17 Uhr

Nach einem Höllenritt hatten sie Pascualgrande erreicht. Das fahle Licht der Autoscheinwerfer gab eine verlassene Bergarbeitersiedlung frei. Ein halbes Dutzend Ruinen, von jeder Menschenseele seit langer Zeit gemieden. Ein Ort, würdig eines Amando Verdugo Urías. Welche Erinnerungen an diesen Ort er wohl zu unterdrücken suchte? Erinnerungen an eine Kindheit voller Gewalt, in der es die Regel war, sich an den Wehrlosesten, den Kindern zu vergehen?

Alinas vermeintlichen Ort der Gefangenschaft hatten sie schnell ausfindig gemacht. Das alte, aus Schiefersteinen errichtete Bahnwärterhaus war umstellt von Einheiten der Guardia Civil. Das Blaulicht tauchte den grauen Bau in gespenstische Farben. Benavides' Angaben stimmten. Das Gebäude lag neben einem brach liegenden Vorfeld mit verrosteten, von Unkraut überwucherten Gleisen. Irgendwo stand ein verwaister Lorenwagen, der sich nie mehr bewegen würde.

Tinus Geving wartete nicht auf seine Kollegen. Er sprang aus dem Auto und hastete auf den Einsatzleiter zu.

»Gehen Sie nicht rein?«, erkundigte er sich atemlos.

Der Einsatzleiter schüttelte den Kopf. »Zu gefährlich. Dafür haben wir nicht die nötige Ausrüstung.«

Geving konnte den Sinngehalt der Antwort nicht erfassen. »Wieso haben Sie das Mädchen nicht längst befreit?«, schnauzte er alle umstehenden Beamten an.

Der Einsatzleiter zeigte auf das Bahnwärtergebäude hinter ihnen. Jetzt erst offenbarte sich Geving das volle Ausmaß. Eine vom Gewitter versengte und vom Sturm fast entwurzelte Buche lehnte am Haus, als wollte sie sich daran abstützen. Dabei hatte der Baum einen Teil des Dachstuhls beschädigt und eine gehörige Bresche in die Grundmauern geschlagen.

»Es ist nur eine Frage der Zeit, bis der Baum fällt, dann ist die Katastrophe perfekt«, erörterte der Einsatzleiter die Lage.

»O Gott, meine Tochter!«, schrie Lisseta, als sie sich mit Valentinas Hilfe durch den Polizeikordon gekämpft hatte.

»Ist Alina da drin?«, wollte Geving wissen.

Bedächtiges Kopfnicken des Einsatzleiters. Er verwies auf das aufgeregte Gebell der Spürhunde. »Wir warten auf die Spezialeinsatzkräfte der Feuerwehr. Ich kann meine Leute nicht dieser Gefahr aussetzen.«

»Dann ist es vielleicht zu spät«, widersprach Piet Veenstra.

Geving machte den Einsatzleiter zur Schnecke. »Ihr Idioten!«

Er kehrte zum Wagen zurück, holte eine Taschenlampe aus dem Kofferraum. Dann marschierte er durch den Sperrgürtel direkt auf das vom totalen Zusammenbruch bedrohte Haus zu. Müde Polizisten sahen sich irritiert an.

Chloé rannte ihm hinterher. »Tinus, was tust du da?«

»Reingehen natürlich«, murrte er.

»Du bist lebensmüde!« Sie hielt ihn zurück.

Geving schlug ihre Hand aus. »Lass mich! Ich muss das tun.« Er sah sie reumütig an. »Ansonsten ist es ihr sicherer Tod.«

Chloé wirkte so ausgemergelt und zerbrechlich. Tiefdunkle Ringe unter den Augen. Völlig fertig. Er hatte sich nie auch nur die Frage gestellt, wie Alinas Entführung sie mitgenommen haben musste. Jetzt war es zu spät. Tränen schossen ihr in die Augen. Sie nickte und ließ ihn ziehen.

Am Hauseingang drehte sich Geving ein letztes Mal um. Er sah Piets ermutigendes Lächeln, sah Valentinas und Benavides' angespannte Mienen, sah die pure

Angst in den Gesichtern von Lisseta und Fermín. Der Einsatzleiter hob eine Hand, alle Rettungskräfte stellten ihre Bemühungen ein, das Gebell der Hunde verstummte. Ruhe.

Tinus Geving warf sich gegen die Eingangstür und fiel mit ihr ins Haus.

Sie hustete unentwegt. Hustete ihre Lungen frei von dem Staub, den sie mit dem ersten Atemzug eingesogen hatte, nachdem sie wieder zur Besinnung gekommen war.

Alina konnte nichts sehen. Sie betastete ihr Gesicht, ihre Haare, über und über mit Staub bedeckt. Sie tastete um sich herum. Jetzt erinnerte sie sich wieder. Sie hatte sich unter das Bett geworfen.

Alina kroch langsam hervor. Staub rieselte von der Decke. Immer mehr Staub, immer schneller. Dann schlug ein Teil der Decke nur Zentimeter von ihrem Kopf entfernt auf. Sofort rollte sie sich wieder unters Bett.

Tränen verklebten ihr staubverschmiertes Gesicht. Warum hatte niemand Erbarmen mit ihr? Warum konnte man sie nicht in Ruhe sterben lassen?

Sie lauschte. Der Sturm hatte an Kraft verloren. Ein Seufzen ging durchs Haus. Bald würde es vorbei sein. Sonst nichts.

Doch! Für einen kurzen Moment glaubte sie, Hundegebell gehört zu haben. Sie hörte genauer hin. Nein. Absolute Stille. Sie hatte es sich in ihrer Verzweiflung bloß eingebildet.

Ein dumpfes Poltern irgendwo unter ihr. Jetzt hatte sie es wirklich gehört! Gefolgt von Rumpeln und Schritten.

»Hallo?«, brachte sie leise heraus. Sie wagte nicht, lauter zu sprechen. Wagte nicht sich zu bewegen.

Keine Antwort.

Dann: »Alina!«

Jemand rief ihren Namen.

Noch einmal: »Alina!«

Sie träumte nicht. Konnte es der dunkle Mann sein? Angst.

Erneut: »Alina!«

Alina kannte die Stimme. Endlich rief sie aus Leibeskräften: »Ich bin hier!«

Tinus Geving konnte die eigene Hand vor Augen nicht sehen. Er schaltete die mitgebrachte Taschenlampe an. Der Lichtkegel erhellte die Finsternis nur unwesentlich. Langsam tastete er sich an einer Wand entlang ins Gebäudeinnere, setzte bedächtig einen Fuß vor den anderen. Wo konnte sie stecken? Ein Rumoren ging durch das einsturzgefährdete Bahnwärterhaus. Der Baumschlag hatte die stützenden Grundmauern irreparabel beschädigt. Lange würden sie der auf ihnen liegenden Last nicht mehr standhalten. Er musste etwas tun!

»Alina!«, rief er ins Schwarze hinein.

Keine Antwort. Nur der Schutt, der unter seinen Füßen knirschte.

»Alina!« Er stolperte über einen abgestürzten Balken, fiel hin, stand wieder auf. Vorsichtig ging er weiter in Richtung einer Treppe. »Alina!«

»Ich bin hier!«

Erleichterung. Sie lebte!

»Alina. Ich bin's, Tinus. Der Clown, du weißt schon. Bleib ganz ruhig. Wir holen dich hier raus.«

Versuchte er nur sie oder auch sich selbst zu beruhigen?

»Ich bin hier!«, wiederholte sie.

»Wo bist du? Ruf weiter, damit ich dich finden kann.«

»Ich hab mich unterm Bett versteckt.«

»Das war sehr klug von dir. Ich bin stolz auf dich!«

»Ich weiß nicht.«

Er hörte ihr Wimmern. Es kam eindeutig aus der oberen Etage.

Langsam gewöhnten sich seine Augen an die Dunkelheit. Er konnte das Ende der Treppe deutlich erkennen. Geving schaute nach oben.

»Scheiße«, entfuhr es ihm entsetzt.

Über ihm klaffte ein bedenklich großes Loch, dort, wo sich bis vor wenigen Stunden die Decke befunden haben musste. Unentwegt rieselte feiner Staub herab.

»Ich bin gleich bei dir.«

Er setzte den Fuß auf die unterste Stufe. Das morsche Holz knackte und zerbrach unter seinem Gewicht. Langsam. Stufe für Stufe wagte er den Aufstieg. Die Treppe fühlte sich instabil an. Geving stellte sich die bange Frage, ob sie sein und Alinas Gewicht beim Hinabsteigen noch würde tragen können. Zum ersten Mal in seinem Leben schickte er Stoßgebete gen Himmel. Eine andere Chance, hier jemals wieder lebend rauszukommen, hatten sie nicht.

Endlich war er oben angekommen. »Ich bin jetzt ganz in deiner Nähe.«

»Ich hab Angst.«

Fünf Zimmer. In welchem mochte sie sein? Ein lang anhaltendes Grollen erschütterte das halb zusammengestürzte Haus.

Ihm blieb keine Zeit mehr. »Alina, erinnerst du dich an das Lied, das du mir vorgesungen hast? Kannst du es noch?«

»Ja.«

»Würdest du es für mich singen? Bitte?«

Er hatte einen Plan. Sie tat wie geheißen.

»Dale, dale, dale.

No pierdas el tino.

Porque si lo pierdes,

Pierdes el camino.«

Er hatte ihr Verlies ausgemacht. Geving rüttelte an der Tür. Verschlossen. Die Türklinke fiel ab.

»Na toll«, sagte er mehr zu sich selbst.

Geving warf sich gegen die Tür. Sie gab ein Stück weit nach. Seine Bemühung wurde dahin gehend bestraft, dass weitere Teile der beschädigten Decke herniedergingen. Tinus Geving ging in Deckung. Sie hatten maximal noch Minuten, bevor die schwere Buche endgültig fallen würde. Alina sang unablässig. Gut so, es würde sie ablenken.

Geving kalkulierte schnell seine Chancen. Sie waren äußerst dürftig. Der Türrahmen saß in der am stärksten zerstörten tragenden Wand. Sobald er die Tür eingetreten hatte, würde die Wand nachgeben und einstürzen. Die Treppe würde kurz darauf ohne seitliche Verankerung zusammenbrechen. Vier, fünf Sekunden. Mehr blieben ihm nicht, Alina aus ihrer gefährlichen Lage zu retten.

Er atmete tief durch. »Alina, Schatz, hör jetzt nicht auf zu singen. Aber hör mir bitte aufmerksam zu. Du musst unter dem Bett hervorkommen. Ich weiß, du hast Angst, weil gleich jede Menge Trümmer auf dich stürzen können. Du musst mir einfach vertrauen. Dreh dich auf den Bauch, leg deine Hände in den Nacken, dann bist du besser geschützt. Bereit? Hör nicht auf zu singen.« Er vernahm Kriechgeräusche von der anderen Seite der Tür. »Ich zähle jetzt bis drei. Eins … zwei …«

Sieg oder Untergang! »Drei!«

Geving nahm Anlauf und rannte mit voller Wucht gegen die Tür. Der Rahmen zersplitterte, gab nach. Den Schmerz in der rechten Schulter blendete er aus. Sofort rächte sich seine Aktion. Die Decke brach immer weiter zusammen und auf ihn hernieder. Doch er stand im Zimmer. Blickkontakt innerhalb einer Sechzehntelsekunde. Alina mit hinter dem Kopf verschränkten Armen auf dem Bauch. Keine Zeit mehr. Er schnappte sie, zog sie zu sich herauf. Mit der rechten Hand hielt er sie fest, mit der linken schützte er ihren Kopf.

Umdrehen! Fliehen!

Er rannte zur Treppe, hinter ihm stürzte die Wand bereits zusammen.

Die Treppe!

Sie schwankte böse hin und her, das Geländer stürzte in den Abgrund.

Nicht hinsehen!

Die Treppe gab nach. In vier Sprüngen nahm er die Stufen bis zum Erdgeschoss, dann krachte es hinter ihm.

Nicht zurückblicken!

Geving konnte nichts mehr sehen.

Doch, ein heller Lichttunnel!

Der Ausgang. Er spurtete mit Alina in den Armen darauf los. Der Tunnel begann sich zu schließen. Das Haus schlug in Trümmerwellen über ihm zusammen. Ein letzter Sprung. Geving hörte nur noch das Dröhnen des völligen Einsturzes.

Asael Benavides sprang alarmiert auf. »Das Haus, es stürzt ein!«

»Alle Mann zurückweichen!«, brüllte der Einsatzleiter der Guardia Civil im Kasernenhofton.

Chloé Lambert schlug die Hände vors Gesicht. Sie wagte gar nicht hinzusehen. Veenstra und Valentina Luna Navaz traten hinzu. Sie fassten sich bei den Händen. Alles geschah innerhalb weniger Sekunden. Das markerschütternde Grollen drang nicht zu ihnen durch. Sprachlos, bestürzt und schocksteif starrten sie auf die Ruine, die alles unter sich begraben hatte. Die Buche lag endgültig. Vom Bahnwärterhaus standen nur noch zwei Außenmauern, deren Umrisse sich abzeichneten.

Grabesstille. Chloé schluchzte laut.

Dann …

»Ya le diste una,

Ya le diste dos,

Ya le diste tres,

Y tu tiempo se acabó.«

Eine Kinderstimme!

Die Staubwolke legte sich langsam. Aus ihr heraus torkelte eine kreideweiße Gestalt mit einem Bündel auf den Armen.

»Alina?«, sagte Geving.

Mit einem Arm umfasste sie seine Schultern. Ihr Gesang verstummte. »Ja?«

»Ich denke, du kannst jetzt aufhören.«

»Haben wir es geschafft?«

Er zitterte am ganzen Körper, seine Knie waren wachsweich. »Ja. Wir haben es geschafft.«

Die bis eben noch bedrückt schweigende Guardia Civil brach in Jubel und Applaus aus. Alle außer Chloé, die ihren Tränen freien Lauf ließ.

Geving marschierte weiter.

»Tinus«, wisperte Alina. »Können wir jetzt die *piñatas* schlagen?«

»Alles, was du willst, mein Schatz. Was man verspricht, muss man halten.«

Sie grinste ihn erschöpft an.

Mit letzter Kraft erreichte er Lisseta und Fermín, die ihm ihre Tochter mit Freudentränen in den Augen abnahmen. Sie schlossen Alina fest in ihre Arme.

Geving nahm Valentina beiseite. »Die Leute sollen das komplette Gelände umgraben. Ida Badillo, Blanca Rubio, Belona Preciado, Norma Alanis, Ariela Reséndez, Stella Almaraz. Urías hat sie hier irgendwo verscharrt. Wir bringen sie heute alle nach Hause.«

Er bekam ihre Reaktion nicht mehr mit, ließ sie hinter sich, schleppte sich weiter. Jeder Teil seines zerschundenen Körpers schmerzte. Es spielte keine Rolle. Tinus Geving hatte nur noch Augen für eine.

Chloé stürmte auf ihn zu, fiel ihm schluchzend um den Hals und gab ihm einen langen, ausgiebigen Kuss. Sie nahm sein staubiges und zerkratztes Gesicht in ihre duftenden Hände. Der Duft von Granatapfel und Lavendel. Wie sehr er sich danach gesehnt hatte.

»Tinus, du hast es wirklich geschafft.« Sie wollte ihn nicht mehr loslassen.

Er sackte in ihren Armen zusammen. »Wie oft bin ich heute dem Tod von der Schippe gesprungen? Zwei- oder dreimal? Ich brauche jetzt nur noch eine Dusche und ein Bett. Mir reicht's.«

Halt. Dein Versprechen! Was du versprichst, musst du halten.

Dies waren die letzten Gedanken, an die er sich noch erinnern konnte.

Dienstag, 2. April

Museo Nacional del Prado
Calle Ruiz de Alarcón, 23
Madrid
08:45 Uhr

Geving hatte den Ostermontag genutzt, sein heiliges Versprechen einzulösen. Er war mit Alina auf *piñata*-Suche gegangen. Ihn erstaunte, wie widerstandsfähig und hart im Nehmen Kinder sein konnten. Es musste an ihrer Unbefangenheit liegen. Oh, wie er sie darum beneidete. Eine kleine Schnittwunde am Handrücken, nichts Ernstes. Ansonsten hatte sie die Katastrophe ohne einen Kratzer überstanden. Ein Wunder! Alina schien den größten Schreck gut verwunden zu haben. Nichtsdestoweniger oder gerade deshalb würde es etliche Gespräche brauchen, bis sie das Geschehene wirklich verarbeiten konnte. Gemeinsam mit ihren Eltern und ihren Verbündeten im Geiste – dem Pfarrer und Salvo Rosales Posada – würde sie diese Herausforderung meistern. Die Sache hatte am Ende ihr Gutes. Nach Jahren gegenseitiger Entfremdung führte sie die Menschen zusammen. Hoffnung.

Bei Valentina Luna Navaz und Asael Benavides lagen die Dinge nicht ganz so einfach. Immerhin hatte sie ihm verziehen. Piet soll dabei keine kleine Rolle gespielt haben. Die Verbindungsbeamtin nahm sich zu Herzen, was er ihr zu vermitteln suchte. Niemand könne ermessen, wie es sei, in einer Diktatur zu überleben, wenn man es nicht selbst erlebt habe. Es würde jedoch mehr als Verzeihen brauchen, das Vertrauen wiederaufzubauen, das in der Nacht von Alfarnatejo zerstört worden war.

Was ihn anging: eine geprellte Schulter, ein dickes Hämatom an der Stirn, Kratzer und blaue Flecke. Er spürte die Verletzungen, fühlte sich wie vom Zug überrollt. Die körperlichen Schmerzen würde er überstehen, die waren nicht das Allerschlimmste. Die seelischen Verletzungen, die er in der Nacht von Alfarnatejo erlitten hatte, die würden noch eine ganze Weile schmerzen. Der Skorpion hatte ihn gedemütigt. So richtig wurde ihm das erst jetzt bewusst. Die Demütigungen setzten sich, fraßen sich in seinen Kopf hinein. Der Geheimpolizist hatte in ihm gelesen wie in einem offenen Buch. Alles im Beisein von Chloé. Daran würde er eine Weile zu knabbern haben. Er würde darüber reden müssen. Mit ihr. Nie wieder durfte er zulassen, dass man ihn derart vorführte.

Blieb noch eine Person. Dieser eine lästige Termin, zu dem sich Geving nötigen ließ. Er hätte sich nicht darauf eingelassen, doch wusste er, dass er Valentina irgendwie helfen musste. Geving war bereit, die Samthandschuhe auszuziehen.

Anaías Betancourt empfing ihn an dem Ort, an dem er vor exakt drei Tagen Tinus Geving schon einmal empfangen hatte. Das Gesprächsklima war von Beginn an frostig.

»Ich habe wenig Zeit, Herr Minister.«

Der hatte sich besonders herausgeputzt. Gevings Befürchtungen nahmen Gestalt an.

»Das verstehe ich. Ich wollte die Gelegenheit nutzen, mich persönlich bei Ihnen für die Rettung von Alina Rodriguez Salgado zu bedanken. Ihr Deputy Director

Pedersen wird einen hochlobenden Bericht von mir erhalten.«

Geving lachte müde. Das Wörtchen »wird« sagte alles. »Dazu hätten Sie mich nicht extra herbestellen müssen. Was ist mit Inspector Navaz?«

»Selbstverständlich wird es gegen Inspector Navaz kein Disziplinarverfahren geben.«

»Sie bleibt uns als Verbindungsbeamtin erhalten?«

Betancourt wand sich um eine klare Antwort. »Es wird sich eine Verwendung für sie finden.«

Mit anderen Worten: Er würde ihre Karriere in der finstersten Provinz begraben, wo sie ihm nicht gefährlich werden konnte.

»Wenn Sie mich entschuldigen, mein Flug.«

Betancourt hielt ihn zurück. »Da wäre noch eine Sache. Amando Verdugo Urías. Er hat nur noch wenige Tage zu leben. Zu einer Verhandlung gegen ihn wird es nie kommen.«

»Sie können sich glücklich schätzen«, ätzte Geving.

»Ich kann Ihre Reaktion nachvollziehen«, sagte der Justizminister einschmeichelnd. »An Ihrer Stelle würde ich ebenso empfinden. Sie haben ein Anrecht auf die volle Wahrheit. Es gibt nicht nur Schwarz oder Weiß. Die Welt, in der wir uns bewegen, ist grau.«

21. Dezember 1975

09:13 Uhr

»Sie kommen spät. Das sieht Ihnen nicht ähnlich.« Der jüngste Staatssekretär im Justizministerium wollte nicht

mehr Zeit für einen Mann von gestern vergeuden als unbedingt nötig.

Amando Verdugo Urías hielt ihn bewusst hin. Demonstrativ schaute er sich in aller Ruhe in der Halle um. »Zunächst habe ich meine ... Privatmine in Pascualgrande geschlossen.«

»Will ich das so genau wissen?«

»Gute Einstellung, Betancourt. Sie werden es noch weit bringen. Vorausgesetzt ...«

»Alles ist vorbereitet.«

»Sie haben die Dokumente?«

Anaías Betancourt übergab ihm einen Umschlag. »Wie Sie sehen können, reisen Sie als Diplomat im Auftrag des Justizministeriums. Ihre offizielle Funktion in Chile wurde von der dortigen Botschaft bestätigt. Diskret, wie gewünscht. Was Sie dort in deren Auftrag erledigen, hat mit uns nichts zu tun. Der Diplomatenpass ist nur Kulisse. Hier gelten Sie als ausgereist. Sie existieren nicht mehr.«

»Hervorragend! Der Vertrauensvorschuss in Ihre Person hat sich ausgezahlt.«

Auf dieses geheuchelte Lob entgegnete Betancourt mit Argwohn: »Wozu die Eile?«

Urías antwortete, wie so häufig, kryptisch. »Einem alten Straßenköter wie mir bringen Sie keine neuen Tricks mehr bei. Dieser Staat ist nicht mehr mein Staat. Ich vermisse die Klarheit der alten Zeit.«

Das genügte ihm. »Sie haben, was Sie wollten, Urías.«

»Dafür haben Sie bekommen, was Sie wollten. Wozu macht uns das? Zu Partnern.«

»Täuschen Sie sich nicht. Ich mache mir für Sie nicht die Finger schmutzig.«

»Das haben Sie doch längst. Sie unterschätzen die Macht
der Verdrängung.«

»Was ich getan habe, habe ich getan, um den Übergang
nicht zu gefährden. Die Menschen brauchen jetzt Ruhe und
Sicherheit«, verteidigte sich Betancourt.

Urías schmunzelte. »Muss schwierig gewesen sein. Dieses
Mädchen über Wochen und Monate zu sedieren. Wie viel
Softenon dabei draufging.«

Ein Zucken ging durch Betancourts Gesicht. »Moment.
Davon habe ich Ihnen nie erzählt. Nur drei Personen kennen dieses Detail: der Rechtsmediziner, Leutnant Benavides
und ich. Woher haben Sie ...?« Für einen Moment verschlug
es ihm die Sprache. »Es sei denn ...« Die Erkenntnis warf ihn
beinahe um.

»Ich sagte es bereits«, gestand Urías sichtlich stolz. »Sie
haben sich längst die Finger schmutzig gemacht.«

Betancourt musste sich kneifen. Das konnte nur ein
schlechter Traum sein. Nein, es war schreckliche Realität!
»O mein Gott ... Und die anderen Mädchen?«

Urías nickte.

»Wieso?«

»Wieso ... Wieso sticht ein Skorpion? Es liegt in seiner Natur.«

»Deshalb haben Sie es so eilig zu verschwinden.«

Amando Verdugo Urías trat ihm wieder bedrohlich auf
die Fußspitzen. »Ich verlasse mich auf Ihr Wort und Ihre
Diskretion. Anderenfalls bin ich aus der Welt, und alles
bleibt an Ihnen hängen. Jetzt kennen Sie mein kleines Laster. Es stellt sicher, dass Sie sich an Ihren Teil der Abma-
chung halten.«

Anaías Betancourt wich zurück. »Gehen Sie!«

*»Man trifft sich immer zweimal im Leben«, sagte Urías
zum Abschied. »¡Hasta la vista, Partner!«*

»Sie sehen, Urías hat mich genauso an der Nase herumgeführt wie alle anderen auch.«

»Und während er in Chile weitermordete, haben Sie
Ihre Karriere auf einer Lüge aufgebaut. Das haben Sie
geflissentlich vergessen.«

»Glauben Sie denn, ich wäre ein Einzelfall?«

»Nein, Sie waren ein Mitläufer. Aber im Gegensatz zu
den anderen haben Sie sich per Federstrich selbst von
jeder Schuld freigesprochen. Was soll's. Eine schöne
Lüge, die hässliche Wahrheit zu verbergen. Herzlichen
Glückwunsch, Herr Minister«, spottete Geving.

Betancourt verlor seine aufgesetzte Freundlichkeit.
»Für jemanden, der es mit Moral und Ethik selbst nicht
so genau nimmt, sitzen Sie ganz schön hoch zu Pferde.
Ihr Ruf eilt Ihnen voraus, Herr Kriminalhauptkommissar!«

»Im Gegensatz zu Ihnen gehe ich dabei nicht über Leichen. Mal abgesehen davon haben Sie wegen Urías Ihre
eigene und die chilenische Justiz für dumm verkauft.«

»Ich habe es nicht nötig, mich von Ihnen länger belehren zu lassen. Das Gesetz bin *ich*!«

»Sie denken also nicht an Rücktritt.«

Betancourt lachte herzhaft. »Wozu? In zwei Stunden
bin ich beim König. Die Sache ist ausgestanden.«

»Klick.«

Tinus Geving hielt ein Digitalaufnahmegerät in die
Höhe. *»Homo homini lupus.* Der Mensch ist des Menschen Wolf.«

Anaías Betancourt blieb das Lachen im Hals stecken. »Was soll das?«

»Wonach sieht's denn aus? Ich wusste, dass Sie einen Rückzieher machen und dabei Inspector Navaz über die Klinge springen lassen würden. Wenn Sie geglaubt haben, alles unter den Teppich kehren zu können, wie Sie es vierzig Jahre lang getan haben, unterliegen Sie einem schwerwiegenden Irrtum. Es ist alles drauf: Wie Sie Urías haben entkommen lassen, Ihre Intrigen gegen die Justiz. Alles.« Geving holte tief Luft. »Das ist für Alina Rosales Magana, Ida Badillo, Blanca Rubio, Belona Preciado, Norma Alanis, Ariela Reséndez und Stella Almaraz!«

»Sie spielen mit dem Feuer!«

»Ich hätte Ihretwegen fast einen Mann zu Tode kommen lassen. Wann hört das auf, dass andere für Sie die Zeche zu zahlen haben? Posada, Benavides, Navaz? Es reicht.«

»Zeigen Sie also doch so etwas wie Interesse an Politik.«

»Nein. Ich gehe den Dingen auf den Grund. Und ich nehme dabei keine Rücksicht. Valentina Luna Navaz bleibt auf ihrem Posten«, befahl Geving. »Was Sie angeht ...« Er wies auf Betancourts Lieblingsgemälde. Kaiser Karl V. zu Pferd in Mühlberg. *In meinem Reich geht die Sonne niemals unter.* »Ich kann Ihre Interpretation des Bildes nicht teilen. Wissen Sie, was ich sehe? Ich sehe einen alten Mann, der resigniert hat. Einen müden und kranken Mann, der sich das Scheitern seiner Politik vor Augen führt. Wie sagte er: ›Große Hoffnungen hatte ich – nur wenige haben sich erfüllt, und nur wenige bleiben mir. Meine Kräfte reichen einfach nicht mehr hin.‹ Sie sollten tun, was er getan hat: das einzig Richtige.« Er ließ Betancourt hinter sich und begab sich zum Ausgang. »Ihre Zeit ist um! Auf Wiedersehen, Herr Minister.«

Chloé wartete vor dem *Prado* auf ihn. Sie winkte ihm schüchtern zu. Er atmete tief aus. Sein heißer Atem bildete an diesem kalten, klaren Morgen eine weiße Wolke. Erleichterung.

»Was gab es zwischen euch noch zu besprechen?«, wollte sie wissen.

Er hakte sich bei ihr ein. »Unfinished Business.«

Sie durchschaute seine Geheimniskrämerei sofort. »Was hast du getan?«

»Niemand wird's je erfahren … Ich habe Valentina geschützt. Genauso wie ich dich oder Piet schützen würde.« Er hielt sie zum Stehen an. Sie erforschte, was in ihm vorging. Geving konnte ihr nicht in die Augen sehen. »Urías. Ich stand so kurz davor«, gestand er leise. »Was er da gesagt hat … Es stimmt. Ich habe meine dunklen Abgründe. Ich bin nicht der Mensch, für den du mich hältst. Du bist so viel besser, stärker.«

Sie lächelte ihr umwerfendes Grübchenlächeln, dabei flüsterte sie ihm ins Ohr: »Nein, du bist stärker als ich. Ich hätte ihn abkratzen lassen.«

Tinus Geving freute sich schon auf die eigenen vier Wände, so spärlich möbliert sie auch sein mochten. Noch mehr freute er sich über mehr Zeit für Chloé.

Sie beide waren viel zu lange allein gewesen. Zu zweit war man weniger allein.

Und deine Zeit ist um

12:00 Uhr

»Für eine turbulente Überraschung sorgte der völlig unerwartete Rücktritt des spanischen Justizministers Anaías Betancourt. Dieser erklärte vor etwa einer Stunde in einem einminütigen Statement seinen Rückzug aus der Politik. Betancourt begründete diesen Schritt mit seinem vorgerückten Alter und Amtsmüdigkeit nach vierzigjähriger Tätigkeit im Staatsdienst. Für einen politischen Neuanfang nach dem Patt der letzten Wahlen stehe er nicht zur Verfügung, vielmehr wolle er jüngeren Nachfolgern Platz machen.

Beobachter werten den Abgang des Ministers als schweren Rückschlag für die spanische Politik. Unbestätigten Meldungen zufolge war für den heutigen Tag erwartet worden, ihn mit dem erneuten Versuch einer Regierungsbildung zu beauftragen.

Die Pressestelle des Palastes kündigte indessen eine Fernsehansprache für achtzehn Uhr an. Es kann davon ausgegangen werden, dass der König mangels Alternativen das Parlament mit Wirkung vom heutigen Tage auflösen und Neuwahlen ausrufen wird.«

»Das ist … bedauerlich. Sehr bedauerlich. Betancourt hätte uns von Nutzen sein können.«

»Erst die Sache mit Bondevik und jetzt das.«

»Sie haben einen Verdacht, Svartkamp?«

»Einen Namen: Tinus Geving.«

»Ich erinnere mich.«

»Meine Quellen berichten, Betancourt sei über vierzig Jahre alte Ermittlungen gestolpert. Mit Geving in

Spanien ... Sobald der sich in etwas verbissen hat, lässt er nicht mehr locker.«

»Bisher hatten wir Glück. Jetzt fängt es an, mich zu stören. Man muss sich mit diesem Deutschen befassen. Welche Schwächen hat der Mann?«

»Scheinbar überhaupt keine. Nur ein ausgeprägtes Desinteresse für Politik.«

»Ein Idealist also.«

»Sein Idealismus kann gebrochen werden. Es ist nicht so, dass wir keinen Plan in der Hinterhand hätten. Dank *NorskOil* haben wir jetzt ganz andere Möglichkeiten.«

»Wie sähe Ihr Plan aus?«

»Der PET hat ein Problem mit einer abtrünnigen Agentin. ›Smilla‹.«

»Ich vermute, Sie wissen, wo Sie ansetzen müssen?«

»Bei Gevings Vorgesetztem Laurits Pedersen. Operation ›Dreadnought‹.«

»Das Desaster von Krakau. Exzellent!«

»Wenn sich deine Feinde einig sind, säe Zwietracht zwischen ihnen.«

»Ganz hervorragend. Nur, Svartkamp, Ihnen ist bewusst, was ich von Ihnen erwarte. Keine Fehler.«

»*Motstandsbevegelsen* toleriert keine Fehler. Jawohl, Herr General.«

*Der Königstag in Rotterdam begrüßt seine Besucher in
1 Jahr, 24 Tagen, 12 Stunden*

Handelnde Personen

Europol

Tinus Geving – Kriminalhauptkommissar, Deutschland

Piet Veenstra – Agent, Niederlande

Chloé Lambert – Lieutenant, Frankreich

Spanien

Valentina Luna Navaz – Inspector, spanische Verbindungsbeamtin bei Europol

Anaías Betancourt – spanischer Justizminister

Alfarnatejo

Asael Benavides – ehemaliger Reviervorsteher in Alfarnatejo, Bekannter von Valentina Luna Navaz

Don Belasco Etxeberria – Pfarrer von Alfarnatejo

Salvo Rosales Posada – Vater des Opfers Alina Rosales Magana

Fermín Rodriguez, Lisseta Salgado – Eltern von Alina Rodriguez Salgado, Schulfreunde von Valentina Luna Navaz

Alina Rodriguez Salgado – Tochter von Fermín Rodriguez und Lisseta Salgado

Weitere Personen

Henning Mikkalsen – ehemaliger Projektleiter bei *East African Development Company* (EADC)

Noelia Magana Granados – Ehefrau von Salvo Rosales
Posada
Ruben Suarez – Rechtsmediziner
Amando Verdugo Urías – Geheimpolizist bei der *Brigada Político-Social*, genannt »Skorpion«